U0919180

惩罚者 punisher 2

邪恶面具

韦一同
著

中国友谊出版公司

图书在版编目（CIP）数据

惩罚者.2 / 韦一同著.—北京：中国友谊出版公司，2017.6

ISBN 978-7-5057-4074-7

Ⅰ.①惩… Ⅱ.①韦… Ⅲ.①长篇小说—中国—当代 Ⅳ.①I247.5

中国版本图书馆 CIP 数据核字（2017）第 121834 号

书名 惩罚者.2
作者 韦一同
出版 中国友谊出版公司
发行 中国友谊出版公司
经销 新华书店
印刷 北京嘉业印刷厂
规格 700×980 毫米 16 开
17 印张 243 千字
版次 2017 年 10 月第 1 版
印次 2017 年 10 月第 1 次印刷
书号 ISBN 978-7-5057-4074-7
定价 38.00 元
地址 北京市朝阳区西坝河南里 17 号楼
邮编 100028
电话 （010）64668676

如发现图书质量问题，可联系调换。质量投诉电话：010-82069336

CONTENTS

目录

引子

夜里十一点，青羊镇只有零星几户人家的窗户里还透着光亮，街道上一片静谧，连个人影都没有。

镇外两公里处的宏远木材加工厂，锯齿切割着木材，发出“哧哧”的响声，与镇上的安静形成鲜明对比。

张东升听着这声音，满意地笑了，开车出了厂门，往镇上驶去。

路面有些雾气，张东升开得慢，大概开了一公里，看到前面路边有个人影，他减慢速度，待离得近了些，发现是一个拿着手电筒的人。

青羊镇并不大，常住的就那么些人，基本上都互相认识。张东升想看看是谁大晚上出现在这里，就慢慢往前开。那人感觉到身后的灯光，也回过头来望，这下张东升看清楚了，果然是熟人。

张东升停下车，摇下车窗，把头向外探了探。那人见状一路小跑到了车跟前，脸上堆着笑容。

互相打过招呼后，张东升问：“这么晚了，你怎么在这儿？”

那人弓着腰站在驾驶室旁说：“刚去朋友家喝了点酒，这不正往回走嘛。”

说完，他打了个酒嗝，张东升不由皱起了眉头：“上车吧，我顺路送你回去。”

“好。”那人说完，却又像想起了什么，“哎，你车子前面的牌照怎么没有了？”

张东升心里疑惑，打开车门走到车头处，正准备弯下腰看车牌，脑袋上却响起“嘭”的一声，只觉得天旋地转，往前栽了下去……

1 怪异劫案

市郊的青羊镇发生了一起性质恶劣的抢劫杀人案，凶手手段极其残忍，死者后脑勺被敲碎，脸部因与水泥路面撞击而血肉模糊，面容不易辨认，心脏处被捅了五刀，现场未发现凶器。

此外，与普通的抢劫杀人案不同的是，尸体的脸上放了一副小丑面具。

当地派出所接到报案后，立即上报给分局。分局局长见案情重大，又报给了市局。市局领导高度重视，指派刑警大队经验丰富的杨峰带队前往接手。

由于上一起“女尸杀人案”的损耗，杨峰组只剩下三人，组长杨峰，绰号“疯哥”，四十二岁，十多年的老刑警，破获要案、大案无数，深得领导信任。

文雅，二十八岁，警界女干探，公安大学刑侦专业毕业，是市局特意从梓州县局要过来的人才。在诡异的“女尸案”中，文雅的表现极为出色，找到多起破案的关键线索，“女尸案”结案后，局里本来对其另有任命，哪知又出了这起抢劫案，任命只能先搁置了。

我，陆扬，二十九岁，两年前进入刑警队，至今共办理十余起刑案，在疯哥的带领下，进步显著，善于从细微处着手，发现重要线索。

接到命令后，疯哥向大队长请示，组里人手不够，请求调配，大队长笑道：“分局会有两名案侦民警临时编入你们组，你们成立一个五人专案组，由你全权指挥调度，你每晚将案件进展告诉我就行了。”

领命后，我们三人就驱车前往青羊镇，路上，疯哥向我们通报了案情。

尸体是清晨六点半被两名小学生发现的，他们每天早上从村里出发，先走一段山路，再沿着大路步行去镇里的小学上课，案发地是他们的必经之路。

“六点半天都没亮吧，小学生这么早就要去上学？”文雅有些疑惑。

疯哥回答说：“学校八点钟上课，他俩是值日生，得提前一个小时到。”

案发现场停着一辆黑色轿车，车头朝向镇子，四扇车门处于关闭状态，车子右边的地面平躺着一个人，两脚对着镇子方向，他的脸上放着一个颜色鲜艳的面具。

小学生本想揭开面具看看，却被地上大片已经凝固的暗红色血液吓得不轻，一路跑到学校，给门口的值班老师说了情况，老师马上报警，并与派出所民警一起赶了过去。

我们到现场时，并没有看到预想中的多人围观场面，只有三名男子和一个警察，地上的血迹尚未清洗，尸体、轿车却已经不在现场。

疯哥上前接洽后得知，青羊镇从未发生过如此恶劣的杀人案，为了不引起恐慌，分局刑警勘查完现场后，直接把尸体拉走了，轿车也被拖去分局刑警队做深度痕迹检测。

死者面部被毁，根据轿车车牌号初步确定了死者的身份，再通知家属前来对体形特征进行辨认，死者身份已经基本核实：张东升，男，镇上一家木材加工厂的老板，现场的黑色雅阁车正是他的。

张东升的手机、手表和钱包均未找到，这也是判定此案为抢劫案的重要依据。

派出所掌握的情况是：昨晚十点多，加工厂的工人赵胜打电话给张东升，告知其机器出现故障，无法作业，随后张东升从镇上开车至厂里，排除故障后离开工厂回镇子，途中被凶手杀害。

“怎么有股酒味？”疯哥嗅了嗅问。

“刚才的酒味还大一些，现场的取样已经送检了，另外还发现了碎玻璃，疑似酒瓶碎裂后产生。”回答的是分局的刑警袁权，他们已经做完了现场勘查工作，稍后会给我们一份完整的报告。

“面具在哪儿？”疯哥又问。

“我们在现场进行了初查，面具上没有发现指纹，轿车车门上有死者指纹。鉴于案情重大，我们没有在现场开车门，而是用拖车将其送至分局刑警队做深度痕迹检测。”袁权回答说。

“不错，理应如此，案发时可有目击证人？”疯哥问这话时，看向那几名围观的男子。

袁权介绍说，青羊镇是在M市“城乡一体化”进程中产生的新镇，虽是住到了镇上，多数居民仍然保留着农民的生活习惯，日出而作，日落而息，案发时，镇里的人几乎都睡觉了，没人看到。

“脚印检测情况如何？”

袁权摇摇头说道：“路面是水泥材质，不容易留下鞋印，加之这几天夜里风大，采集鞋印就更难了。再说这路上本就人来人往，采集到的鞋印没有太大意义。不过，死者身上衣裤有磨损，经勘测证实，其被移动过。”

“从哪儿移动到哪儿？”疯哥看着地面问。

袁权走到一处地方回答：“这是轿车的驾驶位外面，地上有一小团血迹，我们推测死者面部是在此处被撞烂的，随后，死者从这里沿着车头被拖到了车子的右侧，途中有血液滴落在路面。”

我暗自点头，刚才疯哥介绍案情时，提到死者是双脚对着镇子方向的，这也能佐证袁权刚才所还原的过程。

“死者家属呢？”文雅问。

“张东升有个老婆，昨晚赵胜打电话时，他与老婆已经睡了，他接了电话离开家里，他老婆继续睡，直到今早才知道张东升死了。”

“张东升一夜未回，他老婆都没觉得奇怪？”文雅皱起了眉头。

“厂里有宿舍，以往张东升半夜去厂里处理事情，如果太晚的话就不会回家，直接在宿舍里将就一晚，所以他老婆并未放在心上。”袁权解释说。

“十一点那么晚了，厂里还有人干活？”这是我问的。

“这个问题还是让赵胜来回答你吧。”袁权说着，把旁边一个男子拉到了我面前。

这男子四十多岁，皮肤黝黑，胡子拉碴的，外貌倒是与“工人”二字匹配。之前我以为他是看热闹的，没想到是案件的关键证人。

赵胜告诉我们，加工厂规模小，只有六名工人，平日里的活计白天就能做完，遇到赶时间的客户，老板才会要求他们加班。昨晚有一批樟木需要切割，刚好轮到赵胜和梁三山加班，切割了一大半樟木后，机器突然出了问题，发出异响，赵胜给张东升打电话，他接到电话后到工厂排除了故障，哪知在回镇上的途中遇害了。

“梁三山呢？”疯哥问。

“是我。”另一名男子走过来，三十来岁，脸上灰扑扑的，身材魁梧，一看就是干力气活儿的。

“事情是赵胜说的这样？”

梁三山不停地点头：“是的，是的。张老板走后，我俩又继续切割樟木，做完后就回寝室睡了，其间并没听到奇怪的声音。”

疯哥点了点头，看着剩下的一名男子问：“你又是谁？”

我们来时，这里有三名群众和一名警察，警察是袁权，群众除了赵胜和梁三山还有一人，疯哥问的正是他。

“警官好，我是宏远木材厂的主任金志成，我们老板让我在这里协助你们调查此案，并做好后勤工作。”男子恭敬地说道，同时从手提包里掏出一包“南京”牌香烟，欲给我们散发。

疯哥摆手拒绝了他的烟，冷眼看着他问：“你们老板不是死了吗？”

2
熟人所为

“我们厂是两个老板合伙开的，我说的是另一个老板。”金志成赔着笑解释道。

他是标准的国字脸，脸上有些斑点，肤色却比赵、梁二人白了许多，戴着一副黑框眼镜，镜片后的一对眼睛比较小，笑起来都快眯成一条线了。

“另一个老板？”文雅若有所思地问。

“是啊，张东升是技术入股，没出多少钱，只能算二老板，周子国是我们大老板，就是他让我过来的。”金志成的脸上始终带着谦卑的笑。

“技术入股？厂里机械出了故障都是他负责维修？”文雅追问。

金志成肯定地回答了文雅，并说以前一些老工人待的时间久，也会些简单的维修，但赵胜这批工人进厂的时间都不长，没敢让他们动机器。

之前我就有些疑惑，张东升作为一个老板，怎么半夜还要去厂里修机器，原来是这样。

不过，我听出了另一层意思：“照你这么说，现在的六个工人都是新来的？”

“嗯，最长的也没超过一年。”

文雅问：“老工人怎么全走了？”

“这两年经济形势不行，加工厂生意差，一年前老板给工人降工资，他们不乐意，以集体不干为由要挟老板，老板没松口，他们就陆续走了。”

“你也是新来的？”

“不不，建厂的时候我就在了。”金志成从裤兜里掏出一包“骄子”，给赵胜和梁三山散了后，自己也点了一支。

我琢磨着，能让老工人全部离职，估计工资降的幅度有些大。这倒让我想起以前在巡警队时调解过的一起纠纷，劳动合同到期后，老板不愿意再雇用某个员工，就降低那个职位的工资，逼着员工主动辞职。

文雅挥手扇开金志成说话时吐出的烟雾：“你的工资没有降？”

“嘿嘿，周老板是我姐夫，他看在我姐的面儿上，没给我降。”金志成看到文雅的动作，不好意思地把刚点的烟扔掉了。

张东升与周子国都是老板，金志成提到二人时的表情却完全不一样，原来有这层关系在里面。想必在他心中，张东升也不过是个“工人”而已。

“你们周老板人呢？厂里二把手死了，他都不露个面？”疯哥接过话头问。

“今天不是有一批樟木要交货吗，所以昨晚才让工人加班，周老板正在厂里接待客户。”金志成说完，又加了一句，“他可是第一时间就来现场看过了的，这位警官知道。”

袁权点头证实了他的话，并说：“杨哥，这里不是问话的地方，我们还是去镇派出所吧。”

疯哥同意了他的提议，叫加工厂的三个人跟着一起走路过去，我和文雅则开车跟在他们后面。

车速很慢，我边开边观察着路两边的地形。青羊镇离市区有二十多公里，由于是新镇，还没有发展起来，建筑以民房为主，且比较集中。

所以，虽然案发地离镇子只有一公里，路两旁却没有建筑，一边是个小山坡，另一边是田地。

张东升昨晚离开工厂时不到十二点，工厂离事发地差不多也是一公里，车子开过来只需几分钟。然而，张东升遇害后，直到第二天清晨六点多了才被发现，足见青羊镇的冷清。

当然，这也与凶手把尸体搬到轿车右侧有关，如果尸体是在驾驶室那一侧，一旦有车辆经过，司机必然会看到。黑黢黢的夜晚，只是一辆轿车停在路边，自然没人理会。

可以说，凶手的这一举动为他离开现场并隐匿起来争取了充分的时间。

“这里没什么人气，大半夜开车过来还真有些发怵。”我对文雅说道。

“是啊，所以，到底是什么理由让张东升停车的呢？按袁权所说，轿车是靠右停在路边的，也就是说，张东升并不是半路突然刹车，而是按正常程序靠边停车。”

我思虑一番，得出两个结果：“要么，是车子出了问题，而张东升也察觉到了，准备停车查看；要么，是路边有人，并且那人引起了张东升的注意，让他停车。”

听我说完，文雅接着道：“那么晚，四处都是黑的，就算车子出了问题，一般人都会开回家再检查的吧，除非是特别严重的问题，这个等分局刑警队检测完车子后就知道了。我更倾向于第二种情况，是凶手故意站在路边的。”

文雅的意思很明显了，在那种时间点、那种环境中，如果是一个陌生人站在路边挥手，多数司机都是不会停车的，除非是熟人！

我往前看去，疯哥和袁权走在最前面，疯哥边与他交谈边留意着路两旁，不时停下来查探一番。金志成走在他们身后，一副唯唯诺诺的样子。赵胜与梁三山走在最后，他俩也不时交谈几句。

我接着刚才的问题想，青羊镇虽然不大，可常住人口有近三百人，其中，张东升认识的少说也有一半，单是从“熟人”这方面，还真不好调查。

从表面上看，赵胜与梁三山似乎可以排除嫌疑，因为张东升是开车离开工厂的，他们二人即使在他出发后马上离开，也是追不上的，并且他俩可以互相做证案发时对方在厂里加班。

然而，如果他们是同伙且都在说谎呢？

是赵胜打电话叫来了张东升，若他们事先有预谋，那就顺理成章了，他们完全可以找借口坐张东升的车一起离开，然后在中途作案。

想到这里，我惊呼：“不能让赵胜和梁三山待在一起！”

然而，文雅听了我的分析后却说："没必要，如果真是他俩做的，他们定然早就商量好了，现在把他们隔离开，意义不大。再者，就算叫张东升出来是凶手计划的一部分，那厂里的其他工人也可以事先对机器动手脚，然后埋伏在路边，等着加班的工人给张东升打电话，这样的话，所有工人都有嫌疑。"

文雅说得倒也不无道理，要真是他们的话，案子反而就简单了，只要分别对他们进行连番讯问，总有人会露出破绽，看他们的样子也不像是反侦查意识极强的高智商罪犯。再一个，对车内痕迹的检测也能有些线索。

到派出所后，所长接待了我们，进一步讲了些青羊镇的情况。

青羊镇的多数居民仍然有自己的田地，因为离城近，农活少时会去城里找事做，留下的多是老人、孩子，青壮年不到五十个人。

疯哥问："这里的案件一般以什么为主？"

所长回答："警情以纠纷居多，案件嘛，一年也就几起盗窃案和打架斗殴案。"

疯哥又问："有没有抢劫案？"

所长摇头说："青羊镇只发生过两起抢夺案，没有抢劫案。"

（注：1. 抢劫罪表现为当场使用暴力、胁迫或其他强制方法，强行劫取公私财物，而抢夺罪表现为乘人不备公然夺取数额较大的财物，使他人来不及反抗；2. 抢劫罪不但侵犯了他人的财产权利，还侵犯了他人的人身权利，而抢夺罪只侵犯了财产权利。）

疯哥来了兴趣："案卷资料呢？我们想看看。"

所长说纸质卷宗已经交到分局了，网上能看到电子卷宗，等会儿就带我们过去查阅。

我问："死者有没有仇人？"

所长说道："张东升我接触过，人挺不错的，没听说与谁有过节啊。"

"他是本地人吗？"

所长点头："是。"

从办公室出来，疯哥安排我和文雅给金志成三人分别取一份笔录，他则与袁权去查看那两起抢夺案的资料。

因为有了怀疑，在问赵胜与梁三山时，我们用不同的提问方式问了些相同的内容，他们的回答没有不合理的地方，在表情方面，既没有反常的镇定，也没有过分紧张。

一番询问下来，我们彻底排除了他俩的嫌疑。随后分局刑警队传回的轿车检测报告显示，车里也没发现他们进入过的痕迹。

通过对金志成的询问，我们了解到，加工厂是五年前建成的，最初的规模比现在小一些，除了两个老板和金志成，只有两个工人，后来工人数增加到了六个，周老板又配了个司机，刚好是十人，之后人员有出有进，但总数一直维持没变过了。

现在的十人当中，周老板和金志成是外地人。周老板城里有房子，镇上也有房子，两边住，金志成的房子在城里，每天开车上下班。

其他人都是青羊镇的，只不过有的住在镇上，有的住在附近的村里。

文雅特意问了去年离职的六名工人情况，只有两人还留在镇上，另外四个都出去打工了。

提到这事，金志成像是想起了什么："你们刚才问我张东升有没有仇人，我记得去年降工资时，他去做工人思想工作，几个工人一起骂过他。"

"那两人既然觉得加工厂的工资低，怎么离职后又没去外面找活儿干？"

"这个……不好说，他们是兄弟俩，还是你们自己去他们家里看吧。"

金志成欲言又止的模样让我很好奇，再问他却始终闭口不说，似乎有些顾忌。

询问结束，金志成带着两个工人离开了派出所，走之前留下电话，让我们有需要就通知他，厂里一定会全力配合警方调查张东升被杀一案。

出了审讯室，我和文雅打算去找那兄弟俩问问当时的情况。

我没见到疯哥，就给他打电话，得知他和袁权看了案卷后，正在去其中一名抢夺违法人员的家中。

让我意外的是，这人竟是两兄弟之一。

3
许家兄弟

加工厂去年离职的六名工人，留在镇上的二人分别叫许海和许涛，其中弟弟许涛因抢夺罪被判处有期徒刑半年，刚放出来一个多月。

既然疯哥去了他们家，我和文雅就没必要再过去，疯哥安排我们走访一下镇上的住户，看能不能找到些线索。

从派出所出来，我觉得有些口渴，就去旁边的小超市买水。付钱时，女老板见我穿着警服，又是生面孔，猜到我是来办张东升的案子的，便主动与我聊了起来。

“警官，张东升死得冤哪，你们一定要抓住凶手啊。”

我来了兴趣：“怎么个冤法？”

“我和他是小学同学，我们的住房也是挨着的。他是个老实人，做事踏实，当了老板也没有瞧不起我们，平日里见面都会打招呼的。”

女老板说到这儿，探头往店门外看了看，我问她在看什么。

她缩回头来，神秘兮兮地说：“我看啊，他不是被抢劫，而是被蓄意谋杀的。”

“为什么？”

“我从小在这一带长大，几十年都没见过杀人案，偏偏就张东升遇着了，我看啊，没那么简单。”女老板说这话时，一副经过慎重思考的模样。

我本以为她能提供什么线索，结果是这种臆想性的断定，我很是无语，拿着水准备离开。

“警官，警官。”女老板见状叫住了我，又探头往外看了两眼，用比刚才小了不少的声音说，“张东升的老婆给他戴过绿帽子。”

“怎么回事？”这事儿倒是挺有价值的。

“上个月有天半夜，我起来上厕所，在月光下看到楼下有个人影在晃荡，我以为是贼娃子（小偷），就站在窗户边盯着他，过了一阵儿，张东升家的门开了，那人径直走了进去。

“当时我以为是张东升忘了带钥匙，也就没多想，结果第二天早上我出门时，碰到张东升开车回来，我觉得奇怪，等他停好车，问他这么早去哪儿了，你猜怎么着，他说他昨晚一直在厂里，那会儿刚回来。”女老板说着，咂巴着嘴，满是惋惜的表情。

“你和张东升上学的时候该不会是恋人关系吧？”

女老板扭捏地低下头：“哪能啊，人家是班里的尖子生，又念过大学，我这种差生可配不上他。”

“你知不知道那晚去他家的人是谁？”我问。

女老板没有回答，我仔细一看，她的脸上带着红晕，看来还沉浸在刚才那个问题中，我又问了一遍，她才抬起头说：“不知道，那女人心机深得很，这么些年，我也就上个月碰到过一次。”

“张东升老婆也是你同学？”听女老板的口气，对张东升的妻子也比较了解。

“谁想和她做同学，读书的时候她比我们小几个年级，后来考了个三流学校，毕业后也没找到什么好工作，成天打扮得跟个狐狸精似的。她嫁给张东升，还不是看上他的钱了。”女老板的语气中带着鄙视。

“她和张东升是怎么认识的？”

“两家大人关系好，撮合的呗。”女老板似乎有些不甘。

我见问不出什么，换了个话题：“镇上的许海两兄弟你知道吧？”

这时，文雅没等到我也找了过来，她穿的是便服，女老板用质疑的眼神盯着她，我忙说文雅是我同事。

“当然知道啊。”一听文雅也是警察，女老板松了口气。

“他们家的情况你给我说说。”

“我给你们说了，你们可不能讲出去啊，被许涛知道了，会找我麻烦的。”

金志成和女老板都不敢提许家的事，看来这个许涛在青羊镇是个地痞流氓，也不知木材厂当初怎么把他招去当了工人。

许家两兄弟，老大许海智力有问题，现在三十多岁了，说话、做事还像个七八岁的小孩，从小就被村里的人欺负。

许涛比许海小五岁，打懂事起，他见着哥哥被欺负都会去帮忙，结果是自己也会挨打。

直到许涛上了初中，体魄健壮了不少，变得很能打，有两次把欺负他哥哥的那些人的头都打破了，这种情况才好了起来。

许涛最讨厌别人说他哥哥是弱智，但凡听到，都会把说的人揍一顿，时间长了，镇上也没人敢当面说他们兄弟俩的坏话了。

不过，许海毕竟是孩童心智，喜欢到处乱跑，许涛要做农活、要挣钱，不可能时刻盯着他，许海落单的时候，也会有些胆子大的人偷偷逗弄他。

“许海这种情况，怎么还能去工厂做事？”文雅问道。

女老板说：“许涛为了照顾哥哥，初中毕业就不读书了，也没出去打工，学了个家电维修的活计，在镇上开了个铺子。不过镇上毕竟人少，他的生意不行，木材厂招工他就去了。他给老板说每天上班要把许海带着，老板本来不同意，他就说许海也可以帮着做事，两兄弟只拿一份工资，老板当然就乐意了。”

“那么，去年从工厂出来后，许涛又继续在镇上开了家电维修店？”我问。

女老板点头道：“嗯，不过他在厂里干了两年，重开后，生意比以前更差了，他就开始做些小偷小摸的事，派出所一般也就拘留几天，拿他没办法，直到有次他抢了别人东西，这才被判了刑。”

“他抢的谁的东西？”我问。

“这个……我记不住了……你们警察那儿不是有资料吗，能查到吧……”女老板支支吾吾的。

我正欲再问，文雅悄悄拉了拉我衣服，然后问：“许涛关了半年，这期间他哥哥由谁照看？”

“他老爹啊。许涛出生没多久，他妈就跟人跑了，他爸一直在外面打工赚钱，他们兄弟俩是由婆婆带大的，前几年婆婆死了，他爸才回到镇上。不过他爸毕竟年纪大了，照顾弱智儿子没有多少耐心，那半年时间，许海整天蓬头垢面的，就没穿过一身干净衣服，镇上的娃儿们欺负他，他爸也不爱管。有次下雨路滑，他没走稳摔了一跤，这下脑子更迷糊了，又是弱智，又是精神病，真是作孽。”

“现在许涛放出来了，应该好些了吧？”文雅问。

“那是自然，说句实话，许涛对他哥哥真是没的说，他本来成绩很好，要不是哥哥的拖累，他也不至于混到今天这种地步。”女老板叹息道。

之前我猜想许涛是个流氓，听了他们兄弟俩的事，我不由有些同情起这个与我同龄的男子，他的人生本可以过得很精彩、很幸福的。

走出超市，我接到疯哥的电话，他说分局那边出了几项结果，其中，案发地的碎玻璃碴儿经过逐一比对后，证实是红星二锅头的酒瓶部分，他让我到镇上各超市、副食店问问购买此酒的人群。

我们回到超市，询问女老板，她说二锅头这酒劲大又便宜，镇上的人都喜欢喝，有些人去地里干活还会随身带一小瓶，方便。

“许涛也喝？”文雅问。

“喝，怎么不喝！”

这条线索让我们进一步确定凶手就是镇上居民，在没有明显指向性线索时，遵循“由熟至生”的经验，我们决定着重排查加工厂内部人员和许涛。

此外，根据女老板所说，张东升的老婆也是个重点人员，妻子红杏出墙，与奸夫共同谋害丈夫的案子并不少见。

走在镇上，四处的居民都向我们投来好奇的目光，我被盯得有些不自在，文雅却毫不在意地分析着案情：“我一直在想，凶手把死者的脸都撞烂了，还放了一副面具上去，这个行为是什么意思？”

“从熟人作案的角度来看，凶手对张东升应该是有恨意的，不是纯粹的抢劫杀人。凶手毁了张东升的脸，再放上‘小丑’模样的面具，会不会是凶手认为张东升平日里的样子是伪装出来的，他的内心如小丑般滑稽与丑陋？”我试着说。

对于这个推断，文雅也比较赞同，我们下一步需要多了解些张东升生前的事情。

耳旁传来一阵喧闹，我抬头看去，发现我们走到了青羊镇小学附近，这会儿刚好中午放学，学生都从里面拥了出来，然后各自散开。

镇上与城里不同，人少，环境也没那么复杂，所以家长一般不会接送孩子。

“快走，傻子又来了……”

几个学生哄闹着往我们这边跑来，在他们身后，站着一个三十多岁的男子，他脸上有许多污渍，头发上沾着些树叶渣，身上的衣服倒是比较干净。

此刻，他咧嘴笑着，嘴张得很大，露出黄黄的牙齿，上排的门牙缺了一颗。

“他就是许海吧。”文雅向男子走了过去。

“弱智，又是个精神病……”女老板的话回响在我脑中，我急忙跟上文雅，谁知道许海会不会突然发病呢。

男子保持着咧开嘴的姿势，像是定格了一般。

待我与文雅走到面前，挡住了他的视线，他才看向我们，脸上露出疑惑的表情。

“你是许海？”文雅轻声问。

男子收起笑容，呆呆地看着文雅，却不说话。

“你别怕……”

我后面的话还没说出来，男子突然伸出手在胸前挥舞，嘴里说着：“坏人，坏人！”

见他这样，我忙拉着文雅退后了两步，男子却不罢休，向我们走来，同时右手握拳高高举起再用力打下，不停地喊道：“敲死你！敲死你！”

4

抢夺案情

男子的动作太快，我们又是背对着往后退的，眨眼工夫男子已经到了面前，不得已，我伸手去挡他，两人的手接触在一起，我只觉他的力道很大，我不敢轻视，猛一发力，直接把他推开了。

没想到的是，男子力气虽大，身体协调能力却差，我这一推，他的上身往后仰，两脚没及时退，整个人一屁股坐在了地上。

“坏人！坏人！”兴许是这一下摔得太痛，男子的语调都有些变化，带着哭腔。

刚才我们猜测他是许海，按超市女老板所说，他的智力只有七八岁，没必要和他计较。想着，我走上前去准备拉他起来。

就在这时，他从地上捡起块小石头，突然向我扔来，我躲闪不及，石头打在额头上，痛得我倒吸了口凉气。

看打中了我，男子笑了起来，又去地上摸石头。

这下我是真的恼了，几步冲到他身后，用控制嫌疑人的方法，把他的两手牢牢扣住，再用右脚膝盖顶住他的后背。

男子动弹不得，哇哇大叫，身体也不停地扭动。

“你在干什么？！”

一个中气十足的声音从背后传来，文雅脸色微变，对我说：“有人来了。”

我控制着男子，不敢松手，但这种姿势也没法回头。

“陆扬，放开许海。”是疯哥的声音。

听着是他们过来了，我松了口气，正准备放开手，只觉身子被人猛地拉开，一个人影蹿到面前，拉起了坐在地上的许海。

我看着这人，他的长相与许海有几分相似，平头，眉宇间有股子煞气，想必就是许涛了。

“哥哥，打坏人！”许海扯着许涛的衣服，眼睛盯着我说。

这让我有些疑惑，女老板不是说许海是哥哥吗，怎么他反而叫许涛哥哥？

“哥，他打你没有？”许涛拍打着许海身上的灰尘，关切地问道。

为了不引起误会，我赶紧上前去解释了几句，许涛却并不领情，甚至看都没看我，他整理着许海头发上的树叶碎渣，又问：“哥，他打你没有？”

“他，他，不认识……坏人……哥哥……敲他！”说着，许海又向我做着刚才那个动作，右手握拳，高高举起，再猛地捶下，看得我心里一紧。

“我们回去吧，该吃饭了。”许涛拉着许海，转过身，往他们来的方向走去。

看样子许海对许涛很是依赖，我明白了，许海虽然年龄大些，可他永远是个七八岁的孩子，每次出事都是许涛保护他，所以他把许涛认作了哥哥。

他们走远后，疯哥问我：“刚才是怎么回事？”

文雅把经过讲了一遍，疯哥问我额头还痛不痛，我摇了摇头，又问他们怎么过来了。

“刚才我们去许涛家问情况，他很不配合，问了一阵，他说要出来找他哥哥，我们也就跟着一起出来，然后在这里碰上了你们。”袁权说道。

“他不配合？”我皱眉问。

“是啊，他好像对警察很抵触，估计是在号子里被狱警修理过。”袁权回答。

“那你们有没有问出什么线索？”文雅问。

疯哥掏出烟，给袁权拿了一支，自己点了一支，这才说：“许涛抢夺案中，他抢的对象是张东升的老婆刘芳。”

“是她？”我讶然。

“嗯，那天傍晚，张东升与刘芳吃了饭后，走路去厂里拿东西，当时刘芳把手机放在上衣兜里，手机上插着耳机在听音乐。走着走着，她感觉不对劲，扭头一看，发现衣服兜里有只手，她惊呼一声，那只手从她兜里抽了出去，手里捏着她的手机。她认出那人是许涛，张东升也马上追了上去，边追边喊，本来是追不上的，刚好派出所的警车从镇里出来到城里去，民警下车拦下了许涛。”

文雅接话道：“难怪刚才女老板不愿意说许涛抢的是谁，现在张东升刚死，很多人自然容易联想起之前许涛抢他妻子一事，女老板是担心让许涛知道她在背后讲他的坏话，会来找她的麻烦。”

我说：“不过这个许涛也笨啊，要偷去城里偷啊，在自己镇上偷，也不怕丢人吗？”

袁权说：“正因为都是熟人，有时候大家发现了也没有追究他的责任，甚至不会报警，这样他的违法成本就低了，而脸面对他来说并不重要。那天如果不是刚好被派出所的人遇上，他直接把手机还给张东升，张东升估计也不会追究，毕竟许涛以前是他厂里的工人。”

“一年前，木材厂给工人降工资，张东升去做工人的思想工作时，的确遭到了谩骂，这事在许涛那里得到了证实，他承认自己当时也骂过，因为工资降的幅度太大了。”疯哥说。

文雅问：“他抢刘芳手机时，知道那两人是张东升和刘芳吗？”

疯哥回答：“当然知道，他说他不会偷穷人的东西，镇里有钱的就那么几个人。那天他本来只想偷的，过程中被发现了，索性抢走，他想的是一路跑回去，把手机藏起来，到时候就算刘芳报警，他来个死不承认就行，反正事发地既没证人又没城里的探头。”

我很无语，这家伙倒还蛮懂的，只有受害人的指认，无旁证、无物证、无视频，嫌疑人拒不承认违法行为，这种案子办起来的确很棘手，放在乡镇上，涉案金额小的话，派出所民警一般都会调解了事。

“都中午了，咱们先找个地方吃饭吧。”袁权提议道。

去饭馆的路上，我问专案组还有个人是谁，因为大队长之前说分局会派两个案侦民警过来。

“哦，也是我们队上的，他回分局去等案发地的检测报告了，下午再过来。”袁权回答说。

到了饭馆，为了方便说话，我们要了个雅间。

刚坐下，疯哥突然想起了什么：“那个许海刚才做了个敲击的动作，张东升的后脑勺也被敲碎了，这中间会不会有联系？”

文雅说：“以许海目前的状态应该杀不了人吧？”

我并不赞同：“未必，许海的心智只有七八岁，却有着成年男子的身体，刚才我和他接触时，感到他的力气并不小，只要有工具，在出其不意的情况下，杀人也不是难事。”

“他口口声声说你是坏人，可他从未见过你，是不是之前受到过什么刺激？”袁权问。

我回想着当时的情形说：“那会儿学校正好放学，一些学生从他身边经过时，会称他为‘傻子’，他听到这个词都没有反应，仍然是憨笑，可一看到我和文雅，表情就发生了变化，我在想，会不会并没有特殊的原因，仅仅是因为我和文雅是生面孔呢？”

“问一问就知道了。”疯哥说着，把饭馆的老板叫了进来。

老板告诉我们，许海因为脑子问题，只上到小学五年级就辍学了，不过他很喜欢学校，除了家里，最常去的地方就是学校。

每天放学的时候，许海都会到校门口去，看着学生从里面走出来。有件事很奇怪，他没有手表，也不会看时间，可他就是能赶在放学前到达校门口。

文雅分析说：“许海喜欢学校，是因为他没上几年学，对校园生活和同学情谊充满了向往，而他每天都那么准时，应该是长期以来的习惯让他形成了生物钟。”

对于许海喊我“坏人”一事，老板说自从他上次摔了一跤后，但凡见着镇子外的生人，都会有类似的反应。

“许海喜欢用锤子敲东西？”疯哥问了个关键问题。

老板慌忙摆手说：“哪敢让他拿锤子啊？那他发病的时候还不得把人敲死。”

“那他怎么喜欢做敲打的动作？”疯哥又问。

“他弟弟开了个维修店，里面有各种各样的工具，平时也会用到锤子，许海的动作多半是从他弟弟那儿学来的。”老板回答道。

袁权问：“镇上谁和许家走得比较近？”

老板凝神想了一会儿后说：“许海的确可怜，大家乡里乡亲的，以前碰着了，好多人都会给他几元钱，让他去买糖吃，后来有几家人的小孩与许海玩耍后被许涛狠揍了一顿，慢慢地，也就没什么人与许家接触了。”

“是不是那些小孩子欺负许海？”文雅问。

老板讪笑道：“小孩子家家的，都是一起玩，哪里称得上欺负嘛，也就骂几句，过分点的就是让许海趴地上当马骑，许海自己还乐意和他们玩呢。”

我心想，一个成年男子趴在地上被一群小孩子当马骑，这还不叫欺负？

“你家的孩子也和许海‘玩’过吧？”文雅问老板这句话时，把那个“玩”字咬得很重。

老板搓着手，嘿嘿笑了两声，算是默认了。

“行，你去忙吧，我们的菜上得快一些，下午还有事。”疯哥说道。

老板出门时，回过头说：“我想起来了，倒是有一个人和许涛关系不错。”

5
去木材厂

“谁？”疯哥马上问。

老板重新走了回来：“木材加工厂周老板的司机王宇，他小时候与许涛是一个村的，又是同学，他从来没嘲笑过许海。青羊镇成立后，他们两家的房子也隔得不远。”

老板说完就出去了，文雅说道：“又是木材加工厂……”

“是啊，吃了饭我们就去厂里看看。”疯哥点了点头。

“疯哥，许涛家庭情况如何？”文雅问。

疯哥回答：“家里修的两层楼房，兄弟俩住楼下，他们爸爸住楼上，楼下只有一间卧室，卧室里有两张单人床，其他地方堆放着一些旧的家电，以及一些工具，是许涛的工作场所。房子几乎没装修，也没什么电器，他们的经济收入应该很低。”

“中途我装作找厕所，故意走进了兄弟俩的卧室，看到里面放着不少玩具，虽然都脏兮兮的，却也不全是便宜货。”袁权补充说。

我说：“许涛在外面臭名昭著，对这个弱智哥哥却真的用心，家里经济本来就差，还舍得给哥哥买玩具。”

文雅感叹道：“这就是血浓于水的亲情啊。”

疯哥却说：“亲情也不见得都有这么深，我记得你们梓州县去年就出过一起弑母案。”

……

吃过饭，我们一行四人就回派出所开上车，前往木材厂。

木材厂位于马路边，周围建有两米多高的围墙，围墙上插有碎玻璃。大门由两扇铁门组成，厂里的大部分土地上方搭有一个塑料板顶棚，棚下正中间是两台加工的机床，机床四周堆放着各种类别的木材。

我们进去时，几名工人正在里面忙活，锯片切割木材，发出“哧哧”的响声，空气中弥漫着木屑和粉尘，初一进去，我们几个人都咳嗽了一阵儿。

适应过后，我数了一下，刚好六个工人，两台机床边各有三个人。

赵胜见到我们，笑着走了过来，走近后，喊道：“几位警官好。”

嘈杂声很大，赵胜是扯着嗓子说话的，疯哥示意他让工人暂时关掉机器。

赵胜走了回去，在一个戴口罩的工人耳边喊了几句，那个工人点了点头。

过了一分钟，赵胜那边机床上的木材切割完了，他关了电源；又过了两分钟，另一台机床上的木材也切割完了，戴口罩的工人关了它，周围一下安静了。

我们走到赵胜那边，疯哥问：“你们昨晚加班时，也是用的这个机器？”

赵胜点头说：“没错，厂里有两台机床，白天同时运行，晚上加班时，就用这一台。”

疯哥又问：“昨晚机器出什么问题了，张东升修了多久？”

赵胜回答：“我们听着机器发出异响就停了，张老板来了后，重新启动，听了几分钟，然后关掉电源，拆开外挡板，把几颗螺丝拧紧就好了，之后他让我们切割了一根樟木，听着没问题就走了，前后也就二十多分钟。”

“只是螺丝松了？”疯哥确定道。

“是啊。”

疯哥有些惊奇：“这种小毛病你们都处理不了？”

赵胜忙着摇头：“我们都没读过几年书，没师傅教的话，哪敢随便动这些铁家伙，弄坏了可赔不起。”

“这种故障经常出现吗？”我问。

赵胜回答：“机器每天都在运转嘛，出故障很正常，反正只要有异响我们就会停下，然后叫张老板过来，不同的声音对应不同的故障，有时是螺丝松了，有时是锯片该换了，有时是该加机油了。”

文雅围着机床走了两圈，敲了敲它的面板，又摸了摸锯片，然后问赵胜：“出现螺丝松动的情况多不多？”

这时那个戴口罩的工人回答道：“厂里安排我做保养记录，这两台机床都旧了，每个月都会出些小问题，螺丝松动这种故障，差不多每两个月出现一次。”

“这台机床上次出现螺丝松动是什么时候？”文雅追问。

“你等等。”工人说完，从包里摸出了个小本子，翻看一阵后回答，“你看，到昨晚刚好是两个月零三天。”

工人说这话时，语气很是得意，似乎在说：“你看，我统计的规律很正确吧。”

文雅看着他指的地方，问道：“既然一直是你在统计，那你应该也会一些基本的维修吧？”

工人正扬扬自得，马上说：“比起赵胜他们几个，我自然要懂一些，不过厂里有规定，机床故障只能让张老板来处理，所以我虽然见他处理过好多次，却从来没亲自动手弄过。”

我暗笑，文雅这是在试探工人，他却浑然不自知。

这时，疯哥问赵胜：“你们周老板呢？”

赵胜回答：“以往这个时间，老板应该在午睡，今天张老板出了事，估计他是睡不着的，我带你们去吧。”

从厂棚里出来，赵胜带我们往大门走去，原来，离着大门四五米远的那栋楼就是厂里的宿舍楼加办公楼，两层，下面是工人和司机住，上面是两个老板和金主任住，他们三人住的都是套间，既能办公又能住。

上了二楼，先经过金志成的办公室，房门紧闭，窗帘也是拉着的，中间是张东升的办公室，房门同样是关着的，最里面一间是周子国的，房门关着，窗户却是打开的。赵胜到窗户边看了一眼，就喊道：“周老板，警官找你。”

“门没锁，请进。”一个低沉的声音从里面传来。

袁权离门最近，转动把手打开了房门。

我们进去时，周子国已经站了起来，走到了办公桌的前面迎接我们，脸上带着微笑。

周子国看样子四十多岁，梳着一个并不时髦的大背头，脸上的胡须刮得很干净，穿一身黑色西服，里面是灰色衬衣。他与我们握手时，举止很是儒雅，哪像个木材加工厂的老板，更像是高级职场经理。

“几位警官请坐，上午我有个重要客人要接待，没能亲自到派出所协助你们调查，实在是不好意思。志成回来后，已经把情况给我说了，我让他去城里陪着东升的爱人，帮着打点一下后事。东升既是我的好兄弟，也是我的左膀右臂，他出了事，我真的很难过。”周子国说着，从裤兜里拿出一盒烟来，挨个给我们散发。

“周老板，你的时间也很宝贵，我就开门见山了。请问一下，张东升平日在厂里可有与谁结怨？”疯哥直截了当地问。

周子国坐回自己的椅子上：“杨警官说笑了，我们厂里就十个人，大家有钱一起赚，东升对厂里的事很上心，对工人也好，没听说与谁结怨。”

“你说的是现在，那以前呢？”疯哥问。

“以前？你是指……”周子国的眉头稍皱了一下。

“比如说，去年辞职的那几个工人。”疯哥不动声色。

“哦，你说这事啊，看来你对我们厂里的情况了解得很透彻，当时降工资是我与东升商量决定的，再由他去向工人说明。此事的确为他招了不少骂，不过骂我的更多、更难听，这算不得结怨。”周子国笑道。

“周老板果然是做大事的，心胸敞亮。我再问第二个问题，青羊镇上的许家兄弟都曾是你的工人，你对他们二人有什么了解？”疯哥又问。

提到许家兄弟，周老板直起了靠在椅子上的身子，有些惋惜地说：“许涛是个干活的料，许海嘛，虽然有力气，可毕竟……毕竟像个孩子，我可不敢让他做重活，就是做一些清洁工作。在厂里的时候，两人都挺本分的，我完全没想到许涛后来会做违法的事。”

“许涛有没有偷过你的东西？”文雅插了一句。

“这个……”周子国有些迟疑。

“请周老板如实相告。”文雅盯着他。

周子国想了几秒后说道：“事情已经过去这么久了，并且我本人不愿追究……”

疯哥马上说：“你放心，我们不会追究他的责任。”

周子国深吸了口气，似做了很大决定，这才说道：“许涛偷过我两千块钱。”

疯哥问：“什么时候的事？”

周子国说：“就在他被抓前一个多月吧，他到我办公室来借钱，说是家里开不了锅了，我二话没说就从包里拿了两百元给他，他很感激，还与我聊了些家常，中途我出去接了个电话，回来时他已经走了。下班回城后，我拿出钱包买东西，发现少了两千元钱。”

“会不会是你弄错了？”我问。

周子国摇头道：“肯定是他，我拿两百元出来时其他钱还在，其间我只与他一个人接触过。”

文雅问：“你当时没报警吗？”

“其他人的话我可能会报警，知道是他，我想了想还是算了，许海那么个样子，我就当做好事了。”周子国淡然一笑，接着说，“我们厂虽然效益不好，却是每年都会给一些慈善机构捐款的。”

“周老板还真是大仁大义。”站在我旁边的袁权竖起大拇指道。

周子国说：“哪里，这是一个企业的社会责任嘛。”

文雅没再说这话题，转而道：“周老板，能不能麻烦你给我一份你们工厂所有人员的个人资料。”

“我的也要吗？”周子国问。

文雅回答："是的。"

"没问题，我让志成准备一下，明天上午送到派出所。"周子国并没有表现出不悦，爽快地答应了。

谈话持续了半个小时，最后疯哥让周子国打开张东升的办公室给我们看看，周子国却说钥匙在金志成那里，只有等他回来才行。

结束后，周子国本来要起身送我们，这时他桌上的座机响了，他接起后说了好一阵，听着是生意上的事，疯哥给他做了个离开的手势就带着我们出来了。我走在最后，帮周子国关上了房门。

"周子国的气质倒是远超出了木材加工厂老板的身份。"出来后，袁权感叹道。

文雅却轻笑道："这不是什么好事。"

"哦？"袁权疑惑地看着她。

6
光头司机

文雅回答：“前段时间，我们组办理了一起‘女尸复仇’案子，那个凶手比周子国的气质还要好、举止还要儒雅。第一次见面时，我和陆扬都被他的外表迷惑了，谁能想到他手上有三条人命？”

我附和说：“是啊，那凶手的心智与演技实在是厉害。不过，他是留学归来的成功人士，表现出来的气质与身份倒也相符，这个周子国的气质与身份却是极不匹配。”

疯哥说：“查查他的学历与人生经历就有答案了。”

从张东升办公室门口经过时，文雅撕下一片卫生纸，揉成一个小团，将其塞进门缝。如果有人在我们走后进入过办公室，纸团就会掉落。

文雅这样做，明显是在防着周子国。

下了楼，我们敲响了司机宿舍的房门，刚才从周子国那儿得知，他在里面睡午觉。司机住的单间与工人的宿舍是隔开的，毕竟是老板身边的人，待遇相对要高一些。

门开后，我们几人都有些吃惊，王宇是个光头，脸上的胡须也刮得很干净，加之肤色较白，整个头看起来就像个剥了壳的鸡蛋，他的体形偏瘦，没有多数专职司机的大肚腩。

看到一群陌生人站在门口，王宇皱眉问：“你们找谁？”

“我们是刑警队的，已经和周老板衔接过了，来找你了解一些张东升案子的情况。”疯哥言简意赅。

“好的，请进。”王宇松开眉头，侧身把我们让进房间。

房间不大，里面只有一张床和一把椅子，王宇说他就白天午睡时过来一下，晚上都回自己家里住。

“听说你和镇上许涛的关系不错？”疯哥给王宇发了一支烟，然后问道。

“嗯，以前我们是一个村的，我很小的时候，我爸妈说许海很可怜，让我别欺负他，后来我与许涛又成了同学，我俩一起上学放学，关系的确不错。初中毕业，我到外面打工去了，过年才会回来，我们见得就少了。直到我爸妈出了事，我回来守着房子，与他们兄弟俩才又熟络了起来。”王宇说。

疯哥问：“你是什么时候到木材厂的？”

“快三年了吧。”

“一年前，周老板给你们降工资，工人都走了，你为什么没走？”

“当时许涛也让我走，但我家里就剩下我一个人，工资虽是降了，也能过活，何况我爸妈出事后给我留了一笔钱。再说，给老板开车，第一是轻松，第二嘛，比他们当工人的好处还是要多些的。”王宇笑着说。

王宇这话不假，在企业给老板开车和在机关给领导开车一样，与老板走得近了，自然会得到一些旁人得不到的好处。

我好奇的是王宇的家事，他与许涛是同学，那么也就是三十岁左右，他的父母年纪应该不大，怎么家里就只剩他一个人了呢？不过这事不方便当面问，我打算等会儿去问问赵胜。

“加工厂两个老板，为何只有周老板配有司机？”文雅问。

“周老板出的钱多，并且厂里的业务主要是他在跑，自然要体面一些。张老板是技术出身，几乎不与客户打交道。”王宇说的这个理由还是比较中肯。

“两位老板平日的关系如何？”文雅又问。

文雅对周子国有怀疑也是正常的，亲兄弟尚且要明算账，搭伙生意的确不好做，周子国与张东升二人如果太和谐反而不正常。

“虽然在一些问题上会有争吵，但总体还是不错的。”王宇说。

“哪些问题？”文雅紧追不放。

王宇搓着手回答道：“比如说工人的管理、工厂的设备更换之类的，都是工作上的问题，并且不会吵得太厉害。”

“你每天下班后都会把周老板送回家里？”

王宇摇头道：“我家在镇上，周老板如果在城里住的话，是他自己开车上下班，他在镇上住的话，我才接送他。”

文雅问：“昨晚呢？”

“昨天事情多，周老板下班晚，加之今早要交一批货，周老板就没回城里，住在镇上的房里，我早上去接的他，有什么问题吗？”王宇露出一丝疑惑。

“对于张东升的死，你有没有什么想法？”疯哥岔开了文雅的话题，估计是担心她问得太明显，传到周子国那里不好。

“张老板平日对工人不错，也没有什么架子，这次真是运气太差了，唉。”王宇叹息着说。

“一年前许涛他们骂张东升时，你有没有参与？”

“当然没有，毕竟我是准备继续在厂里干的。”

“镇上的人都怕许涛，你与他接触得多，觉得他凶不凶？”我问。

“许涛最在意的是他哥哥，他若不表现得凶一些，就会不停地有人欺负他哥哥。我向来对他哥哥不错，许涛自然不会凶我。”

我比画了一下许海做的捶打动作，王宇马上认了出来：“你们见过许海了？他遇到生人时就会做这种攻击性动作。”

“这动作是谁教他的？”我盯着他问。

王宇说：“是他弟弟。许海从小被人欺负，许涛就给他做了一个木头锤子，让他带在身上，可以吓唬那些小孩子，不过许海其实很喜欢与镇上的小孩玩耍，小孩捉弄他他也不会生气，所以这个锤子从来没用过。

“许涛因抢夺被抓后，有一次镇上有一家人的亲戚过来玩，他也去逗许海，许海怕生，拿出木锤子用力敲在他头上，那人当场就晕了。许海家里没钱，对方的医药费还是镇政府帮着解决的。这次事情过后，许海爸就把他的锤子烧了，不过许海见着生人还是会做这个动作。”

袁权问了句：“许涛怎么想着给他哥做一把锤子，而不是棍子什么的？”

王宇把抽完的烟头随手弹出窗外，回答道：“许涛说棍子太长了不好带，锤子方便，插在腰带上就行了。还有，许涛用锤子打过架，可能是他觉得锤子比较厉害吧。”

后面的话让我们皆是一惊，疯哥问：“什么时候的事？”

“上学那会儿，有好些年了。”王宇回想着说。

疯哥问：“他打架时，用的是什么锤子？”

“铁的啊，他是一战成名，打那以后，欺负许海的人少了许多。”

从王宇宿舍出来，我们四人回到车上，汇总了一下这一天的收获。

张东升接到工人电话出来，返家途中被杀。

1. 死者身上财物被抢，推断凶手家庭条件差。

2. 死者后脑勺被敲碎、心脏受刺，推断凶器有两个，一把锤子和一把尖刀。

3. 从动机来看，加工厂去年离职的工人对其有过辱骂；张东升的老婆似红杏出墙，奸夫未知；周子国与张东升因工作问题有过争吵。

4. 根据现场情况来看，车辆正常靠边停放，凶手应是死者熟人。

“这四个条件，许涛都符合，他的嫌疑很大啊。”袁权说道。

“要不要传唤他？”我看向疯哥问。

文雅却说：“为时过早，我建议等我们把加工厂所有人员的资料拿到并分析后再作决定。周子国昨晚刚好在镇上留宿，他的嫌疑也不能排除，如果是他的话，抢劫财物就只是假象。还有刚才那个戴口罩的工人，从理论上讲，他是可以操控机器出现螺丝松动这一故障的出现时间的。”

疯哥点了点头，又问袁权：“镇上的人知不知道案子的详情？比如说张东升的致死原因？”

袁权回答说：“只有最先到现场的值班老师见过尸体，后面来围观的人都不知道，我们给值班老师打过招呼，让他不要外传。”

疯哥沉吟道：“我就说嘛，王宇与许涛兄弟关系好，他若知道张东升后脑勺被敲过，估计就不会把许涛曾用锤子打架的事儿告诉我们了。”

“疯哥，接下来我们从哪方面着手？”我问。

疯哥说：“暂时只有等，一是等分局那边的详细检测报告送来；二是等金志成把工厂人员的信息拿来，再把张东升的办公室打开让我们勘查。”

“咚、咚、咚。”

是敲击车窗的声音。

我扭头看去，发现一个人站在驾驶室外，脸上露着憨憨的笑。

我按下车窗问：“什么事？”

那人的声音有些耳熟：“警官，我有情况要反映。”

7
小丑面具

“你是之前戴口罩那个工人？”文雅认了出来。

“是我，是我，我叫曾辉，他们都喊我‘耗子’。”说着，男子从包里摸出口罩，在面前比画了下，的确是他。

“耗子？”我有些想笑。

“嘿嘿，因为我嘴比较馋，喜欢偷嘴。”男子有些不好意思。

“上来说。”疯哥打开后排车门，让耗子挨着他坐在车上。

耗子一来就给我们讲了条重磅消息：“是这样，我想起一件事，前几天我加完班，走路回镇上，在张老板遇害的地方附近见到个人影。”

“详细说说！”疯哥听后，两眼放光。

“厂里没请保安，就给我们六个工人排了班，每两人一天，白天有没干完的活儿就让这两人加班继续干，没活干也得住在厂里守木材。那天是我媳妇生日，我想着还是回去陪陪她，中午就找周老板请假，想晚上回家住。结果周老板说第二天一早要交批木材，让我干完活再走。

“晚上做完事已经快十点了，我给另一个工人交代后就走了。走到半路，拐了个弯后，我看见前面有个人影，他没打手电筒，我想那么晚往镇上走的多半是镇里的人，就准备跟上去与他同行……”

耗子讲到这里就停了，我们几人异口同声地问：“后来呢？”

“有烟吗？”耗子看着疯哥，露出一口烟熏黄牙。

我很是无语，他还真对得起“耗子”这绰号。

疯哥直接把剩下的半盒烟扔给了他，让他赶紧说。耗子欢喜得很，点燃一支烟后，这才说道：“那人也是奇怪，我刚快走了几步，他就跑了起来，我喊了一声，他跑得更快了，我心想你又没有手电筒，我一番好意和你同行给你照路，你不愿意就算了，我也就没追了。”

“你看见他的地方就是张东升遇害的地方？”疯哥问。

“差不多吧，晚上看不清，不过差也就差一二十米。”男子吐出一口烟雾道，我觉得有些闷，把车窗打开了些。

“一般来说，走夜路的人看到后面有光束传来，都会回头看看的，那人有没有回头？”疯哥又问。

耗子摇头道：“没有，我只看到他的背影，还用手电筒照了照，男的，身体蛮壮的，跑得很快。”

疯哥问：“厂里有没有其他人遇到类似的事？”

耗子：“没听他们说过，应该是没有，谁大晚上跑出来啊，那天要不是我媳妇生日，我也不会撞上。”

“你说的具体是哪一天？”

耗子回答：“大前天晚上吧，我们三天一轮，今晚刚好又该我留厂了。”

“你那天家中有事，与另外不值班的四个工人换一下不就行了吗？”文雅问。

耗子忙摆手道：“那可不行，周老板严格禁止换班，说那样就乱了章法。”

这倒让我有些意外，周子国看着面善，没承想管理还比较严格。

我想起王宇的事，就顺便问了一下，耗子告诉我们，王宇父母之前都在城里的工地上打工，三年前，他们施工的一处地方坍塌，两人都被砸死了，王宇回来后，得到了老板的一笔赔偿，料理完父母后事，他就到厂里上班了。

父母的事对王宇打击很大，他从那个时候起剃成了光头，并开始吃素，所以身体营养有些跟不上，瘦了不少。

“他喝酒吗？”疯哥问了句。

“平时要开车，基本不喝，但他酒量好，和周老板一起去陪客户吃饭时，周老板喜欢让他陪酒。”

耗子走后，我们一合计，那晚的人影多半就是凶手了，他出现在那里，是在踩点。

壮实、跑得快，从这描述来看，凶手应该是个年轻男子。

我们通过走访得知，那条路上，夜里九点后几乎就没人了。最近两次，一次是耗子因妻子生日意外回家，另一次就是张东升出来修理机器。

凶手既然是在踩点，那就是早有谋划，他是镇里的人，当然知道此处夜里人迹罕至，而他仍然选择此地作为抢劫的下手之处，就是料定会有目标出现。

“所以，凶手的目标就是张东升，他也算准了这几天机器要出故障！”我推测说。

他们都点头表示同意，文雅加了一句：“那么，凶手的范围就明确了，除了张东升，现在厂里还剩九人，再加上许涛两兄弟，凶手一定在这十一人当中。”

按理说，之前厂里的那些老工人也有嫌疑，不过上午我们在派出所已经证实了，留在镇上的老工人只有许海和许涛两人。

“赵胜与梁三山也可以排除了，如果其中一人是凶手，另一人肯定会指证，抢劫杀人可不是小罪，正常人都不敢包庇；我和文雅上午分别对他们进行询问，二人的口供互相印证，也排除了共犯的可能性。”我补充道。

“嗯，张东升开轿车离开，他俩要想犯案，只有找借口乘坐他的车一起出厂，在这个过程中，要想两人完全不在车里留下痕迹，基本上是不可能的。”袁权说。

疯哥总结道：“凶手作案干净利落，现场没有留下痕迹，最后还摆了个小丑面具在死者脸上，这不是智力偏低的许海能办到的。将他排除的话，还剩下八个人。”

袁权问：“耗子和王宇呢？”

文雅说：“刚才在厂棚里，我故意试探耗子，他是完全有能力对机床做手脚进而操控作案日期的，现在他跳出来提供线索，不排除是故意消除自己的嫌疑。并且，他说的两个特征再普通不过了，这八个人中多数都符合条件，包括他自己。”

我接着说：“没错，如果他说的是假话，那他与王宇仍然有嫌疑；如果他说的是真的，那他和王宇就都可以排除，虽然天色晚，但光头这个特征还是很容易看出来的，并且他特意用手电筒照过对方，耗子没提这个，说明凶手不是光头。”

疯哥：“现在看来，许涛的嫌疑最大，周子国勉强排第二，其他六个人，还得等我刚才说的两样东西出来后，才能进一步断定。”

随后，我们回到青羊镇派出所，所长给我们腾了三间屋子，一间办公，两间宿舍，文雅用一间，我们其余人用一间。

下午三点，我们在派出所见到了专案组第五位成员——分局刑警队的毛枫，袁权介绍时，说他的绰号叫“老猫”。

老猫三个月前才从青羊镇派出所调到分局刑警大队，对青羊镇的情况比较熟悉，所以这次把他抽了过来。

老猫给我们带来的检测报告显示，现场的血液中提取到酒精成分，经鉴定证实，酒精与血液是物理混合，意思是说不是死者生前饮了酒，而是血液流出后再与酒精混在了一起。

玻璃碴儿确实来自二锅头酒瓶，但现场找到的玻璃碴儿不足整个酒瓶的十分之一，且碎得很厉害，无法提取指纹。

“酒瓶的其余部分都被凶手捡走了，这么看来，酒瓶碎裂并不在凶手的计划当中，应该是他揣在身上，不小心掉了出来。”袁权分析说。

我表示赞同：“这一点不像是伪造的，可以暂时排除周子国了，依他的身份，应该不会随身带瓶二锅头。”

这一次，文雅没有否定，不过也没吭声。

尸体面容模糊，有些无法辨认，通过与张东升父亲的DNA比对，证实其正是张东升。

雅阁车里只有两个人的指纹与毛发，经鉴定，一个属于张东升，另一个属于他老婆刘芳。

除了检测报告，老猫把面具也带来了，面具上未查出有指纹和汗液等信息。

这是个很常见的小丑面具，黑色的眼眶、鲜红的嘴唇和圆形的鼻子，嘴唇张开在笑，露出了上面一排牙齿，这东西市里的批发市场随处可见，网上也能轻松买到，所以要想从面具的源头去查找凶手线索几乎是没意义的。

“你有没有觉得这东西面熟？”文雅从我手中拿起面具问道。

“当然面熟了……”我马上回答，然而，我脑子里某根神经动了一下，我收了话，凝神想了想，很快明白了文雅的意思，“你是说，许海憨笑起来和这面具相像？”

8 工厂闹事

“极为神似！”文雅肯定地回答。

“没错，太像了！”老猫附和道，他在青羊镇工作了好几年，是专案组里对许氏两兄弟最熟悉的人。

袁权：“难道这才是面具的真实含义？”

“你们看我像不像小丑？”疯哥说完，学着小丑面具的样子做了个表情，很有喜感。

我们一齐看向疯哥，忍俊不禁，别说，他学得还真有几分相似。

得到我们的肯定后，疯哥说：“百分之八九十的傻子都是这种憨笑，所以也可能是巧合。接下来，我们要着重调查一下死者的社会关系，真正去了解他，看这副面具到底是暗示他表里不一，还是因为他与许氏兄弟有瓜葛。”

老猫带来的线索就这么多，实际上，对案件的进展并无太大的作用，主要还得看后期的走访。

我们五人是在专案组的办公室里分析案情的，疯哥刚说完，房门就被推开了，所长站在门口：“哥几个，木材厂出事了，我们一起过去看看吧。”

所长的话让我们心头的弦都绷了起来，文雅最先问：“出什么事了？”

“张东升的亲属把尸体摆到了木材厂门口，让周子国给个说法。”所长说完就往院子里走去。

两辆警车风驰电掣地赶到了木材厂门口，那里围了十多个人，现场闹哄哄的。

下车后，我们上前拨开了人群，厂里的人几乎都在，看这两方对峙的阵势，剩下的人应该是张东升亲属。为首的是一个年轻女子，她头发散乱着，声音带着哭腔，脸上挂着泪水，老猫告诉我们，她就是张东升的妻子——刘芳。

周子国也在场，被王宇和两个工人护在身后，即便是在这种情形下，他也是一副处事不惊的模样，看到我们来了，主动上前与我们打招呼，并把情况给我们介绍了一下。

半个小时前，刘芳带着张东升的父母到办公室找周子国，说张东升是因厂里的事才会半夜出门，进而被害，不管凶手能不能抓到，这事厂里都要负主要责任。

周子国问她“主要责任”是如何个负法，刘芳要求赔偿十万元，作为张东升的丧葬费及安抚费，之后，将张东升所占木材厂的一半股权以现金的方式交付出来，从此双方两清，不再有瓜葛。

周子国当然不同意，坚持公是公、私是私，张东升的确是为了工作而出门，但他是被谋杀的，这要等公安机关结案后才能确定凶手是不是有意针对他而来，如果是针对他私人的，那工厂就不能负这个责，如果是意外撞上的，工厂愿意承担所有丧葬费用。现在案子还在侦破阶段，周子国只同意先拿出一万元，他个人再拿一万，合计两万元。

至于股权问题，张东升本就是技术入股，基本上没有投入资金，他与周子国的协议书上写得很明确，他只占公司三分之一股权，剩下的都是周子国的，两人每半年分红一次，并且张东升要为工厂做满三十年的技术顾问。

周子国让刘芳拿出股权书，刘芳拿不出来，却坚持要工厂的一半股权。事关木材厂的存活，周子国没有妥协，刘芳就把张东升的尸体摆在厂门口，并叫来了亲属一起闹事。

周子国给我们交代情况时，刘芳不时在旁边喊上一句：“他放屁……他乱讲……姓周的，你没良心……”

要不是我们拦着，他们一家人估计都会冲上来抓扯周子国了。

其间所长吼了刘芳一句，让她安静点，她就一屁股坐到地上要死要活的，说她男人死得冤，现在警察不去抓凶手，还在这儿凶她。

刘芳哭哭啼啼的，引来了不少人，等我们问完周子国情况，现场已经有二十多个人了，还有几辆车停下来在看热闹。

“真是泼妇。”袁权小声嘀咕了句。

老猫“哼”了一声：“这女人厉害着呢，和镇上好些人都吵过架，张东升也没少受她欺负。”

“女同志，我们到里面去说吧。”疯哥怕人围多了影响不好，走到刘芳跟前，轻声说道。

“就在这里说，有什么见不得人的！”刘芳不依不饶。

“张叔，张老板人都走了，还是让他安生一些吧。”老猫走到张东升的父母面前，劝着他们。

张东升的父母一看就是老实巴交的农民，没什么主见，我们过来这么久了，他俩一个字儿都没说，全是刘芳的声音。

老猫劝了后，张东升父亲面露难色，看向刘芳，刘芳马上说：“爸，东升走得实在是太冤了，我们要给他讨个公道啊……”

她这一喊，其他几个亲属也跟着喊：“对！讨个公道！”

“案发才一天，公安机关正在抓紧破案，抓到凶手才是对死者最好的交代，你们这样闹，只会影响我们破案的进度！”疯哥见刘芳不讲理，板起脸说道。

“你们破你们的案，我们又没找你们的麻烦。”一个小伙子站出来说。

“警官，我们家东升人老实，被这周老板算计了，现在他人没了，我们如果不上门要钱的话，谁知道姓周的会不会耍赖，我们这样做，也是希望东升的父母、妻子能好过一些。”旁边一个中年妇女把那小伙子拉了回去，自己上前说道。

妇女的话让我心里“咯噔”一下，张东升被周子国算计？这是怎么回事？

疯哥缓和了语气："请问你是？"

"我是东升的妈妈。"妇女正色道。

"她是张东升的丈母娘，刚才那小子是刘芳的兄弟。"老猫在疯哥身后提醒说。

我有些愕然，今天这事，出头的竟都是刘芳那边的人。

不过，看样子，此人应该比刘芳讲道理，疯哥先介绍自己是张东升一案的负责人，又说定然会帮死者争取到应有的权利，让他们配合工作。

所长也在旁边搭话，让妇女劝劝刘芳，双方到厂里找间屋子坐下来慢慢谈，这样把张东升的尸体摆在门口，是对死者的大不敬。

疯哥讲话时，妇女还有些不买账，所长出面，她的脸色才好了些，毕竟平日里打过交道。

所长说完，妇女扶起了刘芳，劝了一阵，然后搀着刘芳往厂里走去，所长忙着招呼其他人把张东升的尸体抬进厂，又劝离了围观的人群。

进了工厂，周子国说去他办公室谈，刘芳这边是她和她母亲二人去，张东升的父母留下守着他尸身。

现场的警察共有七人，专案组五人，派出所两人，最后只有我、疯哥和所长进去，其余人正好走访一下张东升的亲属，了解他的一些情况。

我们在周子国办公室坐下后，金志成从外面进来，手里拿了一沓纸杯子，在饮水机上给每个人都接了一杯水。

刚才在工厂门口，人太多了，我倒是没留意到他也在。

金志成倒完水就关上了房门，并没有要出去的意思，疯哥也不在意，开口让刘芳妈说说张东升被周子国算计是怎么回事。

"还是我来说吧。"疯哥话音刚落，刘芳主动说道。

"也行。"疯哥同意了。

刘芳擦拭了一下脸上的泪水，开始控诉："东升最初与周老板商定的股权分配，我们的确只占三分之一，但周老板竟要求东升义务在厂里当三十年技术顾问，这不是欺负人吗？这笔工资算下来可不是小数目，简直就是赤裸裸的剥削！”

说完，刘芳端起水杯喝了口，继续讲道：“东升人老实，当时没和周老板计较那么多，我也是与他结婚后才知道这件事。之前和他提过几次，让他找周老板修改协议，他碍于情面，开不了口，直到两个月前，我们商量着要小孩，我让他为孩子着想，把这事先办了，他才给周老板提了出来，哪知周老板一阵忽悠，他又动摇了，最后我不顾脸面来厂里找周老板闹了一通，他才同意修改协议。”

“那最后这协议是改了还是没改？”所长问。

“东升说改了，改的结果就是把我们的股权修改成百分之五十，东升仍然在厂里当三十年免费的技术顾客，任何时候机器出了问题都是他来解决。”刘芳回答。

所长：“新的协议书呢？”

“这事拖了一个多月，东升上周才说弄好了，他没把协议拿回家，肯定放在办公室里了。”刘芳很是笃定。

“有这回事吗？”所长问周子国。

周子国看向刘芳说：“你是到我办公室来闹过，但我没同意，后来东升也没再提过这事，他那么给你说，不过是敷衍你罢了。我和东升一起走过创业最艰难的时期，东升不是那样重利的人，这一切都是你的意思。”

“你放屁！你这道貌岸然的伪君子！东升从来不会骗我！别以为他不在了，你就可以乱讲！”刘芳吵闹着扑向周子国。

所长一把拦住了她，让她冷静些，刘芳瞪眼看着周子国，嘴里喊着：“警察，你们把他抓起来啊，我家东升就是被他杀的！”

9
两本书籍

刘芳的这句话激怒了周子国，他指着刘芳道：“你血口喷人！”

“看，心虚了吧，东升就是你杀的！”刘芳的面部因表情夸张而有些扭曲，她又看向所长，“警察，快抓他啊，他是杀人犯啊！”

“你……真是泼妇！”周子国也不甘示弱，他实在是淡定不了了。

这也正常，被人说成杀人犯还能镇定自若、保持举止儒雅的话，那才有问题呢。

“姓周的，你骂谁泼妇呢……你骂谁泼妇呢！”刘芳的妈不愿意了，冲到周子国面前，又推又扯的。

看到这一幕，我头都大了，虎父无犬子，这女儿如此泼辣，原来是有母亲的遗传基因在里面。

我和疯哥上前将二人分开，刘芳妈还在骂着，我们只有站在她与周子国当中，把他们隔开。

周子国把被刘芳妈扯乱的衣领整理好，然后对疯哥说：“杨警官，你们都看到了，她们不是来谈事情的，是来耍赖的，严重影响了我这儿的办公秩序，你们要为我说句公道话。”

刘芳母女一听，骂得更起劲了，这下却把所长惹怒了，他松开刘芳，大声吼道：“再不听劝就都跟我回派出所，我给你们时间吵，不吵够不准走！”

所长一吼，刘芳妈的气势弱了不少："这不是他先骂人吗？"

"你不看看他为什么骂人！是不是凶手是由公安机关调查出来的，不是你女儿随意就能指认的！要指认也行，拿出证据来！"

"他……"

刘芳刚说了一个字，就被所长顶回去了："你闭嘴！你再这么闹下去，有理都会变成没理，到时候吃亏的是你自己！"

听了这话，刘芳才住了嘴。

"好了好了，大家都冷静下，我们就事论事。"疯哥打起了圆场。

现在双方的说法不一，我们作为第三方，只有看协议来定论。既然协议有可能在张东升的办公室里，那进去找一找就行了，她们找协议，我们找线索。

说到去张东升办公室，周子国并无意见，让金志成带我们前去找，他自己为了避嫌就不去了，在办公室等我们。

金志成先去了他自己的办公室，打开了一个锁着的抽屉，拿出一串钥匙，然后才回到张东升办公室门口。

开门的时候，疯哥问："厂里所有的门钥匙你那儿都有吗？"

金志成拍着那串钥匙道："嗯，都在这儿呢，算是个备份吧，万一谁把钥匙搞丢了，可以在我这儿配。"

说完，他转动着插入的钥匙，房门应声而开。在这个过程中，我留意到，文雅之前塞在门缝的纸团已经不在了。

当时文雅塞得很紧，绝不可能自行掉落，看来，有人已经进过张东升的办公室了！

"金主任，你是和张老板的遗体一起回来的吗？"我故意问道。

"啊？是啊，我陪嫂子在刑警队等着检测完了后，就和他们一起回来了。我以为他们只是把张老板的遗体拉回家，没想到会直接到厂里来，真是麻烦你们了。"金志成有些无奈地说。

"哼！"刘芳瞪了他一眼，却没多说，因为她急着进去找协议。

"是吗？刚才我们到现场时没看到你，还以为你是我们上楼后才回来的呢。”我随口说道。

从金志成脸上看不出异样：“哦，我刚才上了个厕所，出来时你们都去周老板办公室了。”

说话间，我们都进入了张东升办公室，刘芳和她妈一进去就到处翻看起来。

张东升的办公室比周子国的要小一些，连带着桌子、椅子也小了些，聪明人一眼就看得出来，这工厂里的等级制度还是很分明的。

我不禁想：周子国对张东升似乎并不像他说的那样好，二人之间的关系有待进一步调查。

张东升的办公桌上很整洁，除了鼠标和鼠标垫，就只放着一本书，我走过去拿起来，发现是机械制造业方面的，我没什么兴趣，就放下了。

刘芳二人把抽屉里的一摞摞资料都抱了出来，挨个儿翻看，看得很仔细，生怕看漏了。

男人刚死，就鼓动着亲属到厂里来闹，主要目的是要钱，再加上她背着张东升有野男人，这个刘芳也要好生调查一番才行！

除了桌椅和一张小沙发，房间里还有一个书柜，疯哥站在书柜前，不时从里面抽出本书来快速翻动。通过一个人平日看的书籍内容，可以了解他的内心世界。

我本来也想到书柜那边看看的，却瞟见旁边还有扇门，我想起赵胜带我们找周子国时介绍说二楼的办公室都是套间，想必那是张东升的卧室。

我走过去，转动把手，房门开了。

进办公室时，里面还是亮亮的，可这卧室门打开，里面却是昏暗的，像是个密闭的地方。

那一瞬间，想着这是一个死人住过的房间，我的心竟是颤了一下。我一把推开门，在门框后找到开关并按了下去。

昏黄的灯亮了起来，卧室很小，里面果然没有窗户，放着一张单人床，床头摆着一盏台灯。

卧室里还有一个小门，是关着的，我把它打开，里面是厕所，厕所上头有扇小窗户。

厕所旁边的台子上放着一卷纸，还有一本时尚杂志，应该是张东升为自己蹲坑时准备的，我随手翻了翻，上面都是些女性时装。

回到卧室，我先看了床下，摆放着两双拖鞋，一双是冬天的，另一双是夏天的。看来这是张东升的私人空间，刘芳并没来居住过。

翻开张东升的枕头，下面有一本书，书的封面是纯黑色的，上面写着两个字——活着。

这本书我看过几次，每看一次都会有新的感悟，没想到会在这里碰见它。

我有些触动，拿起来翻看着，虽然我的速度很快，但我只需看到里面那些人物的名字，脑海中就能闪现出他们鲜活的身影。

这本书讲述了主人公富贵在身边所有亲人一一死去后，自己却倔强又乐观地活下来的故事。

我翻到最后一页，那里有我喜爱的一段话——

“我知道黄昏正在转瞬即逝，黑夜从天而降了。我看到广阔的土地裸露着结实的胸膛，那是召唤的姿态，就像女人召唤着她的儿女，土地召唤着黑夜来临。”

打开台灯，屋子里的光线亮了不少。

我坐在床上，背靠着床头，闭上眼睛，体会着张东升夜里品读此书的心情。

人是为活着本身而活着的，而不是为了活着之外的任何事物活着。

看《活着》的人，要么是积极乐观的，要么是想通过看这本书让自己乐观地面对生活。

从目前掌握的情况来看，张东升应该是个性格内向之人，老实、不善言谈，那么，他应该是偏向于第二种可能，那么，是什么事情让他不乐观呢？

我想起了超市女老板的话——奸夫。

莫非张东升一直知道自己老婆与其他男人有染，却迫于刘芳之凶恶而敢怒不敢言？

“你干什么？”

一个尖锐的女声惊得我睁开了眼睛，刘芳正站在卧室门口盯着我，脸色极为不好。

我不想与她起冲突，合上书，站起身来说道："我在查找破案线索。"

"真是的！查线索查到别人床上躺着去了！"刘芳撇着嘴嘀咕道，一把从我手中抢走书，快速翻动起来，没找到她想要的，又随意把它扔在了床上。

随后，刘芳把张东升床上的被褥棉絮全都翻了起来，弄得乱糟糟的，我皱着眉走出了卧室。

疯哥还站在书柜前，手里正捧着一本书，看得很专注。

我有些好奇，走到他身边问："疯哥，有什么发现没？"

"你猜这本书叫什么名字？"疯哥抬起头来看着我，一副若有所思的表情。

我看了几句书中的话语，觉得很陌生，我确定自己没看过这本书，于是坦白说不知道。

"《面具》。"疯哥淡淡地说。

"啊？"我很是意外。

"你看看吧。"疯哥说完，把书交到了我手中。

我把书合上，它的封面是白色的，书名是暗红色的，像是血的颜色，书名只有两个字——面具。

翻开封面，书的扉页写着：撕开伪装的面具，看清你的本心。

我再次吃惊了，面具、心，光从字面上来看，这两个词竟与张东升的死亡方式有着极为对应的联系。

张东升面部被毁，心脏被刺，脸上放着一副小丑面具。

我带着极大的好奇，往后翻看着。

这是一本散文集，每篇散文都与面具有关，我看了几篇，觉得这本书辞藻华丽，有些内容却说得太绝对了，全书的主旨就是人人都是演员，戴着一个面具，这面具骗过了所有人，包括自己，而人生的意义，就是要撕掉这张面具，把本我释放出来。

书的最后一页，有一行手写的话——我到底为谁而活？

10
又见老板

“我到底为谁而活？”

念着这句话，我仿佛能感受到张东升内心的挣扎与无助，他果然是消极的，抑或是说，目前的生活并不是他真正想要的。

“张东升是个有思想的人。”疯哥的话音响起，此时他的手中拿着另外一本书，书名叫作《百年孤独》。

“生命中曾经有过的所有灿烂，原来终究，都需要用寂寞来偿还。”

我说：“他是个孤独的人。”

通过这三本书，我对张东升有了新的认识。

在外人眼中，他是一个老实人，是个有钱的老板，家庭境况也不错，有个漂亮的妻子，然而，这并不是真的他。

我不知道他内心到底在渴望着什么，但必定是无法对人说出口的，正因为这种真我展现不出来，他一直很孤寂，活在面具之下。他将《活着》一书放在枕头之下，每天午睡时都能翻出来看看，这是在对自己进行积极暗示。

“让开！”刘芳从卧室里出来，推开了我与疯哥。

她把书柜里的书一本本拿出来，翻完后就扔到地上，脸上带着焦躁之色。

疯哥不悦地摇了摇头，问我在卧室里发现了什么，我说：“就枕头下有本书，书名是《活着》。”

“嗯，我再检查一下屋里的家具，你去看看他电脑里有没有资料。”疯哥吩咐道。

张东升的电脑没有密码，桌面很干净，图标不到十个，我从C盘开始，挨个儿检查里面的文件内容，基本上都是与机械有关的资料，再就是厂里的各项表格文档。

几个盘翻完都没找到有价值的东西，我灵机一动，调出了“隐藏”文件。

电脑里的确有些隐藏文件，不过都是些系统方面的，我没有什么发现。

“新协议一定让周子国偷走了！”刘芳的声音再次传来，我抬起头，只见她满脸怒容，说完就气冲冲地往外走去，她妈也跟在后面。

我怕她们过去又和周子国扭打起来，就起身往门口走，却被疯哥叫住了：“帮我把沙发翻过来，下面有东西。”

疯哥说话时正趴在地上往沙发缝里看，我听着有线索，忙停下步子，和疯哥一起把沙发翻了个个儿。

沙发翻过来后，我惊奇地发现，在它的底端镶着一个黑色的塑料盒子，这盒子明显不是和沙发一体的，而是后期被人为安上的。

盒子四周各有个扣，我盯着盒子，有种莫名的兴奋，因为我知道，这里面的东西一定很关键。

“打开吗？”我问疯哥。

“开！”疯哥的手已经扳开了盒子一边的扣。

我也迫不及待地伸手过去，四个扣全被打开，盒子底板松动了，我把底板拿了起来。

看到盒子里东西的刹那，我目瞪口呆。

东西很简单，类别只有三样：黑色丝袜、金色高跟鞋和口红。

黑色丝袜是全新的，共有五双；高跟鞋的底端有灰，是穿过的；口红只剩下半截，显然也是用过的。

“这些东西是张东升的？”我不确定地问。

“所以，他其实是想当女人？”疯哥没回答我，自己又问了一个问题。

我马上想到一个词："同性恋？"

疯哥说："不一定，他电脑上有没有相关的照片？"

我摇了摇头。

疯哥吩咐："打电话让袁权过来，把主机搬到刑警队去做数据恢复，根据以往办案经验，如果张东升真有这种特殊癖好，应该会喜欢自拍的。"

这时，隔壁办公室的动静大了起来，疯哥让我留下等袁权，他则跑了过去。

袁权他们就在楼上，很快就过来了，同来的还有文雅。

看到盒子里的东西，文雅给我们普及了牌子，三样都是高端货，价格不便宜。

得知有人在我们前面进过张东升办公室，文雅很是气愤："周子国、金志成嫌疑最大！他们一定是拿走了什么东西，或者是销毁了什么东西！"

"很可能就是新协议，如果完全没有这回事，刘芳不会那么狂热。"我分析说，并告诉了他们刚才在周子国办公室里的谈话内容。

袁权说："一个是随身带二锅头的凶手，一个是红杏出墙的妻子，还有一个是有着利益争执的合伙人，张东升的死越来越复杂了！"

我补充道："你说漏了一条：一个心里住着女人灵魂的男性死者。"

当然，从理论上来讲，这个塑料盒子里的用品也有可能是张东升为某个女人准备的。

但是，放在如此隐秘的位置，我的直觉告诉我不是这样，后来在张东升的电脑里发现的照片也证实了这一点。

隔壁的吵闹还没完全停下，我让文雅过去帮忙，毕竟我们都是男同志，刘芳母女撒起泼来，我们有些不好下手。

我则与袁权抱着电脑主机拿着那几样东西出了办公室，出来后，我看到金志成站在周子国的办公室外，刚才他打开张东升的门后，并没跟着我们进去，估计也是想避嫌。

听着我们这边的响动，他也转头看了过来。当时我手里拿着那几样东西，金志成脸上露出了诧异之色，往我这边走了两步，却又退了回去，表情也恢复了正常，冲我们笑了笑，就把头转了回去。

加工厂这会儿已经停工了，下楼后，我看到所有人都围在下面，三五成群地聚在一起，老猫和派出所民警还在继续询问他们一些情况。

张东升的尸体静静地躺在角落，只有他自己的爸妈在陪着他。

我和袁权把东西放上警车，他直接开车回分局找技术人员检测电脑硬盘，争取尽快出结果。

送走了袁权，我走到老猫身边，他正与刘芳的兄弟交谈，我不知道他的名字，姑且叫他小刘吧。

“你姐姐和姐夫感情怎么样？”老猫问。

小刘昂着头说：“好得很！”

“小崽子，好好说话！”老猫拍了一下小刘的头。

小刘虽然说话有些流里流气，但毕竟只有十几岁，老猫还是能把他唬住的。

“是好嘛，反正我姐是这样说的，姐夫对我也好，经常给我买东西，有时还会丢下我姐带我出去玩。”小刘语气好了一些。

因为有了刚才在张东升办公室的发现，我马上问：“不带你姐，只带你一个人去玩？”

“我姐喜欢打牌啊，一打就是半天，姐夫又不喜欢打牌。”小刘白了我一眼，老猫不知道缘由，也觉得我这问题有些大惊小怪。

我想把这事弄仔细，就让老猫把小刘带到一旁，然后问：“你姐夫带你玩的时候，有没有奇怪的举动？”

问话的时候，我看着小刘，他十八岁左右，皮肤有些黑，估计喜欢运动，身体比较健硕。

我问这个问题，是想确认张东升是否有同性恋倾向，因为小刘的外表比较有男人气质，又是张东升的妻弟，就算张东升对他做什么亲昵的举动也不会有人怀疑，那么，一直生活在面具下的张东升，会不会在他面前有所释放呢？

“奇怪的举动？”小刘想了好一阵，然后摇了摇头，“没有……我只是觉得姐夫和我在一起时，比在我父母面前要放得开些，话多、喜欢笑，我俩出去，他随时都攀着我肩，还总爱捏我脸。”

“果然如此！”我的想法得到印证，有些兴奋。

老猫问我怎么了，这事涉及张东升的隐私，并且现在没有定论，我不敢当着小刘的面说出来，就对他说：“刚才我们在上面发现了些线索，等会儿回派出所告诉你。”

这时我想起刘芳说来工厂里找周子国闹过，可之前赵胜几人在派出所时并没有提到这茬，只有王宇说两个老板因工作的事情有过争吵。

想着，我把所有工人都叫了过来，问他们知不知道这回事，结果他们全都摇头说从未听说，还说刘芳很少来厂里，因为厂里木屑比较多，空气也不好，刘芳是个爱美的女人，自然不喜欢这种地方。

问完工人，我又把王宇单独叫到一边，问他有没有听周子国提起这事，毕竟他与周子国走得比较近。

我问话的时候是看着王宇的，我察觉到他的眼神有些闪躲，心里已明白了几分，就说这事他们双方已经讲得比较清楚了，没什么好隐瞒的。

王宇这才告诉我，是有这么回事，有天下班后，他开车送周子国去招待客户，路上周子国一句话不说，脸也板着，他就问周子国为什么心情不好，周子国简单提了几句，大概意思是说刘芳到他办公室大吵大闹，把他和张东升的关系弄得很尴尬，彼此心里也会有隔阂。

“下午我们在你宿舍问你时，你怎么没提这事呢？”我问。

“这……张老板被人谋害，我怕这事说出来对周老板影响不好。”王宇有些局促。

“你这样只会帮倒忙，有些事不是你想瞒就能瞒得住的。”我对他交代问题不主动有些生气。

“警官，我与周老板接触得多，他对我真的很好，对张老板也很好的，就算刘芳找他闹过，他对张老板也没有露出什么不满，二人的关系并没受到多大影响，我也是怕给他带来不必要的麻烦。”王宇再次解释道。

王宇说话时有些忐忑，像做了错事的孩子。

话说回来，站在他的角度，这么考虑也是对的，并且那一次争吵的确不能说明什么，如果周子国与张东升的关系真的很差的话，厂里那么多工人不可能都看不出端倪吧。

不过，我想起了“面具”二字，张东升能把内心的“女性灵魂”隐藏那么深，就算他憎恨周子国，不想表露出来，也是完全有可能的。

刘芳母女在周子国办公室闹了很久，疯哥他们几人一直在做着调解工作，到下午六点，天都快黑了，一群人才从楼上下来。

周子国仍然只同意给刘芳三分之一的股权，等结案后交付给刘芳，不过也做了让步，愿意先期垫付丧葬费及安抚费共计十万元，到时候根据结案情况看是否从股权中扣除。

刘芳说了几次周子国是凶手，疯哥也例行询问了周子国昨晚案发时在做什么，他说在镇上的房子里睡觉，疯哥问有没有证人，他反问疯哥：“杨警官，你一个人睡觉时，能找到证人吗？”

当时太晚了，所长让张东升的家人抓紧时间把尸体抬走，明天由镇政府联系火葬场前来拉尸体，这次刘芳竟是爽快地同意了，只可怜那张东升的父母看着儿子的尸体，双双老泪纵横。

处理完这件事，我们就准备回镇上了，临走前，疯哥让金志成第二天一早就把厂里所有人的详细档案送到派出所，金志成头点得像拨浪鼓似的，我却想着，人心隔肚皮，谁知道这家伙心里在想什么呢！

忙活了一天，大家都饿了，出了加工厂，所长说带我们找家馆子吃饭。

老猫听了就说：“所长，去‘李回锅’那里吧。”

所长笑着说：“你小子走了几个月了，还惦记着李回锅的手艺，走吧，青羊镇上也就他那里的菜留得住人。”

走进“李回锅”的饭馆时，我和疯哥几人相视一笑，所长愣道：“怎么，瞧不上这里的环境？”

文雅忙说：“不是不是，因为我们中午就是在这家吃的，没想到误打误撞进了镇上最有名的饭馆。”

所长释然，招呼李老板过来。

点菜的时候，所长给我们介绍说：“你们别看李回锅现在只是个小饭馆的老板，他以前可在特种部队待过，还立过三等功呢。每年建军节，区上武装部都会派人过来慰问他。”

我看着李回锅，他的头发和胡子都乱糟糟的，脸上油光满面，衣服也脏兮兮的，背微微驼着，很普通的形象，实在是与“特种兵”三个字联系不起来。

“是吗，李老板哪一年退伍的呢？”疯哥想拿烟盒，却摸了个空，他的烟都给耗子了。老猫眼疾手快，把自己的烟摸出来，给李回锅递了一支，又给其他人挨个儿递烟。

“快有十年了吧，老了，身体不比当年了。”李回锅边说边接过烟，从腰间挂着的包里摸出一个打火机点燃。

“李老板谦虚了，你这身子板好得很嘛。”袁权说道。

李回锅“嘿嘿”笑了两声，然后说：“不提这些了，我还是去给各位准备饭菜吧。”

就在李回锅要转身时，文雅突然问：“李老板，有件事我觉得很奇怪……”

11
他的学历

文雅的话一出口，不仅是李回锅，我们也把好奇的目光投向了她。

“什么事？”李回锅笑着问。

“中午我们问你许海是不是喜欢锤子，你说哪敢让他拿锤子啊，会把人敲死的。可据我们了解到的情况，许海的确是用一把木头做的锤子敲晕了一个人，青羊镇这么小，发生这种事情应该是传得人尽皆知吧，你怎么会不知道呢？”文雅盯着李回锅，表情捉摸不透。

经文雅这么一说，我想了一下，还真是这样！虽然都是刑警，文雅作为女人，还是比我们心细啊。

文雅说完，包间里有那么几秒钟处于完全安静的状态，气氛有些怪异。

“有吗？我真不知道，什么时候的事儿？”李回锅打破了沉默，脸上露着笑。

“许涛被抓之后。”文雅沉声说道。

“我想起来了！”所长一拍大腿。

我们都看向所长，他对李回锅说：“那段时间我几次过来吃饭你店门都是关着的，等你回来后，我才知道是你老丈人生病住院了，你和你老婆都去城里照看他了。”

“噢，我们是有三天关了店门，回来后成天忙着生意，也没关心镇上这些事。”李回锅说。

“原来是这样啊。”文雅恍然道，李回锅笑着应声。

我也释然了，刚才我就在想，他完全没理由刻意隐瞒这件事嘛。

然而，就在李回锅出去后，所长告诉了我们另一件事，李回锅曾与许涛打过架。

事情的起因是李回锅的儿子把许海当马骑，许涛看见后，一把揪起他往旁边一甩，李回锅的儿子摔在地上，头磕破了。

李回锅家里几代单传，哪见得儿子受这般欺负，听到消息就拿着扫把赶了过来，与许涛大打了一架，两人都打出了血。

经过派出所调解，双方保证以后不会再因此事而互殴，打那之后，李回锅就不准自己的儿子与许海玩耍，两家人倒也相安无事。

听了这段过往，我说：“这李老板也算是与许涛结了梁子，在我们询问时却没有故意夸大许涛的凶恶，特种兵的素质还真是高。”

“或许，他只不过是怕给自己惹麻烦而已。”疯哥淡然笑道。

点的菜很快就端上来了，所长从他们车的后备厢拿了两瓶酒出来，疯哥一看这阵势，连连摆手说不能喝，等会儿回去还要商议案情。

“你们怎么也是市局领导，到了青羊镇，接风还是要的。再说，我们这六个人，两瓶酒算什么，不影响你们破案。”所长很是热情，他带的那个民警也一同劝着疯哥。

疯哥不想驳了所长面子，最后还是同意了，不过把量减半，让所长只开一瓶，说等案子破了再喝个痛快。所长见好就收，也没硬劝，文雅没喝，我们五人平分了那瓶酒。

饭馆不是谈案子的地方，我们随意聊了些，所长给我们简单介绍了青羊镇的历史，以及一些出名的人物，许氏兄弟、李回锅、木材厂的两个老板均在其列。

提到周子国，所长兴致很高，让我们猜他是什么文化程度。

“大学？”疯哥最先开口。

所长笑而不语，文雅猜是高中。

所长仍然不回答，让我也猜一下，我想了想周子国的样子，联系上所长的表情，猜的是初中。

所长看向文雅：“女士可以有两次机会。”

文雅：“该不会是留学归来吧？那就真和我们上一起案子的凶手相同了。”

“哈哈，全错。”等我们都猜完了，老猫笑了起来，他是从青羊镇出去的，自然知道周子国的底细。

文化程度就那么几个，除了我们说的，基本上只剩下“小学”了，我疑惑地说出了这两个字，所长重重地点了点头。

虽然心里有准备，但这个答案还是出乎我的意料，其实小学文凭的老板我也见过不少，比周子国有钱的大有人在，但那些人我一眼就能看出个大概，因为气质这东西其实需要长时间的养成，像周子国这种能骗过我们几个刑警的，还真是少有。

所长也不卖关子，接着说：“周子国小学读完后就去了建筑工地打工，搬砖、刷漆、和水泥这些活都干过，待了十多年，从早做到晚，成天累得不行，不过倒也挣了些钱，为他开加工厂积累了原始资金。

“工地的条件差，洗澡不方便，洗衣服不方便，他身上随时都有股味儿，衣服也是脏兮兮的，一出工地就会被人另眼相看，他为此挨了不少白眼。

“从那个时候起，他心里就萌生了要当人上人的想法，但是重新去读书这条路行不通，他没那个脑子，这不是我埋汰他，是他自己说的。

“后来他去了一家木材加工厂，空闲时间多了起来，他就抽空到城里去，坐在街道上看过往的人群，去看那些成功人士的穿着和行为举止。

“这样看了一年，他试着买了几套像样的衣服，又理了头发，刮了胡须，不上工的时候他就穿着好衣服到城里，专门去最繁华的街道，在‘实战’中让自己变得越来越像个成功人士。

“为了像得彻底，他还花钱去一些高档餐厅吃饭，学那些人的用餐动作与礼仪，学他们的说话语气与用词，可以说是面面俱到。”

说到这儿，所长见我们听得专注，就招呼我们吃菜，别光顾着听周子国的传奇人生。

“简直是让人叹为观止啊！”我对周子国的经历啧啧称奇。

“不通过学习让自己高雅起来，只想着找捷径，真不知这种人是怎么想的，他这样就算外表看起来像成功人士又如何？”文雅很是不屑。

老猫却说：“他这样做还真是有用。周子国花了一年时间坐在街道边看人来人往，又花了一年时间‘实战’学习，最后摇身一变，从农民工成了高级知识分子，他以这样的面貌找到青羊镇政府，几天时间就谈好了办木材加工厂的事情。”

所长接着说：“没错，他的外表是他最大的优势，如果他以本来的模样到镇政府谈，不见得能那么顺利，还会花很多冤枉钱。木材厂建立后，生意都是他一手谈下来的，这几年效益一年比一年好，给镇上纳了不少税。”

“效益一年比一年好？那去年怎么还以效益差为由给工人降工资？”我有些疑惑。

老猫接过话头：“这是商人的本性，利益至上。那个时候加工厂已经走上正轨，他也提前对镇上的情况做了了解，不愁没人来厂里。”

“青羊镇常住人口这么少，他凭什么如此肯定呢？”文雅问。

“有些人为了照顾父母或子女，不愿意去外面打工，种地的同时能在木材厂再挣一份额外的工资，还是比较满足的。”所长说。

“他的这些事你们是怎么知道的？”疯哥有些奇怪。

所长饮了一口酒，说道：“哈哈，他经常会请镇上领导吃饭，我也去了几次，他一喝酒就喜欢胡说，这些都是他自己讲出来的。官场上的尔虞我诈比他这厉害，领导见得多了，所以，虽是知道了他的老底儿，却也没心思宣扬出去，因此你们从镇上人的口中听不到这些。”

“哼，又是一个戴着面具之人！”疯哥愤然。

“还有谁戴着面具？”老猫问。

这涉及案子的细节，疯哥说：“等会儿回去告诉你。”

吃完饭时，已经是夜里八点过了，我们是店里最后一桌客人，从雅间出来，看到李回锅夫妻二人把店门都关了一半，只等我们出门就要全关了。

所长喝了点酒，开起了玩笑：“老李，你急着回去抱媳妇啊？”

乡镇上的公务员与居民都比较熟悉，看样子所长也不是第一次开这种玩笑，李回锅笑着说：“是啊，天冷，还是抱媳妇暖和。”

说完，李回锅装模作样在老婆脸上捏了一下，逗得所长哈哈大笑。

镇上的房子都是楼房，李回锅的卧室就在饭馆楼上，我们出来后，他们从里面把门关了，身后的亮光就消失了。

街上没路灯，只有几家人房子里还有光亮，四周黑黢黢的。这里人口少，本就没什么人气，再在环境的烘托下，更觉冷清。一阵凉风吹来，我不由得缩了缩脖子。

“别看春天来了，镇上风大，这到了晚上，衣服还是得穿厚点才行，我今天从城里过来都忘了加衣服。”是老猫的声音。

“月黑风高，还真是杀人的好地方啊！”疯哥裹了裹身上的衣服说道。

文雅分析案子是高手，在这种环境下，还是流露出了一丝女生的胆怯，她四下看了看说：“快回派出所吧。”

我们六个人挤在一部车上往派出所而去，路上，疯哥接到了袁权的电话，说是张东升的电脑里真有些重要资料，不是被删除了，而是被锁在一个特定的软件之中隐藏了起来，现在技术人员已经把它破解了，他拷贝了一份，正从城里赶过来。

而那些资料的内容，袁权也说了，除了张东升的自拍，还有对另一个人的偷拍！

12
有人呼喊

疯哥说完通话的内容后，老猫马上问：“对谁的偷拍？”

“他不敢确定，拿回来我们一起看吧。”疯哥回答道。

车子开了一阵，前方出现转动着的红、蓝色警灯，是派出所到了。

所长他们不是专案组成员，回来就去休息了，在派出所值班是可以睡觉的，有事情再起来就行了。

我们四人先小憩了一阵，等着袁权到了，就进办公室，准备先看他带来的资料，看完后再商讨案情。

袁权把U盘插入电脑，调出文件夹，里面出现的照片让我们目瞪口呆，文雅更是有些尴尬。

黑丝长腿、金色高跟鞋、鲜红的嘴唇，张东升把那三样道具完全运用了起来。

照片主要分为两类，一类拍的是腿，另一类是唇。

拍腿的那些，从角度来看，张东升是躺在沙发上，两腿穿着黑色丝袜，脚上穿着高跟鞋，或蜷，或伸，摆出各种姿势。

虽然这一类照片里看不到张东升的脸，但袁权说，他让局里的法医鉴定过，照片里腿的粗细程度与张东升的尸体是一样的。

拍唇的那类照片，是张东升用手机的前置摄像头自拍的，嘴上抹着口红，表情有自然微笑的，有嘟着嘴的，有吐舌头的……

“变态！”文雅说道。

“疯哥，你刚才说还有个戴着面具的人，就是指张东升吧？”老猫问。

疯哥点了点头，并把在张东升办公室里找到那几本书的事讲了出来。

我们五人中，只有老猫与张东升接触过，他听完疯哥所说，不由唏嘘：“还真是知人知面不知心啊，完全颠覆了他之前给我的印象，没想到这小小木材厂的两个老板都是奇人。”

文雅接着道：“说起周子国，我有些想不通，他既然是利益至上的人，当初许涛偷了他两千元钱，他却连警都没报，他真有那么大方？”

老猫马上戳穿了周子国的假面：“他的确没正式报警，却私下给我们所长讲了这事，所长说他没抓到现行，许涛不认账的话，我们根本没法处理。他是想着反正报警也找不回两千元，再惹恼了许涛不划算。”

袁权一听，有些懊恼：“这么看来，下午问他时，他是故意装出一副欲言又止的样子，他告诉我们这件事，就是想让我们赞扬他的慈善，结果我还真赞扬他了，惭愧啊。”

如此看来，周子国心机还真是深，想必他说每年给慈善机构捐款也是在作秀了。

说完这事，我们接着看照片。张东升的自拍千篇一律，我们没心思一一翻看下去，疯哥问：“偷拍的照片呢？”

袁权拖动着鼠标往下翻，接连翻了几页，终于出现了不一样的照片。

这些照片拍的都是背影，图中有好几个人，我们看了一阵，发现有些眼熟。

前面几张看不出他拍的到底是谁，我们接着往后翻，有张照片的边上是一个人的半个正面，应该是路人，从照片的构图来看，正中的两个背影才是主题，老猫一下就认了出来，指着其中一个说：“这是许海。”

许海我们都见过，大家一起辨认后，确定了是他。

另一个人我们也认了出来，是许涛，他刚从牢里出来一个月，发型很明显。之所以老猫没认出来，是因为他三个月前就调走了，而许涛释放后他还没见着。

我们再回过头去看之前那些照片，发现每一张里都有许涛，而许海并不是每张都出现。

“他主要是在偷拍许涛？”文雅推测。

“后面还有没有？”疯哥问袁权。

“有。”袁权说道，又往后翻，我们的目光都落在屏幕上。

很快，再次出现了一张图，这张图的两边很模糊，像是被什么东西挡住了，只在中间有一个人影。

我马上反应了过来：“两边是手指，他偷拍的时候，用手掌挡住了手机，然后两根指头张开，露出摄像头。”

经过仔细对比，最后确定，这张中间的那个人影正是许涛。

张东升自拍的照片时间跨度很大，最早的在两年前，最近的是前天，而偷拍的照片全是最近一个月的，也就是在许涛出狱后，这从照片里许涛的发型也能看出来。

确定身份后，袁权分析道：“既然张东升想当女人，那他有同性恋倾向也说得过去了，他偷拍许涛，难道是喜欢他？”

“完全有这个可能。”我说。

“许涛和他都是青羊镇的人，一年前许涛在木材厂打工，他们也有共事的机会，为何他偷拍许涛的时间却是从一个月前才开始的？”疯哥提出了一个问题。

文雅回答说：“这个我有发言权，女人的感情是捉摸不透的，很可能今天还讨厌一个人，明天就能爱上他。”

老猫摸着自己下巴道：“你们看照片的拍摄密度，最开始他差不多是一个月拍几张，慢慢地增加，到了最近半年，几乎是每天都会有。我猜，是因为许涛出狱后，他的外表看起来更有男人味了，刚好张东升体内的女性灵魂在这时达到了一个高峰。”

张东升电脑里的资料再次把线索引向了许涛，文雅问我们几个，如果知道有一个男人喜欢自己，会不会觉得恶心。

“当然会！”我和袁权同声说道。

疯哥与老猫年龄要大些，用沉默做了回答。

“如果你发现他在偷拍甚至跟踪自己，会不会有杀掉他的冲动呢？”文雅又问。

这次，老猫说：“不排除这个可能性。”

疯哥沉吟道：“我在想，张东升的死法与他办公室里的书之间的那种对应关系，到底是偶然还是凶手故意为之？”

我分析说：“故意为之的可能性更大，凶手应该是知道张东升秘密的人，至少是在他办公室里看过《面具》这本书。”

袁权说：“普通工人就算去张东升办公室，也待不了多少时间，更不会有机会看到书柜里的书。凶手的范围应该可以进一步缩小了，周子国、金志成和王宇。”

文雅微微摇头：“还是不能排除许涛，既然张东升如此迷恋他，指不定这一个月期间他们有单独见面的时候，许涛完全有可能知晓张东升的一些真实想法。”

疯哥赞同文雅的话：“等明天拿到厂里人员的履历表，我们的目标会更加明确的。”

折腾了一天，初步把凶手范围缩小到几个人身上，也算是小有收获。疯哥见大家脸上都有疲惫之色，就让我们早点去休息，明天会有很多工作要做。

洗漱完已经是十点多了，关了灯，我躺在床上，回想着案情。

这个案子看似简单，很容易找到线索，可细细想来，几个关键线索指向的人却并不相同，这就导致很多人都像是凶手，我们却又没有足够的理由去传唤他们。

比如，凶手好酒，酒的档次不高，那么就可以排除周子国的嫌疑，然而，周子国与张东升却又有着利益上的纠葛，并且他有可能提前进入张东升的办公室拿走了什么东西。

再如，许涛曾用铁锤与人打架，凶手使用的凶器之一也是铁锤，张东升似乎喜欢许涛，这让许涛厌恶，从而有了杀人动机。可另一方面，许涛用锤子打架的事镇上多数人都知道，他要真是凶手，应该刻意避开铁锤这种工具才合常理，也不会放一个与自己哥哥相像的面具在现场。

金志成和王宇，平日里他俩进入张东升办公室的机会应该也不少，说不定就发现了张东升的秘密，但完全没必要为了这事就杀了张东升，毕竟张东升的行为并没有侵犯他们的利益。

还有耗子，他完全有能力操控机床出故障的时间，又那么主动地跳出来提供线索，这人也不容小觑！

对了，刘芳的姘夫也有可能是凶手，可我们对他还一无所知。

我在脑子里一一过着这些人的脸庞，他们都像凶手，却又都不像凶手。

不知是谁的鼾声响了起来，我一看时间，已经零点了，就把这些杂念抛开，心想等明天再说吧。

镇上的温度的确比城里要低一些，被子有些薄，我的腿怎么都捂不暖和，加之心里又装着事情，一晚上都睡得不沉，醒了几次。

快天亮时，我又醒了，手机显示才六点四十五分，我准备再睡一会儿，刚闭上眼，就听着隔壁屋传来文雅的呼喊声。

13 又死一人

听到文雅的声音，我一下子坐了起来，疯哥他们床上也有响动。

“什么事？”袁权问。

“啪！”老猫已经迅速地打开了房间里的灯。

原来大家睡得都不是很沉。

我们开始穿衣裤，我和老猫睡在下铺，动作比较快，半分钟不到，我俩已经穿戴好并打开房门走了出去。

我正准备敲文雅的房门，门直接开了，文雅脸色有些不好，一副惊魂未定的样子。

“怎么了？”我问。

“刚才有人在我窗户外面。”文雅的声音有些颤抖。

这事非同小可，现在天都没亮，窗外怎么会有人！

疯哥与袁权也过来了，疯哥听了这事就冲进文雅房间，往窗户外看了一阵，出来后，他让我留下陪文雅，他们三个带着手电筒和警棍到派出所外面去找刚才那人。

派出所是个小院，院门是道铁门，为了保证民警自身安全，铁门晚上是锁住的，外面的人进不来，疯哥是叫醒值班民警开的门。

他们走后，我从文雅那知道了事情的详细经过。

文雅有个习惯，在陌生的地方睡觉得开着灯，不然睡不着。

昨晚，房间里没有台灯，她就把手机连接充电器，再开启手电筒功能，做成了一个简易的灯。

我们的房间在一楼，窗户是轨道推拉式的，外面安装有防护栏。睡觉前，文雅把窗户开了个缝。

房间里有张桌子是靠在窗户边的，床是靠在门这边的，文雅把手机放在桌子上，这样，房间里既有光亮，灯光也不会晃到她眼睛。

晚上文雅睡得也不沉，时不时会醒来。最后一次醒的时候，她看到已经到六点四十分了，就准备起床。她坐起来穿衣服，穿好上衣后，很自然地抬起头来，却猛然发现本来只开了个缝的窗户竟然开了一小半，而窗户外此时正有张脸在看着自己，她就吓得叫了出来。

“你有没有看清那张脸？”我马上问。

文雅眉头紧锁，摇头说：“手机手电筒光毕竟不是很亮，外面又是一片黑，我只看到一张模糊的脸，在我喊出声后，他就消失了。”

“这还了得！跑到派出所来偷看了！”我看着文雅受惊吓的样子，很是气愤。

所长听到动静，也起床了，问我们发生了什么事，文雅又把经过叙述了一遍。

听完后，所长说：“十有八九是许海那傻蛋。”

“你怎么知道？”我觉得奇怪。

“你们是不知道，许海很向往学校生活，每天早上和中午，学校上学放学的时间段，校门口总有他的身影。只不过中午我经常见到，早上我一般起不了这么早，碰见得少。”

说罢，所长看了看手表，又说：“你看，马上到七点了，正好是学生开始进校的时间。”

“要真是许海，倒也没什么，我刚才担心那人是凶手，所以有些害怕。”文雅说道。

“应该是许海，凶手不至于这么傻送上门来吧？”我安慰着她。

这时天色已经亮了一些，派出所外面传来嘈杂声，我们走到门口，看到是疯哥他们正押着一人过来。

远远看着，那人似乎有些不配合，我和所长也上前去帮忙，走得近了，我认出那人果然是许海。

“这小子跑得可真快！”袁权喘着气说。

“力气也大！”老猫说话的时候还要用力控制着许海不停挣扎的手。

许海嘴里依然嘟囔着：“坏人！打坏人！”

“许海，他们不是坏人，他们也是警察叔叔。”所长走上前，笑着对许海说道。

许海看到所长，情绪缓和了些，挣扎得也没那么厉害了。所长从袁权手中拉过许海的手来，笑着问：“你是不是又想去学校门口啊？”

“我，我要去上学。”许海回答着，恢复了小孩子的神情。

所长给疯哥使了个眼色，疯哥他们三人就都松开了手，走到了我与文雅这边来，许海的情绪进一步稳定了，看来他果然对生人才有敌意。

回到派出所，所长把许海弄去了一间屋子单独询问，我们都在值班室里等着。

大概过了二十分钟，所长进到值班室，让值班民警把许海送回家去。

“问清楚了。”所长对文雅说，“许海本来要去学校，从你房间外经过时，看到里面有灯光，一时好奇，就跑过来往里看，他嫌缝太小，又用手把窗户往旁边推了一些。他几乎每天这个时间都会从家里出发走到学校，今天的事只是个意外。”

“嗯，谢谢所长，给你添麻烦了。”文雅轻声说道。

“不麻烦，没事就好，你们再休息一会儿吧，八点钟我带你们去镇上吃早饭。”所长说。

就在这个时候，一阵刺耳的电话铃声响起，所长快步走到值班台，接起了上面的座机：“你好，青羊镇派出所。”

几秒钟后，所长脸色骤变："什么！你在门口等着，我们马上到！"

电话铃响就意味着有警情，所长的反应让我的心紧了起来，像是出了大事。

挂了电话，所长告诉我们："木材厂昨晚值班的工人死了一个。"

这句话犹如一道雷打在我们身上，专案组五个人当场都愣住了。

"走！"还是疯哥最先反应过来，沉声发出命令。

两辆警车飞速朝加工厂驶去，一天之内，这种情况出现了两次，应对的事情却完全不一样，刘芳那事顶多算是纠纷，现在却是再次出了命案。

我和文雅坐的所长这辆车，路上，他告诉我们，打电话报警的是木材厂工人曾龙，死的是曾辉。

"曾辉？耗子？"我皱眉问。

昨天耗子说过，昨晚又该他值班了，没想到竟成了人生的最后一晚。

所长回答："对，就是他。"

"报案人有没有说是怎么死的？"文雅问，她是在考虑两起案子间的联系。

"曾龙声音颤抖得厉害，只说死得很惨。时间宝贵，我也没细问，过去再看吧。"所长回答。

快到木材厂时，在车灯的照射下，我看到门口站着一个人，在向我们不停地招手。

我们把车停在门口，下车后，我看到曾龙脸色惨白，身子不停地抖，明显是受到了过度惊吓。

疯哥让曾龙带路，他带着我们走到了宿舍门口，却不愿进去。我们来了六个人，为了不破坏现场，只有疯哥和我进了房间。

房间的灯开着，里面摆着三架铁床，进门左边两架，右边一架，都是上下铺的，共六个铺，每个铺上都有被子，看来每个工人的床位都是固定的。

左边第一架床的下铺躺着一个人，本应盖在身上的被子被掀开了一些。鲜血浸湿了被褥，床下的水泥地面上也覆盖了一层血液，血液上有个东西吸引了我——小丑面具。

这副面具与老猫带回来的一模一样，初步看来，两起案子的凶手真是同一人！

除了面具，血液上还有些相同的脚印，脚印一直到了门外，有些凌乱。从张东升案的现场来看，凶手定然不会如此马虎，这些脚印多半是曾龙的。

“你在这里等着，我过去。”看到现场的情况后，疯哥做了这个安排。

“嗯。”我应道，心里压抑得很。

床上那人的头是向着窗户那边的，由于被子挡住了，我只能看到他的少部分脸，那脸上已经没有白色了，血肉模糊。

疯哥尽量绕开地上的血，好不容易才走到床边，他先站着看了一阵，我听到他倒吸了口凉气。

“怎么了？”我问。

“这人的脸没了。”疯哥说。

“脸也被撞烂了吗？”我以为是像张东升的脸一样。

疯哥却说：“不是，不是脸被撞烂，而是根本就没脸了，整张脸……都被划掉了。”

疯哥的话让我一阵恶寒，脸都被划掉了，那得有多血腥。

连疯哥说话都有些异样，看来，这个身经百战的老刑警，也被耗子的死状吓到了。

不对，脸都没了，身份无法确定，现在还不能确定他是耗子。

疯哥从包里摸出手套戴上，翻看了死者的头部，又翻开被子，简单查看了他的全身。在这个过程中，窗外的冷风吹了进来，一股子血腥味飘进鼻孔，中间夹杂着一丝酒精的气味，让我感觉有些窒息。

两分钟后，疯哥退了出来，我们一起出了房间。

袁权通知了队里的法医和痕迹组，120马上也会过来，“宣布死亡”这种事还得由医生来做。

老猫已经从曾龙的口中得知了大致经过，昨晚我们走的时候已经六点多了，等到所有人走完差不多是七点钟。

人走了之后，耗子就拿出酒菜与曾龙对饮。曾龙是耗子的堂弟，他们关系不错，也是他介绍耗子到厂里打工的，分组值班的时候他俩主动申请分到了一起。每次值班，耗子都会用个小包带一壶白酒和几包盐干花生，再就是些卤肉，两兄弟边瞎扯边喝，把一壶酒喝完后，晕乎乎的，正好睡觉。

昨晚也是如此，吃了一阵后，耗子估摸着不会有什么事了，就去把工厂的铁门锁了，回来接着喝。喝完两人就睡了，曾龙睡得很沉，直到今早七点多，他起来上厕所。

那时天快亮了，他也没开灯，迷迷糊糊地往外走，从耗子床边经过时，他发现鞋子上传来的感觉不对劲，像是踩在了泥水里，黏糊糊的。

曾龙低头一看，地上是一团黑黑的液体，他一惊，走到门口打开了灯，这一下就傻眼了，地上全是血，血是从耗子床上流下来的，而耗子的脸上盖着一个小丑面具。

他走过去，一把掀开面具，面具掉在地上，耗子那恐怖的“脸”也展露了出来，他吓得跑出宿舍，打电话报了警，之后再也没敢进去，直到我们过来。

木材厂又死一人，所长直接给责任人周子国打了电话，几分钟后，他的车子就开进了厂区。

下了车，周子国快步往我们这边走来，皱着眉头，少了一丝昨日的淡定，王宇小跑着跟在他身后。

“周老板挺快的嘛。”走近后，所长说道。

“昨晚我没回城里，住在镇上的，接到你电话就让王宇过来接我了。”周子国说。

文雅上前一步，盯着周子国问：“周老板昨晚又没回去？”

14

凶手露馅

周子国往旁边挪动了两步，这样一来，文雅与他之间的距离并没有减少，他从容回答：“是啊，厂里出了这么大的事，我心里很不安，不想回去，何况今天还有个重要客户来提货，我要早点到厂里，防止刘芳那些人再来闹事，影响生意。”

说完，周子国往工人的宿舍望去，神色变得凝重。

“周老板，我哥死在厂子里，这事你要给他做主啊！”曾龙哭丧着脸。

“我做啥主，等警官破案吧。”周子国没好气地说。

曾龙是个老实人，被周子国的话一唬，就低下了头。

门口传来女人的呼喊，曾龙说了句“我嫂子来了”就迎了过去。

耗子的女人皮肤黑黑的，体形有些胖，显得魁梧，她嗓门儿很大，进来后，几度吵着要进宿舍去，都被我们拦了下来，担心她破坏现场。

好不容易等到 120 来了，来的是个女医生，她在疯哥的带领下进到宿舍，两分钟后出来时，脸色惨白，几欲作呕。这期间，老猫让一个护士给曾龙抽了血。在宣布了宿舍里床上之人的死亡后，救护车逃也似的离开了现场。

随后，分局的法医和痕迹民警也赶了过来，大家的神情都很凝重，在如此短的时间内接连出了两起命案，凶手手段之残忍，这在全省都是极为难遇的。

疯哥与他们一同进了宿舍，耗子的女人闹了一阵，知道我们不会放她进去，这会儿也不闹了，呆呆地看着宿舍方向。

妇人四十多岁，穿着一身旧衣服，头发乱乱的，有些发黄，中间夹杂着不少白发。青羊镇的居民以前大多是农民，好些人还种着土地，这女人就是个典型的农妇，裤腿上沾着的泥土也能说明这点。

近一个小时后，法医他们走了出来，表明痕迹已经提取完毕，并将初检结果告诉了疯哥。

我想起张东升有可能是同性恋，就问袁权，今天这个法医与昨天给张东升尸检的是不是同一人，在得到肯定回答后，我让袁权去问一下，张东升肛门处有没有性交痕迹。

袁权询问的结果是“没有”，看来，张东升体内的女性意识是最近才达到一个峰值的，从而开始了对许涛的偷拍。

也就是说，许涛是他的第一个心仪者，这就排除了上任“基友”因吃醋而杀害他的可能。

交洽完后，疯哥让耗子的女人前去认尸，先前沉默的女人一下子扑了过去。

很快，房间里传来女人撕心裂肺的哭喊声，听在耳里，让人好不难受。

本来曾龙是不敢进宿舍的，见着嫂子这样，硬着头皮上前劝她。文雅作为现场唯一女性，也跟了过去。进去之前，她问了我尸体的样子，做好了心理准备。

妇人在里面待了十来分钟，哭喊声渐渐小了，文雅扶着她出来时，她满脸泪水地啜泣着，身子有些抽搐。

“确定了。”文雅轻声告诉我们。

除了脸部，每个人的身体上也有着许多能够用以辨认的信息，妇人与耗子生活了十多年，对他的身体自然是很了解的，不用看脸也能确定他的身份。

耗子父母死得早，没给他留下什么家业，他是吃百家饭长大的，后来还是一个叔父给他介绍了亲事。他自己没有房子，婚后住到了女方家，二人一直没有孩子，检查后是女方的问题。

耗子自己没什么本事，倒也不怨妻子，妻子因此心怀愧疚，对他更加好，包干了家里所有的农活，也因此，这妇人明明比耗子小几岁，却比耗子还要显老相一些。

耗子的死因已经查明，系被利器割喉而亡，死后脸上的皮被剐了下来，不知所终，现场也没有发现凶器。

我们问妇人，要不要求对耗子做尸检，妇人沉默了一阵，回答说："不了，那些大道理我不懂，他的脸都没了，我不想让其他地方再有破损。"

妇人的声音因为刚才的哭喊，已经嘶哑了。

千年修得共枕眠，同是死了丈夫，妇人与昨日刘芳的表现却截然不同。看得出来，妇人是真的伤心，而刘芳似乎更加在意的是木材厂的股份，不免让人唏嘘。

文雅一直扶着妇人，劝慰着她，旁边的曾龙一支接一支地抽着烟，以此让自己镇定下来。

现场勘验完后，周子国就上楼了，临走前，他对妇人说："有什么需要的，你尽管开口。"

又过了一阵，厂里的人多了起来，工人们陆续来上工，还有些曾家的亲戚也赶了过来，开始帮着张罗耗子的后事。

金志成到工厂后，听闻耗子死了，脸色也凝重了起来，眼镜后那一对随时笑成缝的眼睛睁得很大，额头上浸出了细汗。

他与我们打过招呼后，就上楼去找周子国，再下来时，手里拿着工厂所有人员的详细资料。

在疯哥的安排下，专案组成员开始了对厂里人员的询问。

最先接受调查的自然是曾龙，他与耗子睡在同一间屋里，凶手进来杀了人，又割走了脸皮，他却毫无察觉。

曾龙说耗子的酒壶能装两斤酒，二人平分的话，每人也就是一斤，他每次喝完，都会睡得很死，打雷都听不见。我们在房间里找到了酒壶，从大小来看，的确能装那么多。

刚才老猫让护士给曾龙抽了一管血回去进行酒精浓度检测，虽然已经过了一夜，仍能通过现有的酒精浓度推算出案发时曾龙体内的酒精浓度，以此与曾龙的供述进行佐证。

另外，从厂里工人以及耗子亲属处了解到，曾龙与其关系很好，两人从未红过脸，也没什么利益上的冲突，应该可以排除他的嫌疑。

木材厂有个不成文的规定，每晚值班工人关厂门的时间都是八点左右，根据曾龙的回忆，昨晚耗子关门也差不多是这个时间。

铁门中央有一块大铁板，铁板的两边各有一个锁扣，从里、外都可以锁门。

因为有铁板的遮挡，从里面锁了门后，即便有钥匙，也无法从外面伸手进来开锁。

早上曾龙跑到门口，发现铁门是开着的，锁被扔在地上，以此推断，凶手杀人后，是从大门跑出去的。

所长带着派出所民警对木材厂的围墙内外进行了细致检查，围墙有两米五高，上面还插有碎玻璃，正常人要想翻越围墙，就算借助外物，两腿也需要蹬在墙面上承力，而墙面都是粗糙的泥灰，硬度低，一旦受力，必然会留下印迹。

经过一番检查，围墙内、外和顶上均无新的印迹，碎玻璃片也没有新的断裂，我们合计后得出结论，在耗子八点左右锁铁门时，凶手就已经在厂里了！

法医尸检后将耗子的死亡时间锁定在凌晨三点至四点期间，也就是说，凶手一直藏身于厂里，等到那个时间点，出来杀了耗子，再从工厂大门离开。

“从八点到凌晨三点，在暗夜中整整潜伏了七个小时，这个凶手太可怕了！”文雅咂舌道。

我说：“在正常情况下，凌晨三四点是人体进入深度睡眠的时间，凶手等到那时再动手，既是为了保证对耗子一击即中，也可以最大限度地防止曾龙醒来。”

“看这情况，曾龙应该庆幸自己没有醒，如果他醒了，只怕也会成为凶手的刀下魂。”老猫神色凝重地说。

的确是这样，两起凶杀案，凶手的手法干净利落，下刀狠辣，毫不留情，曾龙与耗子昨晚都喝了一斤白酒，在那种情况下，就算二人同时与凶手正面搏斗，估计也没什么胜算。

昨晚刚好是耗子与曾龙值班，凶手只杀耗子而留了曾龙一条命，说明凶手的目的性很强，就是冲耗子去的。

耗子的人际关系简单，基本上是木材厂和家里两点一线，一个月会去一两次城里。工友和亲戚对他的评价都不错，说他人很随和，成天嘻嘻哈哈的，只不过经常蹭工友的烟抽、蹭酒喝，不过他嘴甜，大家也不以为意，没听说他与人争吵过。

与张东升案子不同的是，耗子身上的财物并没有丢失，事实上，他身上也没什么值钱的东西，只有裤兜里的几十元钱。

“青羊镇就这么大，谁与谁吵过架、闹过矛盾，一问便知，既然耗子没有仇人，凶手也不是为财而来，那杀他的动机是什么呢？”袁权提出了一个疑问。

我想起昨日耗子给我们说的话，分析道：“耗子曾在张东升遇害地附近见过一个可疑男子，当时还出声喊过他，如果是熟人，那人肯定能听出耗子的声音。现在我们怀疑那人是凶手，耗子就成了唯一见过凶手的人。所以，凶手杀耗子是为了不让自己暴露？”

老猫接着说：“极有可能是这样！昨日我们还在怀疑耗子提供信息的真实性，现在他的死算是作了最有力的说明，那么，凶手的背影就可以按照耗子提供的信息来锁定了！”

身体壮、跑得快，这是耗子给我们描述的疑凶的特征，它们其实很模糊，没有很强的指向性。

疯哥说：“耗子并没看清凶手的模样，凶手却这么着急杀他，其实有做贼心虚的成分在里面，担心耗子当晚认出了自己并向警方提供线索。”

袁权说：“站在凶手的角度，如果耗子真的向我们提供了线索，那就算杀了耗子也于事无补了，万一我们已经监控了他，他这样做岂不是自掘坟墓？我猜他是想赶在耗子找我们之前杀了他。可事实上耗子昨天已经找过我们，看来凶手并不知道这件事。”

袁权的这个问题很关键，我们马上单独询问了几个工人，结果他们都知道昨天耗子出来找过我们，耗子下车的时候，王宇碰巧出来上厕所，也看见了他。

如此一来，厂里人只有周子国与金志成不知道这事。

除此之外，在昨天我们圈定的可疑人员当中，许涛也不知道这事！

“他们三个人，周子国年纪最大，金志成的样子比较猥琐，看着没什么精神气，只有许涛最符合‘身体壮、跑得快’的描述，再加上张东升电脑里的照片佐证，我想我们可以传唤他了！”老猫向疯哥建议。

袁权也附和说：“工人宿舍门的钥匙一直没换过，许涛曾在工厂里上班，他那里也有宿舍的钥匙。”

种种迹象表明，许涛的嫌疑的确很大，可我还是有些想不通，他杀人为何会用这么明显的锤子，再放上一个与许海有些像的面具。

可认真说起来，就算他曾用锤子与人打过架，这也不能成为我们抓捕他的证据，难道他是吃准了这一点？

至于面具，正如疯哥所说，多数傻子笑起来都与小丑面具相似，有可能凶手选择面具时并没有注意到这个。

疯哥有些迟疑，毕竟证据不是很充分，再者，我们之前办的“女尸复仇”案就是由一起冤案引发的。经此一案，疯哥在做决定时定然会更加谨慎。

就在这时，有人带来了一条重要线索，让他下了决心。

15
抓捕许涛

耗子死的事很快就在镇上传开了，我们还在分别对木材厂的人进行询问时，有一个人找到了疯哥。

来的这个人我们都认识——李回锅。

李回锅每周二清晨都会去城里的综合市场购买饭馆需要的肉、菜以及调料等用品，赶在天亮前回到青羊镇。案发这天刚好也是周二，他三点半起床，收拾一阵后，骑着三轮车往城里而去。

行驶了一阵，拐过一个弯，就能看到木材厂了。这时，李回锅发现在三轮车的灯光中有个人影在动，他仔细一看，原来是一个人在快步往木材厂走。

李回锅的三轮车从木材厂外经过时，是离木材厂最近的时候，这时那人也刚好走到铁门边，打开铁门走了进去。

这么些年，李回锅每周二清晨出发，都没遇到这种事，他当时觉得奇怪，就多看了两眼，发现那人的背影有些熟悉。他知道木材厂每晚会有两个工人值班，以为是哪个工人值班的时候偷偷回家去陪媳妇，再趁天亮前回到厂里，也就没多想。

李回锅回到镇上后就在饭馆里忙活，直到刚才听闻木材厂死了人，联想到昨晚见到的事，这就跑来提供线索。

听了李回锅的话，我分析道：“李老板三点半起床，洗漱、穿衣再骑车到木材厂外，应该在四点左右，从时间上来看，那时凶手正好犯完事，从厂里出来往镇上走，看到前方有灯光，慌忙转身往回走进厂里躲避，等到李老板走了后，再从厂里出来逃离。”

老猫有些急切地问：“老李，镇上的人你都熟悉，你好好回忆一下，那个人的背影像是谁？”

李回锅欲言又止，老猫说：“你只管说，只要有你的指认，我们马上就能把他抓起来，你不用怕他会报复你。”

李回锅看向疯哥，他知道疯哥是专案组的组长，见疯哥点头后，他才说道：“刚才来的路上我就仔细回忆了一遍，把昨晚那人的背影与镇上人挨个儿比对过，与他最像的人是许涛。”

“许涛”二字一说出来，老猫两眼放光，刚才他与袁权就主张马上传唤许涛，现在李回锅的指认无疑是佐证了他们的判断，他自然兴奋。

疯哥还有些不放心，就问：“你骑着三轮车经过，这个时间很短，你是如何判定出那人像许涛的？”

李回锅似乎早就知道疯哥会这样问，马上回答：“首先，身形很像，我知道这个说明不了什么。我要说的是发型，镇上人图省事，头发两三月才剪一次，许涛刚从监狱出来，他的头发比较短，灯光一照，头顶看着就比较亮。”

“会不会是光头呢？”文雅问。

“不会不会，光头和浅平头完全不一样，我好歹当过特种兵，身子骨虽然比不上年轻的时候，但眼力还是不差的。”李回锅笃定地说。

“凶手的发型应该比较显眼，容易认出来，所以他才会贸然对耗子下狠手，而许涛很符合这个特征。”袁权附和说。

这次疯哥不再犹豫，吩咐道：“文雅，你留下继续询问工人，其余人跟我去抓捕许涛！”

我们昨天出来时没有带枪，现在时间紧迫，从队上调枪已经来不及了，疯哥就直接把所长身上的“六四”手枪借了过来，以防万一。

为了不打草惊蛇，所长叫了一辆民用车过来，老猫熟悉镇上地形，由他当司机。我们正准备出厂，就看到刘芳一家人又来了，刘芳叫嚷着厂里又死人了，担心周子国跑路，让周子国马上把十万元钱给了，金志成和王宇怕他们把事情闹大，慌忙带他们去周子国的办公室谈。

我们没工夫理会这个女人，直接把车开到了许涛家门口。

我们进屋时，许涛正在修理一台电视，许海蹲在地上玩一辆玩具车。许涛认出了疯哥，刚要站起身来，就被冲上去的袁权和老猫架住了，许涛瞪着我们，眼睛里快喷出火来了："你们什么意思？"

"请你回派出所协助我们调查。"疯哥沉声说道，并示意把许涛带上车。

旁边的许海听着动静，抬起头来，见我们押住了他弟弟，喊叫着扑了过来，对袁权又抓又咬，我连忙上前去拉开了他，他又转而来打我，都说疯子的力气惊人，我没敢与他硬碰，只是拖着他。

等疯哥他们都上了车，我趁许海不注意，也钻进了车里，疯哥开着车一溜烟就走了，我从后视镜看到许海在后面一直追，疯哥也看见了，加大了油门，好不容易才把他甩开了。

回到派出所，我们把许涛铐在凳子上，随后，疯哥扯了许涛一小撮头发，痛得许涛在那里大叫。疯哥让派出所一个民警帮我们看着许涛，然后把我们三人叫到了外面。

出来后，疯哥取出自己烟盒里的烟，把刚才扯下的许涛的头发放进去，盖上盖子，把烟盒递给袁权说："痕迹组的同事在耗子床上和床边的血液中发现有两根短发，与耗子的头发长短不符，怀疑是凶手掉落的，你现在把许涛的头发送到分局去让他们比对一下。"

袁权拿着烟盒就走了，老猫自告奋勇要审许涛，疯哥却让他回木材厂协助文雅。

待老猫走后，疯哥点燃一支烟，问我："刚才老猫他们提议抓捕许涛时，我看你有些犹豫，说说你的看法。"

我把自己当时所想讲了出来，疯哥说："是啊，最近我经常会想，如果当年我是秦晓梅杀人案的主办人，会不会也把它办成一起冤案，所以，即便现在很多线索都指向许涛，我仍然很忐忑，担心他成为我手中的‘秦晓梅’。”

难怪他支走了老猫和袁权，他是怕这两人对许涛的怀疑太重，在审讯时带有偏见。

我劝他说：“疯哥，你也不要太有压力，我们现在只是对许涛进行一次简单的讯问，不是要定他的罪，先问问他吧。”

“嗯，走吧。”疯哥把手中的烟头扔掉，转身走进了审讯室。

我听着他话音里的疲惫，有些担心，疯哥的心理压力让他有颇多顾忌，这既有好的一面，也有不好的一面。好的一面是他办案会更加谨慎、细心，不会轻易定一个人的罪，不好的方面是，就算我们抓到了真凶，疯哥也不敢确定，瞻前顾后，这样会把本来简单的案子弄得很复杂。

进了审讯室，许涛盯着我们，额头上青筋毕露，面相有些凶狠。

审讯其实很简单，主要是几个关键问题，我对他说道：“你别有那么大敌意，现在有人指证你，我们只是进行例行询问，你放松一些。”

“他妈的，哪个狗日的指证我？老子出去一定要弄死他！”许涛咬牙切齿地说。

“你别嘴硬，这对你没有任何好处。”疯哥走到许涛跟前，塞了一支烟到他嘴里，又帮他点燃。

许涛咬住烟，猛吸了一口，囫囵着说：“切！你试试被人冤枉看看！”

“冤枉不冤枉，我们自会调查，你只需配合我们问话就可以了。”疯哥继续说。

兴许是疯哥的语气比较平和，兴许是疯哥给了他支烟抽，反正许涛没之前那么抵触了，只是不耐烦地说：“快问！快问！”

“前天晚上十点到十一点，你在哪里、在做什么，有没有证人？”我问。

“我在家里睡觉，证人是我哥，你们也看到了，我俩睡一间屋。”许涛想也不想地说。

“那今天凌晨三点到四点呢？”我又问。

“答案一样！”许涛白了我一眼。

我说："你明知道你哥的精神有问题，不能成为法律意义上的证人……"

许涛果然很护着许海，声调马上提高了不少："你放屁，老子的哥哥才不傻，他那叫单纯！"

我正要反驳，疯哥不想激怒他，制止了我，转移话题问："昨天你承认你一年前离开木材厂时骂过张东升，后来你又因抢他老婆的手机而坐牢，你恨不恨他？"

"他活得那么窝囊，我恨他做什么，哼！"许涛冷笑着说。

"窝囊？"这个词引起了我的注意，我问许涛，"你为什么觉得他窝囊？"

"你有老婆吗？"许涛不理我，看向疯哥问。

疯哥虽是莫名其妙，还是回答了他："有！"

"那你说说，你老婆给你戴了绿帽子，你却还不知道，你窝不窝囊？"

许涛说这话时，满脸认真，语气又冷嘲热讽，像真有那么回事似的，我猜他是在报复刚才疯哥扯了他头发。

疯哥与嫂子感情很好，哪里听得了这种话，气得脸色发青，强忍着才没发作，瞪着许涛问："你知道刘芳的姘夫是谁？"

16
耗子秘密

“知道啊。”许涛一副理所当然的表情。

“谁？”

“你们应该已经见过他了。”

“我问你他叫什么名字！”疯哥瞪着他。

许涛笑了：“呵，我为什么要告诉你？”

我一下怒气上涌，走上前冲他吼道：“你什么态度？你知不知道你现在是什么处境？”

“我只知道我是被冤枉的，你们把我抓来，只能说明你们无能。”许涛并不吃这套。

“你涉嫌一起故意杀人案，我们可以先行扣留你二十四个小时，若你不配合，鉴于案情重大，我们可以向领导申请延长扣留时间，你喜欢耗，我们就陪你耗下去！”

“反正在外面也挣不了钱，这里面有得吃、有得住，没什么不好的！”许涛的语气始终很横。

“你不管你哥哥了？”疯哥问。

提起许海，许涛愣了一下，不过马上又说：“我爸会照顾他的。”

“你爸能照顾得了吗？你坐牢那半年，他不就摔了一跤，从此脑子更不好使了。”我知道许涛很在意他这个哥哥，就故意这样说刺激他。

果然，许涛马上就瞪着我，眼睛都快鼓出来了：“我警告你，不准说我哥脑子有问题！”

“早点把问题交代清楚，就能早点见到你哥了。”我笑着说。

“我说了，我没问题可交代的，你们有本事就拿出证据来，别想着套我的话，更别想刑讯逼供，我在监狱里挨的打够多了，皮都打厚了，不怕你们这一套！”许涛摆出一副死猪不怕开水烫的表情，他的话也解释了我们之前的困惑，他对警察带有敌意果然是从监狱里被打引起的。

许涛如此不配合，审讯一时陷入僵局。

我问疯哥要不要用一些特殊手段，疯哥考虑了一阵，最后还是没同意，说是先等文雅那边的结果出来，如果有进一步的线索指向许涛再看，反正他跑不掉。

既然不用审许涛了，我打算去木材厂那边看看情况，疯哥则留下看着许涛。

刚走出审讯室，就听到派出所门口传来呼喊声，我几步跑过去，发现是许海在与值班民警起冲突，许海嘴里吵嚷着要见“哥哥”，作势要往院子里冲。

许海的力气我是领教过的，此时值班民警阻拦他也有些困难，我就上前去帮忙，我俩把许海推出门口，又把派出所铁门拉拢，这才轻松了些。

许海被拦在外面，不停地拍打着铁门，喊着“哥哥”的声调都变了，像是快哭了，看着让人蛮难受的。

我叹了口气，打开大铁门上的小门，出了派出所往木材厂那边走去。之前许海一看见我就要来“打坏人”，这次我出来，他却瞟都没瞟我一眼，呆呆地望着派出所里面，尽管他连他“哥哥”的影子都看不见。

木材厂里条件有限，老猫和文雅只有分别在王宇和金志成的房间里逐一对工人们进行询问，王宇的房间在一楼，我到厂里后，先去了那里。

老猫正在询问王宇，这个光头对耗子的评价和其他人差不多，说是完全想不出耗子到底是因为什么事而惹来了杀身之祸。

老猫例行问了两次案发时王宇都在哪里，他听到这个问题，脸色有些不悦，老猫马上解释了一番，王宇这才说他都在家里睡觉，因为他长年一个人住，所以没人可以证明。

两起案子发案时都是在夜里，那个时间青羊镇的居民基本上都在睡觉，这事的确不好说。像周子国、王宇，他们本就是一个人睡，上哪儿去找证人呢？

还有许涛，他唯一的证人是许海，可许海的精神状况做证困难不说，他的证词也没有法律效力。

我突然想起，之前我们推断凶手一直守在厂里，而昨晚耗子是八点左右锁的工厂大门。那么，我们在询问时，应当以八点为界让被问者说出活动轨迹才对。

想着，我问王宇："你讲讲你昨天下班后都做了什么事情，有没有证人。"

王宇虽是仍有不快，还是回答了我的问题："昨天你们不也是六点过了才从厂里走的吗？我是和周老板一起离开的，那时厂里人差不多都走光了，估计在七点钟吧，把他送回去后，我也就回家了。"

"后来呢？"我问。

王宇继续回答："回家当然就开始做饭了，昨晚我从冰箱拿了半只鸡出来炖，吃完饭我看了会儿电视就睡了。"

老猫已经明白了我的意思，就问王宇："你说你拿的是半只鸡，要炖的话，总得要剁成小块吧？"

"警官，这是肯定的啊，难道这种细节我也要交代吗？"王宇有些无语。

"那倒不是，你虽是一个人住的，总有邻居吧？"老猫又问。

王宇说："当然有，我的邻居是陈大妈和她孙子。"

老猫点了点头："知道了，你先出去吧，三分钟后把赵胜叫进来。"

王宇走后，老猫对我说："两起案件凶手的体形特征都与王宇不同，等会儿再去走访一下陈大妈，只要她能做个旁证，王宇的嫌疑就能排除了。"

我应声道："嗯，现在这种情况，能完全排除一个人的嫌疑，对我们进一步锁定凶手有很大帮助！"

赵胜进来后，主要是由我进行询问的，问题与王宇那些差不多，他是与梁三山一起离厂的，时间就在我们走后不久。他们二人去镇上一家饭馆吃的饭，一人喝了一瓶二锅头，吃完就回家睡觉了。

“那么早就睡了？”我有些疑惑。

“警官，镇上人本来就睡得早，前天晚上我又在厂里加班干了活，身子有些累，又喝了酒，瞌睡自然就大了。”赵胜有些局促地说。

老猫问：“你家里都有什么人？”

“这两天媳妇回娘家去帮老丈人插秧了，家里就我一个人。”赵胜回答说。

又一个没法证明的，我心里叹了口气，摆摆手让赵胜出去了。

木材厂里六个工人，除了耗子、曾龙、赵胜和梁三山，还有两个人，这两人比较简单，他们都是青羊镇下面一个村的，前天晚上在另外一家人那里打牌，从八点打到凌晨两点过才散场，而张东升被害时间在十一点左右；昨天晚上，他俩离厂后一起回了村里，吃了饭就看电视，九点左右上床睡觉，他们的老婆可以做证，两起案件，他们都有不在场证明，可以直接排除。

最后进来的梁三山证实了赵胜刚才讲的前半段，并说两人吃完饭后，他回到家那会儿他老婆在看电视，电视上刚好显示了时间，是八点钟。

除此之外，梁三山给我们提供了一条重要线索。在问到他对耗子的印象时，他有些犹豫，我与老猫看在眼里，几经询问，他终于吐了实话，他说耗子每个月会去城里几次，给别人说的是去采购日常用品，但有一次他和耗子一起去，发现不是这么回事。

“他去做什么？”我本来是坐在椅子上的，听到这话后直接站了起来，走到梁三山面前问。

“他喜欢去城里的金牛广场，那里‘好耍’的多。”梁三山回答着，脸上带着一丝不好意思。

老猫比较有经验，马上问：“他是不是去那里嫖娼？”

“嗯。”梁三山点了点头，又忙着说道，“我没有去，我没有去。”

“你去了我们也不会处罚你，把详细经过讲一下。”老猫让他安心。

梁三山的眼神还有些躲闪，我也向他保证不会追究，他这才开始说，那次他和耗子进城，耗子说带他去金牛广场，他本来是想给儿子买点玩具就回青羊镇的，就说不去，耗子非拽着他，还说带他去见世面，他拗不过就去了。

在金牛广场，耗子边逛边给他介绍，广场上有旧货市场，有劳工市场，还有流浪汉聚集地，最后耗子把他拉到一棵很大的黄果树下，那里站着五六个中年妇女，脸上浓妆艳抹的，见着他俩就喜笑颜开地喊："来耍一哈嘛……"

有个女的认识耗子，一上来就攀着耗子，耗子却推开她，去拉了另一个女人的手，前面那个女的也不恼，又来拉梁三山，梁三山尴尬得不行，耗子怂恿他选一个，还说选好就一起去广场后面一栋老房子里"耍"。

"我从来没耍过，不敢去，耗子就帮我选了一个，我还是不愿意，怕身上的钱不够，耗子说那里的女人便宜，五十元就能耍一次。"说到这儿，梁三山低下了头，声音也变得小了，"我想试一下，就，就跟着去了。"

老猫知道梁三山担心被处罚，也不问他个中细节，又问："那次以后，你还和耗子去过金牛广场没？"

梁三山慌忙摆手说："没有没有，我第一次是图个新鲜，后面耗子喊过我几次，我都没去，我觉得那些女人画得像妖精一样，不好看。"

他这话说得有些逗，我忍住笑意问："耗子嫖娼这件事，工厂里除了你还有谁知道？"

梁三山想了一下，回答说："反正我没听其他人说过，耗子也叮嘱我不要说出去，他还说我也去耍过，我要说出去的话，我也会被老婆赶出家门。"

"他倒挺会为自己留后路的。"老猫笑道。

梁三山出去后，我说："耗子曾见过凶手的背影，我们先以为这是凶手杀他的原因，现在看来，耗子的死或许与嫖娼有脱不开的干系，要不然的话，就与凶手留下的面具对应不上了。

"说起来，他还真对得起'耗子'这个绰号，既好吃喝，又要偷腥，亏他老婆对他那么好，若是知道了这事，指不定有多寒心呢。"

"是啊，他的行为真让人不齿！"老猫附和了句，不过马上提出了疑问：“但也有另一种可能，凶手只是想误导我们，故意用面具来混淆视听，毕竟知道耗子嫖娼的只有梁三山一人，难不成梁三山就是凶手吧？”

这个简单，只要把其他工人再叫进来重新问一下就行了，他们都明白案子的严重性，我们刻意问他们耗子嫖娼的事，他们若真的知道，必然不敢再隐瞒。

说干就干，我俩让他们依次进来，很快就有了结果。

17
逐一排除

第二次询问的结果是，除了梁三山，其他人都不知道耗子嫖娼的事。

纵是如此，我还是比较谨慎，就说：“要么，凶手是用面具来故布疑阵，掩盖杀耗子的真实意图；要么，凶手的确知道耗子嫖娼的事，但他现在肯定不会承认。”

老猫偏向于第一种，又问我许涛那边有没有审出什么线索。当得知许涛极不配合时，老猫摩拳擦掌的，想要回派出所试试，我劝住了他，说等这边结束后我们一起回去。

随后，我俩准备去金志成的办公室看看文雅询问的情况。

上楼的时候，正好碰着金志成带着刘芳一家人下来，刘芳已经不再大吵大闹了，金志成赔着笑说：“既然周老板答应了，我下午就把钱给你打到卡上，这段时间你们也别再过来闹了，影响厂里的生意，你们到时候分股权也讨不了好。”

刘芳正欲回话，看到我和老猫，撇了撇嘴，这才说道：“等我收到钱再说，东升的丧事着急用呢。”

“哎，警察，你们怎么回事呢，我家东升还没下葬，这里又死人了。”刘芳妈扯起个嗓子说。

“多管闲事！”老猫沉声道。

“哎，你什么态度呢，你现在调离派出所了，管不到我，我可不怕你！”妇人声音更大了。

金志成见这阵势，忙劝道：“大姐，你就少说几句吧，几位警官够辛苦的了。”

说完，他又回过头让我们多担待着点，别往心里去。对刘芳母女这种人没必要浪费时间，我和老猫不再吭声，径直上了二楼。

文雅这边也问得差不多了，我翻看了一下她的记录本，耗子的亲属也没人反映他嫖娼的情况。

我给文雅说了这事，她很是气愤，涨红着脸说：“之前我听他说加了班都要回去陪老婆过生日，还觉得他是好男人，没想到会背着老婆做这种事！你们没看见他老婆在宿舍里的样子，哭得很伤心，像是天塌了！太可怜了！”

“耗子这样是挺可恨的。”我如实说。

“哼，你们这些男人啊。”文雅噘嘴道。

“哎，你这打击范围太广了啊。”老猫马上抗议。

文雅白了他一眼：“反正都差不多！”

老猫向我投来求助的目光，我却深谙“永远别和女人讲道理”这一点，很识趣地没有吱声。

我们出来时，金志成也送完刘芳回来了，见着我们，有些谄媚地说：“几位警官，周老板刚才交代，让我在城里巴登酒店订了个雅间，请你们吃顿便饭。”

“金主任，没必要，我们手里事情还多着呢。”老猫回答说。

“要的要的，厂里接连出了两起命案，周老板还得仰仗几位神探尽快破案消除影响，不然我们厂的效益肯定会下滑的。”金志成卑躬屈膝，脸上始终堆着笑，我真担心他的脸会笑僵。

“是啊，几位警官一定要赏脸，让我尽尽地主之谊。”这时，周子国从他的办公室走了出来，看着我们仨说。

我正想说不用，文雅一口接道：“这样吧，我们先请示一下组长，等会儿给周老板回话。”

听着我们松了口，周子国脸上浮出笑容：“那我就敬候佳音了。”

从木材厂出来，我问文雅怎么不直接拒绝周子国，文雅笑了笑：“第一，按规矩，这事的确应当由疯哥来决定；第二，我在想，去吃他这顿饭也未尝不可，你没听所长说，这周老板喜欢酒后‘吐真言’吗？”

老猫恍然大悟：“我怎么就没想到呢！”

随后，我给疯哥打电话说这事，他没怎么考虑就同意了，我不由佩服起文雅来，她之前当过领导，想得的确要周到一些。

我们没有立即回派出所，而是去了王宇家，他还在工厂里，我们找到了他的邻居。

王宇口中的“陈大妈”是个中年妇女，五十多岁，她告诉我们，她老公和儿子、儿媳三人都在外面打工，她留在家里照看孙儿，孙儿才四岁，在镇上念幼儿园。

提起王宇，陈大妈赞不绝口，说他小时候挺调皮的，出去打工也很少与家里联系，有时一两年都不回家，没少让他爸妈操心。三年前，他爸妈死了后，他回到镇上，虽然话语少了些，却懂事了许多，不再像以前那般吊儿郎当的了。

“家中出了如此大的变故，心性肯定会有些变化的。”文雅说。

“是啊，爹妈一起走了，换成谁都会受不了。”陈大妈叹息道。

老猫把话题引到了昨天晚上，问陈大妈都做了些什么，她回答说下午五点半接了孙子后就回到了家里，六点过后祖孙俩吃了饭就上二楼的卧室去看电视了，看到九点钟左右睡觉。

“你们看电视的过程中有没有听到其他什么声音？”老猫问，他没有问得太明显，以免对陈大妈造成误导。

陈大妈想了一阵，回答说：“其他声音？小王在家里切菜算不算？”

“算，你听到了？”老猫问。

“肯定能听到啊，你看，我家和他家挨着的，中间就隔着一堵墙。”陈大妈指着王宇的房子，又说，“小王还是比较勤快的，经常自己做饭，不像有的年轻人，只要爸妈不在家，就天天下馆子。”

“昨晚你听到他切菜大概是在几点呢？”我问了句。

陈大妈再次陷入了深思，想了近半分钟后回答说：“快到八点了吧。”

“你怎么知道时间的？”我又问。

“我孙子每天都要看少儿频道的动画片，那个是从晚上七点四十开始的，八点十分结束。昨晚我听到小王剁菜的声音时，我孙子都看了好一阵动画片了。”陈大妈肯定地说。

老猫听后，看了看手表，然后说道：“如果凶手是王宇的话，他作案必然不会开车，那样太容易被发现了。而走路的话，从这里走到木材厂，至少需要二十分钟，他根本不可能赶在八点前回到厂里！”

我和文雅都赞同老猫的说法，这样一来，王宇在耗子一案中的嫌疑就排除了。

往派出所走时，我问文雅有没有询问金志成，她点头说：“问了，金志成每晚都会回城里去住，不过他离婚了，现在也是一个人住，没有证人。”

我分析说：“在绝对相信笔录的前提下，第一起案子，周子国、金志成、许海和王宇没有不在场证据；第二起案子，周子国、金志成、许海和赵胜没有不在场证据。把两起案子串起来的话，就是周子国、金志成和许海三人没有不在场证据了。”

老猫马上说：“我还是偏向于许涛，你们别忘了李回锅这个关键证人！还有，就算凶手知道耗子嫖娼的事，他们三人当中，周子国和金志成与耗子的身份悬殊较大，只有许涛与耗子是同一阶层的人，指不定耗子也曾带许涛一起去过金牛广场。”

从目前掌握到的情况来看，老猫的判定无可厚非，不过，我总觉得这两起案子不会那么简单。

文雅也没有立即表态，看来她也有所保留。之前我还在担心疯哥会把简单的案子弄复杂，现在看来，我又何尝不是呢？我想，这当中有“神棍”的原因。

神棍是我们组的成员之一，在上起案子中，抓捕凶手时，他为了救疯哥而牺牲了，这对我们组里所有人的打击都很大。而那起案子的起因就是我们队里两年前办理的一起冤案，所以，现在在确定青羊镇杀人案凶手的时候，我们才会畏首畏尾，不敢定夺。

老猫不了解个中缘由，见我与文雅都没说话，以为我们是默认了，脸上露出兴奋之色，准备回去好好审问一番许涛。

回到派出所，我看到许海已经不在了，铁门大开着。

铁门旁边的两盆盆栽都倒在了地上，瓷盆碎裂了，不用说也知道是许海的杰作。

我们进入审讯室时，疯哥与许涛对坐着，二人嘴里都衔着一支烟，地上还有好多烟头。

“你们回来得正好，给我说说那边的询问结果。”疯哥看着我们说。

我留下守着许涛，他们三人出了审讯室，过了一阵，派出所值班民警进来说：“陆扬，疯哥叫你出去商议一下，我来守着许涛。”

我进办公室的时候，老猫刚把工厂的调查情况给疯哥汇报完，疯哥沉默着抽完手里的烟，然后说：“刚才陆扬走后，我和许涛单独处了一个多小时，通过这两天几次和他的交锋，我始终觉得他的情商、智商与两起案子中凶手所表现出来的沉稳与狡诈不相匹配。”

这次，我认同了疯哥对许涛的评价：“没错，他就是个脾气暴躁的二流子（流氓），真看不出有高智商犯案的本事。”

老猫马上反驳道：“凶手都是善于伪装的，我这就去把他的面具揭下来！”

说着，老猫就往外走去。这时他的电话响了，他接起后说了两句，就把电话递给疯哥道：“周老板的。”

周子国得知我们同意赴约，要派车过来接我们，被疯哥拒绝了。挂了电话，疯哥看了看手表说：“先进城去吃饭，回来再审吧，正好也可以等袁权那边的 DNA 检测结果出来。”

疯哥让派出所民警帮我们盯着许涛，我们四人开着车离开青羊镇往城里驶去。

路上，我想起刘芳的姘夫一事，就问疯哥：“许涛还是没说刘芳的姘夫到底是谁吗？”

疯哥摇了摇头。

文雅说：“既然许涛说我们已经见过了，我觉得应该是木材厂里的人。”

我想了一下，我们昨天到这里后，见过的人无非就是木材厂的人员、张东升的家人、许涛兄弟、派出所民警、李回锅。

我们是以许涛的话来推断，那首先就可以排除他们两兄弟，剩下的人里，许涛能猜到我们见过的人，就只有木材厂的人和张东升的家人了，因为张东升出事，我们肯定要逐一询问他的亲属同事。

刘芳那种人，自我感觉良好，又爱钱财，自然不会看得上工人，那么，比较有可能的就是周子国和金志成了。

想着，我就说：“看昨天刘芳对周子国那样子，二人应该不是情人关系吧，难道是金志成？”

文雅摇头道：“暂时没瞧出端倪，走一步看一步吧。”

“希望今天周子国和金志成这两只狐狸能露出些破绽，最好再给我们提供点指证许涛的线索。”老猫接着说道。

文雅却是冷不丁地来了一句：“老猫啊老猫，不管凶手是不是许涛，你都犯了一个严重的错误。”

18 设宴

文雅的话让老猫正色问道：“什么错误？”

“你太想当然了！”文雅说，“现在许涛的所有嫌疑，都是我们臆想出来的，唯一与证据靠得上边的，就是李回锅的指认，可他看到凶手的时候是半夜，描述也并不是很准确，我们可以加强对许涛的审问，并积极寻找其他证据，却不能如此笃定他就是凶手。”

老猫有些不服气：“凶案现场不是有他的头发吗？”

我马上纠正道：“DNA 测序还没出来呢，还不能确定头发是他的。并且，就算是他的，万一是凶手故意要陷害许涛呢？”

“不至于吧，我当警察这么些年，还没遇到过这么变态的凶手呢！”老猫的语气已经有些松动了。

其实这也不能怪他，好多警察一辈子也碰不到一起足以作为谈资的案件，此番遇到这连环杀人案，眼看凶手快浮出水面了，老猫有些兴奋也不奇怪。

“唉，我有些担心的是，李回锅与许涛有旧怨，虽然一直没表现出来，怕就怕他在看到疑凶时，潜意识里刻意把他与许涛联系了起来。”文雅叹息道。

听了我们的分析，老猫也理性了些：“你们讲得也有道理，如果抛开李回锅的指认的话，周子国、金志成与许涛的嫌疑差不多。”

“对啊，虽然凶手在杀张东升的时候掉了一个二锅头酒瓶，可我们也不能完全排除周子国的嫌疑。他现在是有钱，身份不一样了，可保不准他以前也喝二锅头，就是喜欢那个口味呢？”我点头道。

“所以这顿饭我们一定要来吃。”疯哥说道。

巴登酒店位于市中心，算得上M市数一数二的酒店了，周子国请我们吃“便饭”可是花了不少心思。

之前周子国已经给我们说了包间房号，我们问一下服务员自然能找到，可到酒店时，金志成仍然满脸带笑地在门口迎接，见面后，又挨个儿给我们发烟。

进了房间，就见周子国与王宇在里面，二人本来在说什么，我们进去后就停了，周子国站起身来，笑着与我们握手道：“欢迎几位贵客。”

“周老板不是说上午有重要客户吗。”文雅淡淡说道。

“哈哈，再重要也比不得几位警官重要，业务谈好了，他们就离开了。”周子国面不改色地说。

这时，金志成看向王宇问：“小莺呢？”

“金哥，我在这儿呢，刚去上了洗手间。”一个年轻女子从门口走进来，笑意盈盈地说道。

“小莺，快来见见几位警官。”周老板对女子招手。

女子走到周子国身旁，周子国向我们介绍说，小莺是金志成的同学，年轻漂亮，性格活泼开朗，他本想招来厂里当销售经理，可自己这庙太小了，只有作罢，不过每次陪重要客户，他都会让金志成叫上小莺来活跃活跃气氛。

我看着小莺，她身材高挑，瓜子脸，头发有几缕染成黄色，肤色白净，的确是个美女。

不过，她看起来比金志成年轻多了，怎么会是同学呢，只怕是周子国花钱从外面请来的陪酒公关吧。

入座时，疯哥与周子国并排坐在正对门的位置，那里俗称“上位”。周子国本想让小莺坐在疯哥旁边，被疯哥拒绝了，她就坐在了文雅旁边，另一边是王宇。

我的座位挨着金志成，坐下后，我问："金主任，你姐姐怎么没来？"

金志成曾说周子国是他姐夫，他姐姐自然就是周子国妻子了。周子国想要活跃气氛，把老婆带上不更加热闹吗。

金志成正欲说话，周子国的声音却传了过来："她呀，最不喜欢这种场合了，女人家嘛，成天就是逛街、买东西。"

我扭头看去，他边用手势示意王宇倒酒边回答了我。

"是啊，是啊。"金志成附和着说，可我分明看到他眼中有一丝不自然，我心里疑惑，莫非这个周夫人还有什么古怪不成？

刚才在车里，我们怀疑刘芳的姘夫可能是周子国与金志成其中之一，如果周子国夫妻二人感情不和的话，倒是可以细细查探一番。

我再看向小莺，琢磨着她与周子国的关系，她这个在木材厂没有记名的人又扮演着什么样的角色。

小莺脸上始终挂着笑，却是比金志成那刻意堆起来的笑自然多了。她像是察觉到了我在看她，转头往我这边看来，我忙收回了目光。

"周老板，你现在成了成功人士，可不要忘了糟糠之妻哟！"文雅用俏皮的语气说道。

"哪能呢，她是真不愿意来。不说她了，王宇把酒和饮料都倒好了，咱们开始吧。志成，让服务员上热菜。"周子国打着哈哈把这事敷衍了过去。

来的时候疯哥就说了，今天一定要把周子国喝高，把他肚子里的小九九套点出来。袁权还在分局，我们这里四人，文雅可以套小莺的话，我们三个男的正好对阵周子国那边的三人。

王宇是司机，他倒酒时没给自己倒，疯哥拿起酒瓶要给他满上，王宇慌忙捂住了酒杯，我们都劝说下午没什么事，他不用开车，他仍然不接招，最后还是周子国发话让王宇喝点，他才松开了杯子。

刚开始，双方都还比较客套，随意聊了些不相关的话题。小莺的确比较开朗，无论什么话题她都能插上几句，我也听了出来，她与金志成是驾校同学，那么年龄相差大就说得过去了。

酒过三巡，主题就回到了青羊镇这两日发生的命案上，周子国涨红着脸说：“杨警官，麻烦你们在镇政府那边帮我说些好话，不然我这厂子明年不好开啊。”

“这个好说，你们镇上的书记我认识，到时候我把他约出来讲讲，只要这起案子最后查明与加工厂无关，那自然是没问题的。”疯哥顺势说道。

“那，那肯定是与我无关的，东升可是我的好兄弟，曾辉（耗子）也是个干活儿的好手，我怎么会杀他们呢？”

周子国说的这话从字面意思来看没什么，可将其与疯哥的话对应起来，就感觉回答得有点偏颇了。

不过，所长也说过，周子国酒喝多了容易说胡话，说明他酒量不行，这么看来倒也正常。

“周老板，我可没说是你杀了他们哟。”疯哥笑着看他，意味深长地说。

这时，王宇端着酒杯走到了疯哥跟前：“杨警官，我敬你一杯。”

疯哥抬头看向他，周子国马上说：“杨警官，王宇这小子不错，跟着我几年了，一向懂事，去年降工资，他也很能理解厂里的难处，没像其他工人一样拍屁股走人，只可惜他父母走得太早了。”

说着，周子国站起身来，拍了拍王宇的肩膀道：“小王啊，你三年孝期马上就过了，到时候哥给你找个女朋友。”

“嗯，王宇的确是个大孝子，爹妈死了，坚持守孝三年，这期间有好多人给他介绍对象都被他拒绝了。”金志成说完，突然看向小莺，“是吧？”

小莺立马笑着说：“是呀，我可是给小王哥介绍了几个妹子，他都拒绝了，真伤了一大片姑娘的心啊。”

被他们几人一说，王宇本来微红的脸更红了，一口饮尽杯中酒，这才说道：“小时候调皮，没少让爸妈操心，现在他们走了，我也只有通过这种方式表达一下心意了，这是为人子应当做的，不足夸赞。”

之前耗子说过，王宇父母死后，他就开始吃素，我在饭桌上留意了下，他的确只挑素菜吃。

为父母守孝三年，终日吃素祈祷，放在古代或许比较平常，放在现代社会，能做到这些却是极不容易的。

这起案子，让我看到了刘芳一家人贪财不顾情义的丑恶嘴脸，却也让我看到了耗子老婆——一个农村妇女最朴实的爱意，以及王宇对父母的赤诚孝意。

我有所触动，准备给王宇敬酒，却被老猫抢了先，我只好转而敬金志成，他趁机低声问我："听说你们把许涛抓了？"

这事也不算秘密，我正好套套他的想法，就点头说："是啊，现在他的嫌疑很大。"

"抓了好，抓了好，青羊镇有那么几个搅屎棍，弄得镇上乌烟瘴气的，什么时候能一并弄走就好了！"

这金志成还真是会见风使舵，许涛被抓前，他对许家的事讳莫如深，我们特意询问都不敢讲，现在许涛被抓了，一时半会儿出不来，他就拍手称快了。

不过，他的话让我来了兴趣，就顺着问："还有谁是搅屎棍？"

"刘芳母女嘛，你们不也见识过吗？泼辣得很，经常和镇里的人吵架，她那个弟弟也不是善茬，有几次在学校偷同学东西被逮住了，要不是看着他年龄小，早被抓去坐牢了。"金志成说话时，声音很小，又怕我听不见，把头凑得很近，酒气混合着刚吃下去的食物的气味从他嘴里喷出来，让我特别难受。

刘芳母女的泼辣我是见识过了，她弟弟的事还是第一次听说。

读书时我就看到过一句话，家庭环境对一个人的成长很重要，父母是子女最好的老师。刘芳姐弟俩成为现在的样子，他们的妈还真是功不可没！

当警察后，接触的违法犯罪人员多了，了解到他们的家庭或多或少都有着各种各样的问题，我更是相信了这句话。

"刘芳一家人是够奇葩的，还有其他人没？"我问。

金志成想了想说："镇上有家饭馆的老板叫'李回锅'，听说他刚退伍回来那会儿脾气暴躁得很，经常和来馆子里吃饭的客人打架，把人打得头破血流。对了，和许涛也打过。”

我马上问：“他最近几年呢？”

金志成扶了扶眼镜，两只小眼睛滴溜溜转着说：“人上了年纪，自然就稳重了，反正我跟着我姐夫到青羊镇后，没见着李回锅和谁打架。”

我说：“嗯，我们昨天去他饭馆吃过饭，李老板为人挺谦和的。”

“哈哈，谦和好，人与人之间就要这样相处嘛。”说着，金志成又与我喝了一杯。

“哟，陆警官在和金哥说什么呢，这么亲热。”小莺端着酒杯走了过来，她喝的白酒不比我们少，现在脸上也是红红的。

我站起身来，笑着说：“我在和金主任聊青羊镇的趣事，怎么，小莺美女也有兴趣？”

小莺刚要回话，就出现了一个突发状况。

19 “非常”关系

她突然捂住了嘴，匆忙把酒杯放在桌子上，就冲出了房间。

我端着杯子愣在原地，金志成说：“王宇，小莺喝多了，你还不去看看。”

旋即，王宇也跟着出去了。

“小莺酒量挺大的啊，今天这是怎么了？”周子国自言自语了几句，又对我们说，“不用理她，咱们继续。”

两三分钟后，他俩还没回来，疯哥安排道：“文雅，你也去看看吧。”

金志成却说：“不用不用，有王宇就行了。”

文雅说：“王宇不方便进女厕所，我还是去看看吧。”

金志成还想说什么，文雅已经起身往门口走去了，他只好作罢。

“来，陆警官，我敬你。”文雅刚走，周子国就对我举起了酒杯。

我们的目的就是让周子国多喝点，他来敬酒，我自然没有推托。

文雅出去不久，王宇回来了，告诉我们小莺吐完就没事了，文雅陪着她在外面休息，一会儿再进来。

开第三瓶白酒的时候，周子国说话时舌头已经有些打结了，疯哥趁机问道：“周老板，今儿上午刘芳来，没再找你要和张东升签订的新协议吧？”

周子国看着疯哥，没有马上回答，沉默几秒后才说：“杨 Sir，我和东升根本就没签什么新协议，我怎么给她啊？”

“这女人也真是难缠，还好她让步了，不然就麻烦了。来，接着喝。”疯哥见周子国意识还清醒，继续给他灌酒。

“杨警官，周老板年纪大了，酒量不行，我替他喝吧。”王宇站了起来。

耗子给我们说过，王宇酒量很大，经常帮周子国挡酒，现在看来，果真是这样。

疯哥当然不会同意，故意说：“小王，你这话说得欠妥啊，怎么能说自己老板‘不行’呢，男人永远不能说‘不行’，哈哈。”

周子国有求于疯哥，不能扫他面子，笑呵呵地说：“是啊，小王，我啥时候不行过啊？杨 sir，喝！”

老板发了话，王宇也不再坚持，只不过他站在那里，手中端着酒杯，略显尴尬。

我本来就对他有好感，想敬他一杯，为表尊敬，就拿着酒杯走到他身旁，碰杯后，他爽快地干了。

王宇的衣袖挽了起来，我随口问他是不是喝酒喝热了，他说刚才小莺不小心吐了些秽物在他手上，他洗手的时候把袖子挽了起来。

说着，他就准备把袖子放下来，我瞟见他右手小臂上有个文身，就制止了他，有兴趣地问：“你这文的是什么？”

当时那图案已经被放下的袖子遮住了一半，我看着像是一只老虎。王宇见我在问，又一直盯着文身，只得重新把衣袖挽起，让我看个仔细，这下我看清楚了，的确是只老虎。

王宇有些不好意思地说：“年轻的时候不懂事，弄着玩的，让你见笑了。”

他邻居陈大妈说他以前调皮捣蛋，还真没冤枉他。虽说有文身的不一定就是坏人，但可以肯定的是，老实人不会去沾这些。

我摆手说：“见什么笑，谁都有年轻的时候，你也算是留下了青春的印迹，不像我，连青春的尾巴都抓不住。再说，这小老虎蛮有趣的。”

“谢谢。”王宇知道我是在给他台阶下。

与王宇喝完，我准备去上厕所，顺便看看小莺怎么样了。我刚从包间出来，就碰到了文雅，她说小莺又吐了两次，现在脸色惨白，状态很差，得马上送医院检查，可别出了什么事。

我心里一惊，忙问："小莺人呢？"

文雅说："在大厅坐着休息，我就是来和你们说一声。"

"不用了，等会儿打电话就行了，我去把车开到门口，你扶她出来。"说完，我就往电梯走去，车子停在地下停车场。

从大厅经过时，我看到小莺的脸色的确由之前的潮红变成了惨白，没有血色，我不禁疑惑，周子国不是说小莺很能喝吗？这是怎么回事。

我开着车到了酒店门口，文雅扶着她上了车。我喝了酒，由文雅开车，一路往医院而去。

途中，我打电话给疯哥说了这事，他让我们把小莺安顿好，他们等会儿也要过来。

到了医院，我负责挂号给钱，文雅扶着小莺到急诊科进行了检查。

医生询问了小莺一些基本问题，又抽了静脉血，然后就让她先在病床上休息。

"医生，她情况怎么样？"文雅问。

"血压和心跳正常，等验血结果吧。"医生让我们不用太担心。

小莺躺在床上睡着了，文雅告诉我，她刚才问过小莺，小莺说以前从没出现这种情况。

半个小时后，报告出来了，竟是小莺怀孕了，呕吐是孕期正常的妊娠反应。

这时疯哥他们也过来了，得知这一消息，周子国在病房里问金志成："没听你说小莺有男朋友啊，她怀的是谁的孩子？"

周子国喝了酒，声音比平时大了不少。

金志成还没回答呢，文雅就轻呼道："小莺醒了。"

我们齐刷刷地看向小莺，文雅握着她的手说："小莺，恭喜你要当妈妈了。"

"谢谢。"小莺的声音有些虚弱，嘴角却挂着笑容。

"你男朋友呢，要不要通知他过来照顾你？"文雅问。

小莺没有说话，看着我们，微微摇了摇头。

“几位警官，你们去忙吧，我通知她朋友过来就行了。”金志成上前说道。

我们今天本来是要套周子国的话，没想到出了意外，疯哥见小莺没什么事了，就带着我们离开了医院。

“疯哥，去哪儿？”上车后，文雅问。

“去金牛广场转转吧。”疯哥回答说。

“嗯，既然耗子经常去那儿‘耍’，说不定能找到些线索。”我赞同道。

疯哥拿出烟，和老猫一人点了一支，然后问我们今天这顿饭吃得有没有收获。

开车的文雅马上说：“我发现一件事，王宇和小莺的关系似乎不一般。”

这个消息让我们三人蛮惊讶的，在包间里，周子国和金志成可都夸奖王宇是个孝子，为了给父母守孝，三年内不谈个人感情，怎么又和小莺搅到一起了？

文雅接着说：“刚才我去厕所，在洗漱间看到王宇抱着小莺，轻轻拍着她的背。”

“那个时候小莺不舒服，王宇作为朋友，在这种情况下抱着安抚一下也正常，并且极有可能是小莺自己趴在他怀里的。”老猫吐出口烟说道。

文雅摇了摇头：“不是，我开始也没多想，可当我走近后，王宇发现了我，马上就松开了手，小莺差点没摔倒。你们说，他要心里没鬼的话，这么紧张做什么？”

“小莺人长得漂亮，会不会是王宇趁她意识不清醒占她便宜？如果真是这样，那王宇就太虚伪了，一面说着为父母守孝不近女色，一面又偷偷做这种事！”说着，我有些气愤，亏我之前还对他心存敬意。

文雅却说：“应该也不是，刚才在病房里，我故意问她男朋友在哪里，她没有回答，眼神却是看向了王宇，所以，我猜他们其实是恋爱关系。”

我仔细回想了一下，当时我们几人站在一起，小莺看向我们，我没觉得有什么，而文雅是坐在小莺侧面的，能清楚地看到小莺的目光所指。

老猫笑出了声来："哈哈，我知道了，王宇当初夸下海口，说要给父母守孝三年，其间不会考虑个人问题，可他毕竟是血气方刚的小伙子，时间长了，自然有些憋不住，这时再遇上年轻漂亮的小莺，哪有不动心之理。可话都放出去了，为了面子，只有死撑下去，所以两人才没有将恋情公布。"

如果是这样的话，倒也可以理解，男未婚，女未嫁，没什么可耻的，无非就是死要面子活受罪。

这时，疯哥突然问："你们还记得我们第一次去木材厂时，耗子说王宇一直吃素这件事吗？"

"是啊，今晚我留意了的，他的确没吃荤菜。"我回答说。

疯哥又问："可今天你们从厂里回来时，却说王宇自述昨晚在家里炖鸡吃？"

疯哥的话引得我们一阵惊呼，我们竟都忽略了这么重要的线索，结合小莺的事看，很可能昨晚她就在王宇家中！

如果真是这样，小莺完全能为王宇做证，可他为了隐藏他与小莺的关系，把这事瞒了下来。

文雅说："我估计二人在王宇三年守孝期满后就会公布恋情。"

我回想了一下包间里的情况说："从金志成的举动来看，他似乎知道这件事。"

老猫说："管他知不知道，这事和案子没关系，我们当个笑话看就好了。"

"陆扬，刚才敬王宇酒时，你俩在说些什么？"疯哥问我。

我把王宇手臂上文身的事讲了出来，文雅说："这么看来，王宇这人并不像表现出来的那么老实，我建议咱们查查他的底细，虽然从耗子一案的作案时间上已经排除了他的嫌疑，但他也算是木材厂的老人，和周子国又走得近，调查他说不定能有意外收获。"

我点头道："嗯，周子国和他老婆的关系也可以查查，好多人一旦有钱就会变心，特别是周子国这种很在意别人对他评价的人，指不定心里觉得自己的老婆'拿不出手'。"

文雅说："对，刘芳看着没什么脑子，应该不会在张东升死后想出个

‘新协议’来讹周子国，那么，就有两种可能，一种是像周子国说的那般，张东升是在敷衍刘芳，另一种则是新协议的确签了，周子国在说谎！”

我接着说：“刘芳如此泼辣，张东升不敢敷衍她吧，并且骗得了一时骗不了一世啊！联想到有人在我们之前进过张东升的办公室，第二种的可能性比较大！”

“照你们这么说，人人都有问题了，金志成脸上随时堆着笑，让人捉摸不透，也有可能是头笑面虎！”老猫似乎有些不赞同我们把怀疑的范围定得这么广。

疯哥打着圆场道：“就算那份‘新协议’是存在的，并且被周子国从张东升办公室提前拿走了，这也只能说明周子国在张东升死后不想让刘芳瓜分厂里的股权，与张东升的死没有直接关系。

“至于金志成，之前你们不是已经根据许涛的话把刘芳的姘夫的范围定在了周、金二人身上吗，既然周子国与刘芳有那么大的利益冲突，那金志成是她的姘夫的可能性就大大增加了！”

我赞同疯哥的分析，却又想起一件事，就说：“但是，今天在酒桌上，金志成还骂刘芳一家人都是搅屎棍啊！”

疯哥迟疑着问：“难不成是王宇？他炖鸡是给刘芳吃的？”

“唉，这些人之间的关系怎么这么乱！听你们一阵说，我脑子里全乱了，甚至觉得许涛的嫌疑都变小了。”老猫晃了晃头道。

这时已经到了金牛广场附近，文雅把车停好让我们下车，我刚下去，就感觉到身后有人在扯我的衣服。

20
相像的人

当时我是最后一个下车的，疯哥他们都走在我前面，所以不会是他们在拉我。

我疑惑地回过头，见着是一个尼姑模样的人，她身穿灰色僧袍，头戴圆形僧帽，右手捏着个什么东西，刚才是用左手拉的我衣角，现在已经松开了，双眼正殷切地看着我。

“什么事？”我问。

“施主，结个善缘吧。”说着，尼姑摊开右手，手里放着一张卡片，卡片上的图案是个盘腿坐立的金色佛像。

我拿起卡片，翻过来看，背后写着一些经文，又问：“怎么结？”

“六十元把佛像请回家，保你全家平安吉祥，南无阿弥陀佛。”尼姑双手合十说着。

两年前我还在巡警队时，就接到过市民报警说假和尚在街上行骗，过程与尼姑刚才的行为如出一辙，我们请市里宗教协会过来，确认了其身份是假的，只不过，当时一张卡片是卖的二十元，现在竟涨到了六十。

我笑了笑，看来近两年物价真是涨得快啊，骗子也得涨价才能生存了。

“陆扬，怎么了？”老猫见我没跟上去，走回来问我。

“没事。”手里有案子，我不想与尼姑浪费时间，准备把卡片还给她。

岂料，尼姑的手刚碰着卡片，脸色就大变，转身快步往前走去。这时，老猫已经走到了我身边，问我那人是谁。

出于警察的直觉，我马上追了过去，一把拉住尼姑宽大的僧袍，尼姑想甩开我，没有成功。老猫见了我的动作，也跟了过来，跑到尼姑前面挡住了她。

“你跑什么？”我大声问。

尼姑没有理我，却是低下头去，两手护住脸部，嘴里不停说着：“别打我，别打我……”

我疑惑地看着老猫问：“你认识她？”

老猫也有些蒙了，皱着眉头，大声吼道：“把手拿开！”

警察当久了，质问起人来，气势都要强一些，尼姑被老猫一吼，颤颤巍巍地把双手放下，头也抬起来了点，可眼睛仍然不敢看老猫。

“怪了，我不认识她啊！”老猫看着我说。

听了这话，尼姑终于大着胆子抬起了头。

“你认错人了吧？”我问。

尼姑盯着老猫看了一会儿，这才双手合十说：“对不起，贫尼的确认错了。”

“他把你认成‘涂莽子’了。”旁边一个看热闹的老头笑着说。

“涂莽子是谁？”老猫问。

“涂莽子是金牛广场的超哥，这一带的乞讨人员都要给他交保护费，这个尼姑是从外地过来的，不晓得规矩，没给涂莽子交钱，昨天让涂莽子打了，派出所还把他们弄去关了半天。”老头倒是很热心。

难怪尼姑右边脸颊有些瘀青，原来是挨了打。

这种事我也听说过，城里无论是小偷、妓女还是乞讨者，都是分地域的，每个地域的每个行当都有个小头目，涂莽子应该就是金牛广场的小头目。

大家不用惊奇，任何一个城市都存在这种现象，政府和公安机关也知道，不过这是一种平衡状态，只要他们不做得太过分，是不会有事的，因为小头目掌握着那一片地区很多的信息，他们中的很多人同时也是警察的线人，能为破案提供线索。

涂莽子打了人却没被拘留，多半也是派出所“放了扒子”（手下留情）。

我对假尼姑被打没什么兴趣，只是好奇地问那老头：“涂莽子与我这朋友长得像？”

“有七八分像。”旁边一个中年妇女说道。

我看向那妇女，只见她脸上擦着很厚的粉，这粉一看就是劣质的，抹不开，还能看见颗粒，嘴唇是鲜红色的，口红抹得有点多，超出了上下嘴唇的范围，显得嘴很大。

看着这装束，我大概猜到了女人的身份。我也不戳破，就问：“涂莽子一般在哪里？”

“他天天都在广场上的茶馆里打牌，你们去找就是了。”女人回答说。

“大姐，你也经常在金牛广场玩吗？”文雅问道，她与疯哥也过来了。

女人打量着文雅，笑呵呵地说：“是啊，妹子。”

“那就行了，麻烦你陪我们过去一下。”文雅估计是被女人盯得很不自在，语气冷了些。

“哟，妹子，去哪儿啊？”女人双手抱胸，大有不屑之意。

围观的人群越来越多了，疯哥直接拿出警察证亮在女人面前，沉声说道：“我们是刑警队的，正在办一起案子，请你配合。”

一见证件，女人的气势立马就弱了，笑着说：“一定配合，一定配合。”

她笑起来，那鲜艳的红嘴就显得更大了，看得我心里一阵恶寒。

假尼姑已经趁乱走了，我们把女人带到了一处安静的地方，疯哥先询问了她的身份，她本名叫杜秀，广场上的人都叫她“秀姐”。

“你在金牛广场是做什么的？”文雅问。

“我，我在派出所是备了案的……”杜秀低下头，有些局促。

文雅明白了过来，没再追问，疯哥让青羊镇派出所那边传了张耗子的照片到手机上，问杜秀认不认得。杜秀拿着照片看了两分钟，然后点头说认得，还说这人抠得很，每次到她那儿“耍”都要讲价。

“他都是一个人来的？”我问。

杜秀先是点头，想了想，又摇头说：“好像有一次是两个人。”

这话与梁三山的口供相符，疯哥让杜秀再好好想想，杜秀不确定，带我们去了广场里的一棵黄果树下，那里有四五个中年妇女，杜秀拿着疯哥的手机过去，询问了她们一阵儿，回来后告诉我们，耗子的确只有一次是带了人来的。

“好吧，谢谢你的配合，有需要我们会再找你。”疯哥对杜秀说道，她连连说配合警察是应该的。

随后，杜秀给我们指了一个地方，说涂莽子一般就在那家茶馆里，我们去了随便一问就能找到他。

往茶馆走时，我打趣老猫说：“涂莽子该不会是你失散多年的兄弟吧？”

老猫撇着嘴说：“警匪势不两立，我要真有这么个兄弟，我非打死他不可！”

到了茶馆门口，外面摆着一个牌子，写着“喝茶五元一位，打牌免费”。往里看去，光线有些昏暗，烟雾缭绕的，吵闹声不断，隐隐有股异味飘出来。

“几位喝茶吗？里面坐满了，我给你们搭张桌子吧。”一个男子从茶馆里走出来，笑着对我们说。

为了不浪费时间，疯哥直接拿出证件，问男子：“涂莽子在没在里面？”

男子见我们是警察，忙说：“在，在，我去给你叫。”

说完，他一溜烟跑了进去，走到靠里面的一张麻将桌旁，低头在一个人的耳边说了几句，那人往门口看了两眼，又扭回头去，挥了挥手，继续打牌。

茶老板又跑出来，脸上堆着笑说：“我给他说了，他说他打完这把牌就出来。”

“架子还挺大啊！”老猫有些生气。

老板看了看老猫，然后疑惑地问疯哥：“警官是带涂莽子的弟弟来找他？”

“放屁！谁是他弟弟！”老猫一听就来气。

“呵呵，看来你俩还真是长得像啊。”文雅笑着说。

过了几分钟，涂莽子走了出来，我细细看着，脸形和五官的确与老猫很像，不过，他的皮肤要黑一些，胡子要长一些，头发有些卷，油腻腻的，看起来比老猫苍老几岁。

除此之外，涂莽子的身形比老猫魁梧，脖子上挂着根金项链，右耳戴着耳钉，展示着其“老超哥”的身份。

“你们是哪儿的警察，我没见过啊。”一走出茶馆，涂莽子就大声问。

看到老猫，他愣了一下，继而笑了起来：“你咋长得这么像我呢，哈哈。”

“哟，挺跩啊！”老猫上前一步，瞪着他说。

疯哥拉开老猫，摸出支烟递给涂莽子，他有些得意，笑着接了，疯哥却板起脸说：“我们是市局刑警队的，找你问点事，别给我装疯卖傻，不然我马上找这边派出所的社区民警，让你滚出金牛广场！”

听了这话，涂莽子老实多了，他们这种人，最怕的就是派出所的社区民警，这要是成心收拾他的话，都是分分钟的事。

“认不认识这个人？”疯哥把耗子的照片翻给涂莽子看。

涂莽子拿着手机，左看右看，摆弄了好几分钟，最后摇着头说：“没什么印象。”

文雅问：“金牛广场上的‘二流子’都是你手下？”

“警官，我可不是黑社会啊，也就混口饭吃。”涂莽子忙说。

文雅说：“谁管你这事了，下次我们带点照片过来，你让你的手下都辨认辨认，看看有没有人见过他们。”

“谁的照片？”我问。

“所有有嫌疑的人啊，谁在金牛广场出现过，谁就最有可能知道耗子嫖娼的事！”文雅回答道。

我眼前一亮，这倒是个好办法。

涂莽子并没给我们提供什么有价值的线索，疯哥给青羊派出所联系了，让他们把相关人员的照片都打印出来，我们回去取了后再过来找涂莽子一伙人辨认，涂莽子很爽快地答应了，说他每天都在这家茶馆，我们直接来找他就行了。

离开金牛广场后，我们又去了医院，途中谈起老猫和涂莽子的事，文雅说全世界的人那么多，两个毫无血缘关系的人长得相像，在概率上也是讲得通的，还说她有个大学同学就很像范冰冰。

到了医院，疯哥让文雅找机会询问小莺一些情况，问完就回家休息，明天上午再到青羊镇，反正她自己有车。

此时已是下午四点过，我们三人的酒劲儿也差不多过了，文雅下车后，由我来开车回青羊镇。

或许是有些累了，一路上我们都没怎么说话，直到快到青羊镇时，老猫突然指着前方说："那不是张东升的车子吗？"

21
奸夫现身

我定睛看去，前面果然是一辆黑色的雅阁轿车。这车昨天是由老猫带人拖到分局去做检测的，他自然记得车牌号，不会认错。

那车子与我们方向相同，也是往镇上开的，不过速度有些慢。

老猫马上给分局打电话，询问这车子是怎么回事，他同事说死者妻子今天去分局要求把车子开回来，分局局长在确定车内痕迹已经检测完毕后，就同意了。

这么说来，开车的人就是刘芳了。疯哥让我跟在后面，我照着做了，轿车慢慢驶入青羊镇，停在了一户人家门口，老猫说这就是张东升家。

我把车子停在它旁边，看到驾驶位是刘芳，副驾驶坐着她的弟弟。

刘芳作为死者张东升的家属，按理说，我们应该第一时间对其进行询问，可我们昨天上午过来时，她不在现场，下午她一回来就跑去木材厂“摆尸”闹事，我们处理到天黑，昨晚耗子又死了，我们从早上忙到现在，还真没机会询问她。

正好这会儿碰上了，我们就决定让她跟我们回派出所去做个笔录，她弟弟也顺带着一起到派出所。

他俩见到我们，并没下车，刘芳拿着一个小遥控器，对着房子一楼的卷帘门按了一下，那卷帘门就慢慢升起了，刘芳遂把车子开了进去。

青羊镇的房子构造都差不多，一楼是门面，可以做生意，也可以当车库使用，二楼以上才是居家住房。

我们下车时，刘芳也把车停好了，二人从车库里走出来。

“刘芳，你急着把车开回来做什么？”老猫看着她问。

“我自家的车，凭什么不能开回来？”刘芳反问。

老猫一下被噎住了，转而问：“张东升的尸体呢？你们家怎么没设灵堂？”

“东升昨晚被拉回他父母家了，灵堂也设在那里，怎么，你们要去吊唁不成？”刘芳的语气有些冲。

老猫没理会她，又问：“不是说今天会拉去火葬场吗？”

“今天下午才收到周子国的钱，明天拉去烧。”刘芳这女人三句不离“钱”字，真是让人厌恶。

我忍不住说：“哼！敢情张东升的尸体成了你要钱的筹码了？”

“你们这些人，站着说话不腰疼，东升人走了，我和爸妈怎么办？总不能人财两空吧！”刘芳理直气壮。

疯哥板着脸说：“请你跟我们去做个笔录，我们需要了解一些情况。”

刘芳有些不情愿，不过没多说什么。她弟以为没他的事，想走，被我们一起叫上了车。

去派出所的路上，刘芳的电话响了起来，她拿出手机挂断了，老猫问她怎么不接，她回了句“不关你事”，把老猫气得不行。

下车后，刘芳的电话又响了，她匆匆跑到角落处，我隐约听见几句：“知道了……没事……你胆子真小……”

看着她的身影，我说：“这女人在和奸夫打电话吧。”

“让人查查刘芳的通话清单。”疯哥吩咐老猫，老猫说这事袁权已经在办了，待会儿就能拿回来。

对刘芳的询问进行了一个小时，她所说的张东升的人际关系与之前我们所掌握到的差不多。

提到夫妻关系，疯哥问：“你们结婚有几年了，为什么现在才准备要孩子？”

“前几年东升要忙事业，我那时也年轻，不想这么早被孩子束缚着。”刘芳的理由很充分。

老猫说：“听闻你和张东升的感情并不是很好，有没有这回事？”

刘芳一听这话就毛了：“乱讲，我和东升感情好得很，是哪个不要脸的在背后嚼舌根子！”

看着她的样子，我恨不得甩她两耳光，要不是之前疯哥打过招呼，暂时不要提她与人通奸的事，我肯定当场戳穿她的假面。

疯哥的意思是，现在我们手里只有超市女老板的供述，没有实质性证据，如果贸然提出，以刘芳的脾性，必定与我们大吵大闹，反而会影响查案。

刘芳那儿没什么收获，她弟弟却给我们提供了一条信息。

张东升是技术型人才，性格内向，不擅与人交往，唯独比较喜欢与小刘讲话。小刘以为是张东升看在刘芳的分上对他好，我们心里却明白是另外的原因。

小刘说，张东升多次在他面前提到一个人，就是镇上的“李回锅”。张东升告诉小刘，李回锅是特种兵退伍，他很敬佩李回锅，时不时还会去找李回锅喝上两杯。

“李回锅怎么没有提这件事呢？”小刘出去后，我看着疯哥问。

老猫也附和说：“是啊，张东升没几个朋友，他在小刘面前多次提到李回锅，足见其与李回锅的关系不一般，昨晚我们去李回锅那儿吃饭，他明知道我们在调查张东升一案，却什么都没说，这有些不正常。”

疯哥点头道：“看样子，这个特种兵也不简单哪，正好要吃晚饭了，我们再去饭馆探探他的底。”

从询问室出来时，我们刚好看到袁权开车回派出所，他一下车就跑向我们，待走近后，压低着声音说：“DNA检测结果出来了，凶案现场的头发证实是许涛的！”

听得出来，袁权有些激动，他刻意压低声音，是担心被关在审讯室里的许涛听见。

“我就说是他吧！”听到这话，老猫也兴奋了起来，他一开始就认定许涛是真凶，现在有证据证实他的推测，他自然有成就感。

我和疯哥却都沉默着，疯哥从袁权手中拿过报告，招呼我们进办公室。

袁权带回来的资料有两份，除了头发的DNA检测结果，还有就是刘芳的通信记录。DNA检测结果的确如袁权所说，疯哥看了一阵后，没有吭声，把它放在了旁边，接着又拿起了通信记录。

疯哥看的时候，袁权说：“这份记录是经过了筛选比对的，我们发现刘芳与一个号码互动频繁，那个号码没有进行实名登记，也没有与刘芳之外的其他人联系过，应该就是她的姘夫了。”

“有没有短信？”我问，因为移动公司那边有办法查出短信内容，从而得到更多的线索。

袁权说：“有一些，内容比较暧昧，但看不出对方身份。”

“能不能请求技侦定位？”老猫马上问。

疯哥想了想说：“可以一试，陆扬，你去联系下，大队长已经请示过局领导，技侦那边，我们可以先使用后上报。”

这事宜快不宜迟，疯哥吩咐后，我当即就出了办公室，把号码提供给了技侦支队。

号码定位只能锁定一个大致范围，但因为我们已经有了几个人选，到时候只需要一一排除，就能知道号码的使用人是谁。

打完电话回到办公室，我听到老猫在建议对许涛家进行搜查，疯哥回答说：“今晚先进行审讯吧，明天上午向局里申请后再搜家。”

随后，我们进入审讯室，由袁权、老猫主问，我和疯哥旁观。

在里面关了大半天，许涛的脸色看着有些疲倦，不过，问话开始后，他仍然是上午那种极不配合的态度。无论老猫问什么，他都是爱答不理的，有时甚至装没听见。

后来，老猫发火了，直接把检测报告拿到面前让许涛看，看完后，瞪着他说：“证据确凿，要么，老实交代；要么，为自己做辩护。你现在这种态度，简直就是找死！”

之前许涛知道我们手里没有证据，只是怀疑他，所以有恃无恐，甚至讥笑我们没本事，现在看到这份报告，他的神色终于变了，颤声说：“我，我没杀人。”

“知道怕了？”老猫哼了一声说。

“那你的头发怎么会出现在那里？”袁权问。

许涛的眉头拧了起来：“我……我也不知道……”

袁权又说：“老实交代一下你与张东升和曾辉（耗子）的关系！”

对于张东升，许涛说的仍然是一年前离厂时辱骂张东升以及后来抢夺刘芳手机一事，也承认对他没什么好感，但同时强调还没到必须要杀了他的地步；至于耗子，许涛说两人之间没什么交集，平日在镇上见面话都不会说的，更不可能有杀他的理由了。

老猫问：“你最近是不是缺钱？”

“我一直缺钱啊。”许涛的这个回答让我哭笑不得。

“张东升身上的财物都丢了，这个是很好的杀人动机。至于曾辉，他的死很可能只是因为他见到过凶手的背影！”老猫盯着许涛说。

许涛一听就有些慌了，不停地摆着手说：“我这几天都在镇上没离开过，你们可以去我家里搜，看有没有张东升的东西。”

袁权说：“你别急，肯定会搜的！”

老猫又问两起案子发案时许涛在做什么，他的回答与上午一样，老猫没得到满意的回答，气得走到许涛面前，扬起手来想给他一耳光。

然而，老猫的手被疯哥捉住了，他摇了摇头，问许涛：“你说你没杀人，那你想不想洗脱自己的嫌疑？”

许涛看着疯哥，重重地点了点头。

“那你告诉我，刘芳的姘头是谁？”疯哥问。

这话一出，许涛低头看着地面，迟迟没有吭声。

“你到底说不说！我们可没时间陪你玩！”老猫吼道。

“他是不会杀人的……”许涛迟疑着说。

袁权冷哼道：“他不会杀，那就是你杀的了！”

“不……不是我……我说……那个人应该是……是王宇。”许涛说这话时，眉头皱得很紧，似乎有些痛苦。李回锅说王宇与许氏兄弟二人关系好，看来不假，许涛这是觉得自己出卖了王宇。

之前我们推测刘芳的姘头可能是周子国或金志成，结果周子国与刘芳水火不容，中午吃饭时，金志成骂起刘芳一家人来，又是毫不留情。

疯哥倒是猜过一次王宇，可王宇不是与小莺关系不一般吗？小莺还疑似怀了他的孩子，难道这家伙脚踩两只船？

我有些想不明白，就问许涛：“你是怎么知道的？”

“有一次清晨六点过一点儿，我哥哥亲眼看到他从张东升家里出来的。”许涛回答时仍然低着头。

许海经常在早上六点过后起床去学校门口站着，这事我们已经知道了，没想到让他撞破了刘芳的好事。

“你哥哥那个状态，怎么能认得出是王宇？”袁权问。

许涛抬起头，不服气地说：“我哥以前精神又没问题，只是心智比较单纯，认人还是可以的。”

我想起今天早上许海出现时的天色，又问：“就算如此，六点以后天并不是很亮，许海怎么能看清那人的样貌？”

“样貌是没看清，但我哥说那人头上光光的，镇上只有一个光头，不是他是谁……”许涛回答说。

“王宇有没有发现许海？”疯哥问。

许涛摇头说：“应该没有，当时我哥看到张东升家门开了后，就藏了起来，等王宇走了才出来的。”

“那他看到过几次？”疯哥又问。

“只碰到过一次。”

“只有一次的话，你怎么能肯定王宇和刘芳有奸情？”我问。

许涛说："王宇对我们一家人不错，我就比较在意这件事，特意打听过，那天晚上，张东升刚好在木材厂里住。"

"那你有没有找王宇证实？"疯哥问。

许涛摇头说："没有，镇上人都知道他要为父母守孝三年，我贸然去问，怕他会难堪。何况我本来对张东升没好感，他戴不戴绿帽子与我没半点关系。"

老猫冷哼道："你还真是事不关己，高高挂起！"

审讯持续了近一个小时，许涛交代的问题里面，最有价值的无非就是刘芳的姘夫是王宇一事了。

"王宇那么瘦小的个子，竟能同时应付两个女人，还真是看不出来。"走出审讯室，老猫啧啧说道。

"这有什么，他与刘芳又不是天天在一起。"袁权笑着说。

疯哥却说："别这么快下结论，他与小莺的事还没证实呢。对了，陆扬，你给文雅打电话问问那边的情况。"

这时已经七点过了，天都黑了，电话打通后，响了好几声文雅才接，我问她在哪里，她说在医院。

我问："你怎么还没回家？"

"刚才小莺在输液，王宇一直陪着的，我不方便问，这会儿快输完了，我趁着送小莺回家的机会问问。"

"王宇刚才一直都在病房？"我马上问。

"在啊，怎么了？"文雅有些奇怪。

我又问："他有没有打过电话？"

电话那头沉默了几秒，然后传来文雅的声音："没有，我到医院时他就在病房里陪着小莺，没离开过，也没打过电话。"

这就奇怪了，刚才刘芳的姘夫明明给她打过两次电话，第二次她还接了，在派出所讲了一两分钟，可文雅却说王宇没出过病房。

那么，打电话的人就不是王宇了，如此一来，许海看到的光头是谁？

22
再入饭店

“到底出什么事了？”文雅的语气有些急了。

我忙把许涛的口供内容告诉她，文雅听后也觉得奇怪：“从我们掌握到的情况来看，镇上的确只有王宇一个光头，可刚才王宇真没有打过电话。”

“对啊，难道是许海看错了？”我试着推测。

文雅却说：“不会，许海虽然智力有所欠缺，可光头的特征太明显了，小孩子都能认出来。”

“明显”二字触动了我的神经，脑子里突然冒出个想法，就说：“光头会不会是奸夫假扮的？”

文雅马上明白了我的意思：“你是说，奸夫为了隐藏自己，特意戴了个光头的头套？”

我接着说：“对啊，奸夫在刘芳家过夜，肯定不会等着天亮了才离开，而在天色暗的情况下，他戴个光头头套，就算不小心被人瞟见了，也认不出他的真实身份。”

“嗯，可能性很大，可王宇是个光头在镇上人尽皆知，对方弄个光头，岂不是故意陷害他吗？”文雅分析说。

“难道他与王宇有仇？”

文雅没有吭声，我正要再问，就听着她说：“王宇扶着小莺出来了，先挂了啊，等会儿再打给你。”

当我把这件事告诉疯哥三人后，他们也有些吃惊，完全没想到刘芳与人通奸一事这么复杂。

“一个小小的青羊镇，还真是藏龙卧虎啊！”疯哥不由感叹道。

袁权打趣说：“老猫，你在镇上工作的时候，都没发现这里有如此多的‘影帝’吗？”

老猫摇头道：“除了周子国，我还真没看出谁有这能耐，人才，都是人才！”

我笑着补充说：“周子国表里不一，也不是你看出来的，是他自己告诉你们的。”

“先不说了，去吃饭，顺便再会会李回锅。”疯哥说着，迈步往派出所大门走去。

值班民警这会儿在处理事情，疯哥安排袁权留下看着许涛，我们三人去饭馆吃饭，吃完再给他带回来。

到饭馆时已经快八点了，昨晚这个时候饭馆只剩下我们一桌人，今晚却还有两桌，划拳声夹杂着小孩的哭喊声，好不热闹。

李回锅正在厨房里忙活，他老婆过来让我们点菜，我随口说道：“老板娘，今晚生意不错哦。”

她笑呵呵地回答：“镇上一家人的小孩今天满周岁，请了些朋友。”

我看过去，一个年轻女子正在给小孩喂奶，旁边坐着一个年轻男子，除此之外，都是些中老年人。

我老家那边，小孩过满月或是周岁，两边亲戚朋友请在一起，少说也是五桌以上的人，这也可以看出，青羊镇的常住人口的确是少。

老板娘走后，老猫边提起茶壶给我们杯子里倒着茶水边说：“人口少，生意自然就不好做，我在镇上工作了几年，也见证了几家饭店的兴衰，唯有这李回锅家里的客人从来没断过，他们夫妻俩每天都要从早上忙到晚上七八点，就说我吧，离开青羊镇了，还会时不时地回来吃上一顿，要不心里总念着。”

疯哥却说：“昨天我们就吃了两顿，这里饭菜的味道的确是不错，但也没你们嘴里吹的那么神。我看啊，还是这镇上饭馆太少了，你们没有对比。”

我也点头说：“对啊，都是些家常菜嘛，我猜是你们吃久了产生了感情，好多人就是吃个‘乡味’。”

老猫听了，笑着说：“你们讲得也有道理。”

这时，李回锅老婆先端了一盘凉菜过来，我们就停止了这个话题。

“老板娘，隔壁两桌人来多久了？”我问。

她回答说：“六点就开始吃了，刚刚又加了两个菜，老李马上炒好了，之后就给你们炒。”

“不急，不急。”老猫笑着说。

点菜的时候，老猫给我们介绍了李回锅家的药酒，我们仨一人来了二两，边喝边聊。

等了十来分钟，我们点的菜就上齐了，旁边桌子上的划拳声也小了许多，我瞅了瞅，他们好多人都在吃米饭了，应该是快走了。

李回锅炒完菜，从里面出来，边走边解开围裙，围裙黑乎乎的，看着都觉得油腻。他好像刚洗了手，取下围裙后，两手随意在衣服上擦了擦。

看到我们，他笑着走过来打了个招呼，老猫给他发了支烟，他拿了就走到门口，面向着漆黑的街道，坐在一张凳子上抽了起来。

疯哥轻声问老猫：“李回锅因为儿子的事与许涛打过架，他儿子现在在哪里？”

“在省城上大学，他们一家人全靠了这个饭店，要不然，他连儿子的学费都交不起。”老猫回答说。

我看着他微弓的背影，想着他刚才从厨房走出来那一幕，不由说道：“曾经的特种兵为了生计，不得不隐去锋芒，天天与油烟打交道，真是可惜了。”

老猫附和说：“是啊，他这几年很低调的，也不怎么在镇上走动，成天就守着这家饭馆。”

又过了近二十分钟，那两桌人终于走了，老猫招呼李回锅过来喝一杯，李回锅笑着拒绝了，老猫直接走过去把他拉了过来，又让老板娘给李回锅打了二两药酒，还说酒钱算在我们头上。

李回锅拗不过老猫，却又与我和疯哥不熟悉，坐下后，表情显得有些不自在。

疯哥笑着说："李老板别紧张啊，我们吃了你的菜，觉得很好吃，想问问你在哪儿学的手艺。"

这时，他老婆把酒端来了，李回锅喝了一口，这才说："几位见笑了，我这是家常手艺，也没特别在哪里学，饭馆的生意好，都靠镇上的乡亲们捧场。"

我说："李老板谦虚了，你可是名声在外，不仅是镇上的居民爱吃你的菜，这周边好些工厂企业的人也喜欢到你这儿来呢。"

后面一句话是我故意说的，因为张东升就在其列，说话时我一直盯着李回锅，然而，他的表情并没有什么变化。

疯哥端起酒杯提议道："李老板一个特种兵能放下身段当厨师，值得学习。来，我们敬你一杯。"

我们都端起了杯子，李回锅有些慌张地站了起来，嘴里说着："不敢当，不敢当，特种兵都是好多年前的事，不提也罢，我现在就是一糟老头子。"

疯哥却说："那可不一样，当兵容易，当特种兵难，我俩年龄相仿，我是知道的，那个年代，入伍后，要想进入特种部队，是要经过一系列严格考核的，谁家里要出了个特种兵，全家人脸上都有光。"

李回锅笑了笑，没再说什么，与我们碰杯后，喝了一大口。

放下杯子，我接着疯哥的话，笑着说："是啊，我就很崇拜特种兵，我猜青羊镇上好多人也一样吧，说不定他们来照顾你生意崇拜你是一部分原因呢。"

"这是自然，我在镇上工作时，就知道有好多人特别崇拜李老板。"老猫附和道。

我与老猫的话都引向了张东升，因为小刘说他很敬佩李回锅。

可是，李回锅的神情仍然没有太大变化，我暗自想，这李回锅是没听出我话里的意思呢，还是他的心理素质仍然如当特种兵时一般强大呢？

“那些都是空的，崇拜又不能当饭吃，回到地方就要适应地方的生存方式嘛。”李回锅抿了一口酒说。

李回锅不上套，疯哥有些等不及了，收起笑容，直接问了出来：“李老板，木材厂的张东升生前喜欢到你饭馆来吃饭吗？”

疯哥问话的时候，我始终留意着李回锅的举动，他的神情倒是没有变化，然而，他在把杯子往桌上放时，杯子还没有完全挨着桌面就松开了手，以至于杯里剩下的酒晃动有些大。

这一点，就足以说明他内心是起了波澜的。

他抬起头来，看着疯哥说：“来过，但张东升是有老婆的人，下饭馆的时间并不多。”

小刘说张东升经常在他面前提起李回锅，“时不时”地会找李回锅喝一杯，从字面意思来看，李回锅的话倒也与这不矛盾。

疯哥又问：“他来你饭馆时，是一个人，还是和他老婆一起？”

这次李回锅没有犹豫：“他老婆好像喜欢打牌，多数时间是他一个人。”

“一般是什么时候呢？”老猫问了句。

“晚上。”

“几点到几点？”我进一步问道。因为小刘说张东升是找李回锅喝酒的，而晚饭期间李回锅应该比较忙，不可能有时间陪他。

果然，李回锅回答说：“七八点吧。”

镇上人吃饭早，晚饭多在六点过后吃，那个时间也是李回锅饭店的高峰期，七点后人就渐渐少了，八点后更少。

“他在这儿吃饭喝酒不？”疯哥问。

“喝，有时看着我不忙了，他还会让我陪他喝一些。”李回锅终于主动交代了一点出来。

疯哥摸出烟盒，给李回锅和老猫散了烟，自己也点了一支，吸了一口后问：“你们喝酒时，他有没有说过什么特别的话？”

23
小莺的话

李回锅回答说："没啥特别的，他觉得现在的生活有些无趣，喜欢过来听我讲在部队里的事儿。"

"他把你当成知心朋友，在你面前有没有些比较随意的举动？"老猫问。

李回锅反问："什么举动？"

张东升的性取向及他的隐私，我们也不好问得太过明显，疯哥转而问："他有没有说对刘芳没有感情之类的话？"

李回锅摇头说："他很少提及刘芳，我也没问这方面的事，我只知道他的工资都是刘芳管着的，他自己每个月只留八百元。"

我们问话的时候，李回锅老婆在收拾东西，准备等我们吃完就关门，她时不时望向这边，看来也很好奇我们的谈话内容。

我心中一动，趁着疯哥与李回锅在说话，起身走到李回锅老婆身边，问她："老板娘，厕所在哪里？"

她给我指了一下方向，我随口问道："张东升你也熟悉吧？"

老板娘摆手说："谈不上熟，那个人不喜欢说话。"

"是吗？我听说他挺喜欢找你们家老李聊天的啊。"

她说："他一般来的时间比较晚，他和老李喝酒的时候，我就收拾店里的东西，这样，等他们喝完就可以直接关门了。"

我脑子转了转，又问："对了，前天晚上，你们是几点钟关门的？"

老板娘停下手中的活计，站着想了想，然后回答说："那天晚上风大，店里客人走得早，刚过八点我们就关店了。"

我笑着说："那么冷的天气，早点关门是对的，累了一天，躺床上看看电视的感觉一定很不错吧。"

她却回答说："电视在老李房间，他喜欢看，我一般看一会儿就回我房间睡了。"

"你俩分开睡的？"我疑惑地问。

"是啊，老李晚上打呼声音大，吵得我睡不着，我们几年前就分开睡了。"老板娘回答的时候，还不时望向李回锅那边。

我还想问两句，她回过头来，一脸奇怪地看着我问："你不是要去上厕所吗？"

"对，对，和你聊得差点搞忘了。"我尴尬地笑着往厕所走去。

从厕所出来时，疯哥他们已经结完账准备离开了，走出饭馆，疯哥说李回锅一定对我们隐瞒了他与张东升的一些谈话内容，但现在还不知道他这样做的目的是什么。

我告诉他们，李回锅夫妻是分房睡的，听到这话，疯哥不由沉吟道："也就是说，张东升死的那天晚上，李回锅也没有不在场证明？"

"是啊，但这也说明不了什么，周子国、金志成、许涛和王宇都是如此。"我分析道。

疯哥说："李回锅太低调了，可有的时候，过分的低调反而让人觉得怪怪的。"

老猫却说："照我看，我们还是该把精力放在许涛身上，现在指向他的证据最多，这李回锅就是胆子小而已，不想把事情往自己身上揽，免得惹来一身臊，影响饭店的生意，毕竟他儿子还要靠他供呢。"

快到派出所时，我接到了技侦支队的电话，同事告诉我说，对刚才我提供的号码定位有了结果，那号码现在处于关机状态，通过它关机时给基站发送的信息得知当时其在市中心步行街附近。

听到这个消息，老猫分析说："既然王宇当时在医院，那这手机的持有人就只有周子国与金志成了，很容易查出来。"

我却指出他得到这个结论的前提不正确："之前我们推算刘芳的姘夫可能是周子国或金志成，是在许涛说我们见过姘夫的基础上，既然许海当日看到的光头不是王宇，那许涛说我们见过姘夫的话就不成立了。"

疯哥点头道："没错，奸夫有可能的确是个光头，但他不是青羊镇的人，也有可能就是之前我们分析的，奸夫故意戴头套来嫁祸王宇。"

的确是这样，好在技侦那边答应我们会一直监控这个号码，只要他开机，我们就能马上知道他的大概位置，到时候再与目前几个可疑的人员位置相对比，就能有结果了。

只是，如果真的加入"头套"因素，那李回锅昨晚看到的与许涛发型相像的人影就要重新看待了。

回到派出所，我想起文雅还没有回电话，有些担心她，就打了个电话。

"我刚从小莺家出来，正准备给你们联系呢。"电话很快就接通了，传来文雅的声音。

我问她王宇有没有跟着一起去，毕竟这人似乎也有些不平常，文雅一个女孩子，还是尽量不要和他待在一起。

文雅说："没，下午是周子国安排王宇陪着小莺的，小莺出院后他就走了，我送小莺回了住处。"

听到这话，我才松了口气，又问文雅有没有什么收获。

"刚才在小莺家里我问出来了，她与王宇果然是恋爱关系，已经有三个多月了。"

虽然我们早就猜到了这事，但我还是很好奇："以小莺的外貌条件，怎么会看上王宇呢？"

文雅告诉我，小莺以前在一家酒吧工作，她学车时认识了金志成，金志成知道她喝酒厉害，有一次周子国要接待重要客户，他就给周子国推荐了小莺，小莺在酒席上认识了王宇。

从那以后，小莺就经常参加周子国与客户的酒局，有一次小莺喝醉了，周子国让王宇送她回去。小莺租住在一栋多层公寓里，没有电梯，她当时走路东倒西歪的，是王宇把她背到了六楼。

在王宇准备把她放在床上时，她胃里翻滚，吐了一大摊在地上，王宇的衣服上也沾了一些。王宇二话没说，先扶着她去厕所漱口，再扶她躺在床上，最后把地板清理干净。

那天晚上，小莺的身体是醉了，但意识还没有完全丧失，所以第二天醒来后，看到床头的葡萄糖口服液和白开水，以及床边的空盆子，就回忆起了这些事。

小莺是外省人，在M市念完大专后留了下来。在酒吧工作的人，没几个真心朋友，她知道那些男的对她好都是想要她的身体，平日里，她习惯了逢场作戏，那天却被细心又正直的王宇感动得不行。

她开始留意起这个其貌不扬的光头，听说了他为父母守孝三年的事，更觉得这个男人身上有种独特的魅力。

后来，又有一次，还是在周子国的酒局上，小莺喝醉了，王宇送她回去。然而，那次她是装醉，在她的出租屋里，她紧紧地抱住了王宇，强吻了他。王宇开始是抵触的，终是抵不住小莺的热情，与她缠绵在了一起。

打那以后，二人就确定了关系，不过王宇有个要求，就是在他的三年孝期满后才能将此事公开。小莺理解他，没有计较，并且，为了顾及王宇的感受，她在一个月后，辞去了酒吧的工作，应聘了个文秘职位。

他们见面多数是在小莺的出租屋里，小莺只去过王宇家中三四次，并且都是夜里偷偷去的。

昨天晚上，小莺想给王宇一个惊喜，下班后坐公交车到了青羊镇。她给王宇打电话，王宇说厂里出了事，他一时走不开，小莺只有在天黑后打开王宇家的门进屋。

王宇是七点过后回去的，之后他从冰箱里拿鸡出来炖给小莺吃，吃完饭，二人又温存了一会儿，小莺就回了城里。

“小莺几点钟走的？”我问。

“应该是十一点过后，昨晚周子国没有回城里，他的车放在王宇家，王宇开车送小莺回去的。”文雅回答。

我又问：“小莺的孩子是王宇的吗？”

“是，小莺与王宇在一起三个多月了，有身孕两个月。”

小莺给文雅说的事还蛮多的，我不禁问：“你是用什么办法让小莺把这些话说出来的？”

“大家都是女人，我很了解她的心思，她现在与之前不一样，有了王宇的孩子，肯定迫切地想要把这段恋情曝光，不然的话，孩子会受到他人非议的。再者，我给她讲了最近青羊镇发生的两起案子，在听到耗子的死时，她为了证明王宇的清白，当然会把昨晚与王宇待在一起的事讲出来。”文雅回答说。

小莺这么主动，我又起疑了，就问：“陈大妈只听见隔壁切菜的声音，并没有见到人，也有可能只有小莺一个人在王宇房间里啊。”

文雅马上否定了我的猜测：“王宇开车送小莺回城，城里各个路口都有监控，要查证此事并不难，凶手昨晚八点前就进入了木材厂，肯定不会是王宇。”

“嗯，这倒也是。”我答道。

文雅话锋一转：“你在派出所没有？”

“在啊，怎么了？”文雅的语气让我紧张了起来。

文雅说：“刚才我无意瞥见王宇腰间有把像匕首的东西，因为被外套遮住了，我只能看到形状，你查查他有没有前科。”

这个消息让我很惊讶，王宇以前是个“二流子”，随身带匕首不奇怪，可现在在旁人眼里他是一个安分守己的司机，带匕首做什么？

想着，我对文雅说道：“行！我马上去查！”

24
半夜闹事

进到所里，老猫把饭菜带进去给袁权和许涛，疯哥在院子里抽烟。

见我打完了电话，他问："怎么样了？"

我把文雅从小莺那儿问到的情况告诉了他，他站起身，与我一同去值班室查王宇有没有违法记录。

下午疯哥打了电话，派出所这边已经帮我们把所有相关人员的个人信息查好了，对应的还有照片，明天上午可以拿去金牛广场让涂莽子看。

我们从上面找到王宇的身份证号，输入查询系统，在违法信息一栏里还真有几条内容。

我们挨个儿点开，一条条查看，都是打架斗殴，共有四条。从时间和地点上看，有三条是王宇在外地打工时发生的，最近一条则是上个月的事。曾经的王宇少不更事，父母亡故后，他的脾性稳重多了。

中间隔了近三年，我比较好奇他上个月是因什么事与别人打架。点开详细情况，我看到是王宇在城里一家烧烤店吃饭时，因一男子调戏其女朋友，而与对方大打出手，王宇为此被拘留了十天。

我翻出询问笔录，找出王宇女朋友那一份，在个人信息上看到姓名是江小莺。

三年多未曾打架的王宇，为了小莺而出头，说明他是很在意小莺的。

因为王宇身上有匕首，我特意看了四个案子的物品登记情况，只有第二个案子中收缴了一把折叠刀，在案情介绍里，也提到王宇用折叠刀划伤了对方的手臂，其他三件案子，均无用刀的描述。

看完后，我说："小莺生得漂亮，以前又在酒吧上班，容易招惹一些社会上的人，文雅看到的匕首应该是王宇用来防身的。"

疯哥点头表示了认同，随后我把查询结果告诉了文雅，她已经回家了，准备洗澡后休息，我们也就没怎么细说。

这天晚上，因为许涛关在派出所，我们四人分成两组守着他，上半夜是我和老猫。

刚开始，老猫喜欢套许涛的话，想让他不留神说出点什么来，可许涛始终没有钻进套里，来来去去就之前交代的那些内容，老猫问得没趣，就不再理他，自顾自地抽烟，任是许涛说破了嘴，也不给他拿烟，弄得许涛在一旁哈欠连天。

我呢，也没兴趣再审许涛，就玩手机消磨着时间，玩着玩着，我觉得有些困，这时一股冷风吹来，我打了个激灵，坐直了身体，一看手机，已经一点过了。

我想去上厕所，打算让老猫盯着点许涛，可回过头来却发现老猫已经坐在椅子上睡着了，许涛的头也是埋着的。

看人的事马虎不得，我还是拍醒了老猫，他睡眼惺忪地问我什么事，我小声说去上厕所，他茫然地点了点头。

昨晚在派出所本来就没睡好，这会儿又熬夜守人，从厕所出来时，我上下眼皮都在打架了，整个人都有些昏沉。

就在我快走到审讯室门外时，却听得"嘭"的一声脆响，是玻璃碎裂的声音，我浑身一震，冲进了审讯室。

老猫已经站在了窗户旁，向着外面吼道："谁？"

话刚说完，老猫突然往旁边一闪，我看到从窗户外伸进来一个物件，差点打到老猫，老猫让开后，房间里的光线照出去，我看到了一张模糊的脸。

我想再看，从外面射进的手电光晃了一下我的眼睛，我本能地往旁边扭了扭头。

“哥，别敲了！”被惊醒的许涛看向窗外，大声喊着。

哥？外面是许海？

这时疯哥和袁权听着声音也过来了，问我怎么回事，他的话音还没落，窗户上又传来一声脆响，另一扇玻璃也碎裂了！

青羊镇派出所的审讯室比较简单，与我们昨晚睡的屋子一样，就在一楼，窗户是推拉式的，两扇，窗外就是街道。屋子正中摆着一张“老虎凳”，嫌疑人坐上去后，手脚都会被控制住，无法动弹。按公安部最新的要求，这种审讯室是不合规范的，不过乡镇上的硬件设施跟不上政策，只有凑合了。

我们审讯的时候，是把窗户关着的，晚上老猫一直抽烟，我才打开了个缝，现在两扇玻璃窗都碎了。

“抓我哥哥，坏人，打死你们！”脆响过后，传来许海的声音。

“走，抓住他！”疯哥边喊边快步走出审讯室，袁权也跟了过去。

我看了看老猫，他说：“你也去吧，疯子娃儿劲大。”

“他不是疯子，你们别伤着他！”许涛冲我们喊着。

“闭嘴！”老猫一句话吼了回去。

“打死你！”许海又把手中东西伸进窗里，想要打老猫。

这次，老猫是站在旁边的，伸手一把捏住了那东西，我也趁机看清楚了，许海手中是一把铁锤。

看到这东西，我心头一紧，往前走了几步，以便看得仔细一些，的的确确是把铁质的锤子，不是木头的！

许海扔掉了另一只手里的手电筒，两手握着铁锤，他的劲儿大，老猫扯着有些吃力，我走上前，与他一道用力才把铁锤抢了过来，正好疯哥与袁权绕到了许海身后，准备控制他。

他俩一人拉住许海的一只手，许海嘴里大叫着，两手发力，把二人推开了。推开后，他也不跑，用手拉着窗外的防护栏，使劲往外扯。

疯哥他们想拉开他，许海却不松开。派出所的防护栏是用铝合金做的，硬度比钢筋低多了，许海的力气本来就大，现在疯哥与袁权在拉许海，间接地也施加了些力量上去，这样一来，防护栏就开始变形了。

老猫看到这情况，把抢过来的铁锤掉了个头，用木手柄去敲打许海的手，可打了几下，许海像是不怕痛般，仍然没有松。

“松开，再不松我用力打了啊！”老猫唬着他说。

许海盯着老猫，冷不丁地吐出一口唾沫，直接吐到了老猫脸上，老猫一时气愤，猛地一棒子打在许海手上，痛得他“啊啊”叫着，双手也松开了。

“哥哥！”许涛有些担心。

我见疯哥他们控制不住，也跑出去帮忙，三个人一起，总算是把许海押住了，即便如此，他还在继续挣扎。

就在我们准备把许海往派出所里带时，远处一个人打着手电筒过来了，疯哥让我们等一下。过了一会儿，那人走近了，我看清是个老头，他自称是许海的爸爸，并安抚着许海，让他别闹了。

疯哥让他跟着我们进去再说，一路上，有他安抚着，许海的情绪没那么激动了，不过嘴里仍然不停地骂着我们，说要打死我们。

我们都进了许涛的那间审讯室，老猫把铁锤拿过来，问许海这是哪里来的。

“捡的。”许海很不高兴地说。

“在哪儿捡的？”老猫又问。

这次许海不配合了：“你是坏人，我让警察叔叔把你抓走！”

“锤子有问题？”疯哥见老猫如此在意这锤子，不禁问道。

“你看，这里好像是血迹。”老猫指着锤子上的一处说。

一听这话，我们几人都瞪大了眼，老猫的意思很明显，这锤子或许是杀害张东升的凶器之一。

疯哥把锤子拿到灯光下，上面果然有暗红色的印迹，这个线索很重要，许海说不清楚，疯哥就问老头：“你儿子在家里拿的铁锤？”

老头忙摇头说：“这不是我们家里的，家里的刀和锤子我都收起来了，这是他在外头捡的。”

“收起来了？”我皱眉问了一句。

老头告诉我们，白天他去自家地里干了会儿活，下午回去后听说许涛被抓了，许海闹着要找警察报仇，他担心许海惹事，就把家里的刀和铁锤全藏了起来，并且一直盯着许海。到了晚上，又哄他睡觉，等许海睡着了，他睡在许涛的床上，结果刚才醒来发现许海不见了，忙着找了出来。

疯哥听后，又拿着锤子问许涛，他同样摇头说：“不是，这不是我的。”

或许是担心这个锤子给许海带来麻烦，许涛尝试着引导他：“哥，你好好说，这东西到底是在哪里捡的？”

“哥哥，他们抓你，是坏人，我打死他们！”许海说着，又做了个敲打的动作。

见着这情况，疯哥让我把车钥匙给他，我有些疑惑，却没有多问。疯哥拿着钥匙就出门了，几分钟后，他再次进来，身上已经穿好了警服。

疯哥走到许海面前，笑着说：“小朋友，你看，我就是警察叔叔。”

“抓坏人，抓坏人！”许海指着老猫说。

“好，我马上把他抓起来。”说着，疯哥上前去，假装押着老猫走出了门，然后一个人回到审讯室，又解开了“老虎凳”，让许涛站了起来，然后对许海说，“好了，坏人抓了，你哥哥我也救了，现在告诉叔叔，这锤子是在哪里捡的？”

看着许涛被放了，许海脸上露出了笑容，回答道：“在，在光头哥哥门口。”

“王宇门口？”我马上问。

“是光头哥哥。”许海满脸认真地说。

许涛解释道：“是王宇，两年多前他弄成光头后，我哥就开始叫他‘光头哥哥’，叫了这么久，已经忘记他的本名了。”

“什么时候捡的？”疯哥又问。

“就刚才，我从家里出来，边走边用手电筒照，想找根棍子，就看到了这个。”许海眼中带着茫然，他一定不明白我们一大群人为何对这把锤子如此感兴趣。

“带叔叔去你捡到它的地方看看。”疯哥皱着眉头，轻声对许海说道。

“哥哥。”许海看向许涛。

疯哥明白他的意思，直接说：“你哥哥没事了，等会儿就和你一起回家。”

许海一听，开心地笑了，他的嘴张开，露出一排牙齿，这表情不由得让我想起了小丑面具，二者都在笑，看着也相似，然而，小丑面具是用来掩饰内心的，许海的笑却是发自肺腑的。

在我们眼里，许海是个傻子，可聪明的我们，却忘记了孩童时最纯真的笑容。

是世间事太过纷繁复杂，还是我们在成长的过程中遗忘了本心？

“想什么呢？走了。”袁权拍着我说，审讯室里已经只剩下我俩了。

我笑了笑，与他一道追上了疯哥他们。

许海带着我们来到了王宇家门外，这地方我们上午才来过，来找陈大妈核实王宇昨晚的情况。

疯哥用手电筒指着房前的空地，问许海：“小朋友，在哪里捡的？”

许海左右望了望，然后走到一处地方，站定后，面向我们说：“这里。”

我看着许海站的地方，沉思了起来。

25
狡猾凶手

许海站的位置离王宇家门口还有一段距离，也不在正中央，不是一眼就能看见的地方。

不过，那位置也不偏，王宇的房子在路边，白天不时有人经过，如果这把锤子一直在的话，要发现它并不难。

这也是我惊奇的地方，经过一番回忆，我确定上午我们过来时，这把锤子不在这里，我询问老猫，他也说没有印象。

那么，铁锤是什么时候出现在这里的，它又是不是归王宇所有呢?

带着这个疑问，疯哥敲响了王宇家的房门。按文雅所说，小莺出院后，王宇就离开了，明天他还要上班，现在应该回家了。

疯哥敲了两三分钟，我们头上传来王宇的声音："谁啊？"

我们抬起头，疯哥用手电筒射向二楼窗户，王宇的脸就现了出来，他忙用手挡住眼睛，疯哥把手电筒的光移开，然后回答："小王，我们是专案组的，麻烦你开一下门。"

我们与王宇也打过几次交道了，中午又一起喝过酒，他认得疯哥的声音，回答说："好，杨警官稍等。"

过了几分钟，我听到一楼的里面传来声音，紧接着，房门就打开了。

看着我们这么多人，王宇睡眼蒙胧地问："什么事啊？"

疯哥上前，把铁锤拿到王宇面前问：“这锤子你认不认得？”

王宇想把锤子拿过来看看，疯哥手一缩，王宇愣了一下，然后盯着锤子看了看，疑惑地问：“你们怎么把它捡起来了？”

“是你的？”疯哥马上问。

王宇却摇头说：“不是，只是今晚我从城里回来时，看到它在我家门口，当时我捡起来看了看，不知道是哪儿来的，就随手扔到了一旁。”

“也就是说，在你回来之前它就在这里了，这锤子又没坏，既然你捡起来了，怎么不拿回家去用？”老猫疑惑地问。

王宇回答：“我没捡外面东西的习惯，并且，我家里的那把锤子比这把要大些，我没必要捡个小的回去。”

“你一般用锤子来做什么？”疯哥问。

“这个……”王宇想了想后回答，“用处很多吧，敲钉子、敲突起的门板，镇上几乎每家每户都有一把锤子。”

王宇这话没说错，锤子作为一种工具，在乡镇随处可见，之所以我们这么紧张，是因为它上面刚好有血迹。

“那你认不认得这是哪家的锤子？”我问。

王宇拿过手电筒，照在锤子上仔细看了看，然后摇了摇头：“这种锤子的样式很普通，认不出来。”

“你说你刚才拿过这把锤子，那它上面就有你指纹了？”疯哥看着王宇问。

“应该是这样吧，这个你们比我懂。”王宇有些茫然。

“知道了，你回去睡吧，打扰了。”疯哥笑着说。

正事说完了，王宇看着一旁的许涛问：“涛子，你们怎么也在这里，这事和你有关？”

许涛没有作声，只是笑着摇了摇头。

疯哥并不打算给王宇说实话，向他告辞，王宇也不好再问，就关了门上楼去了。

在老猫告诉我们这锤子上有血迹后，疯哥就戴上了塑料手套再拿着锤子，现在他又从身上取出一个塑料袋，把锤子放进去，封了口交给袁权，让他马上开车回分局，将上面的血迹与前日采集到的张东升的血迹进行对比，以验证此铁锤到底是不是凶器，同时要采集上面所有的指纹，看有没有凶手的。

我想起耗子死后医院那边抽了他的血进行酒精浓度测试，就让袁权顺便去医院把这结果拿了。

“他们怎么办？”袁权走后，我把疯哥拉到旁边，指着许涛一家人，悄声问。

疯哥想了一阵，说：“算了，让他们都回去吧，许涛也没什么好守的，他那里能问的东西我们都问出来了。”

“万一他是凶手呢？”我有些迟疑。

疯哥哼了一声：“我现在巴不得凶手多露出些马脚来！”

我看向那边，心想放了也对，不然的话，既要守着许涛，又要防着许海捣乱，那我们今晚甭想睡了，明天还有一大堆事等着呢。

听到疯哥真让许涛回家，老猫很是惊讶，想出言阻止，却被疯哥拦住了：“老猫，有话等会儿回去说。”

“谢谢警察叔叔。”许家人走的时候，许海不忘笑着对疯哥说。

待他们走了十来米，疯哥看着许海的背影说：“也谢谢你给我们提供了线索。”

回到派出所，我们三人进入宿舍，憋了一路的老猫就说：“疯哥啊，我真担心你放虎归山！”

“许涛不是凶手。”疯哥淡淡地说。

“为什么？”我与老猫异口同声地问。

虽然我并不像老猫那样认定许涛的嫌疑最大，却也没有排除他的嫌疑，不知疯哥为何这么肯定。

疯哥看向我：“既然你们今天白天都没见到这把铁锤，它又不是王宇的，那就是有人故意放过去的，并且刚好那上面有血迹，这事也太蹊跷了些。所以，我大胆猜测，这把铁锤就是凶器之一！”

老猫摸出烟盒，给疯哥拿了支烟，他接过去后，接着说："只要证实铁锤是凶器，那扔铁锤的人就是凶手。许涛今天上午就被我们抓了，他肯定没机会扔铁锤，自然也就不会是凶手了！"

这是很简单的道理，疯哥一说，我明白了过来，也比较赞同。只要袁权那边证实铁锤上的血迹是张东升的，疯哥的推断就成立，那么，许涛就是被凶手陷害的对象。

老猫也明白了过来，皱眉问："你的意思是说，李回锅看到的人影，是凶手故意伪装的？现场的头发也是凶手刻意留下的？"

疯哥吸了口烟，回答道："可以这么说，并且，凶手能拿到许涛的头发，这也是个线索。"

听了老猫的话，想起李回锅的不正常，我突然有了个想法："如果李回锅是凶手的话，这场针对许涛的嫁祸是不是就说得通了？"

疯哥沉吟道："李回锅与张东升的关系不简单，却遮遮掩掩地不讲出来，的确可疑。他与许涛又有旧怨，嫁祸的动机也有了，我们的确不能忽视这个人。"

老猫却说："如果说李回锅有问题的话，那个王宇也要留意，刚才他说他之前捡过铁锤，这样一来，就算他是凶手，并在铁锤上留下了指纹，他也有理由说得过去了。"

我反驳道："王宇是凶手的话，没理由把凶器遗漏在自家门口吧。还有，他有充足的证据证明自己前天晚上八点以后在木材厂外面，没有杀耗子的可能。"

老猫马上说："你别忘了，前晚八点过后，我们一大伙人才吃了饭从李回锅店里出来呢，我们可都能证明他在耗子关厂门前没有进厂里潜伏着。"

这话让我哑口无言，如果说其他人有可能做伪证的话，我们总不能怀疑自己的眼睛吧。

疯哥再次打起圆场说："这两起杀人案，经过两天的线索收集及初期侦查，我们掌握了一些证据，可这些证据都不足以确定某一个人的嫌疑，有些看似在某次杀人案中有嫌疑的人，在另一起案件中却又有不在场证明，我在想，要么是我们根本没有注意到真正的凶手，要么是我们还没有找到两起案子的关键之处。”

听着疯哥的话，我受到了启发，就说：“现在看来，这个凶手狡猾至极，弄了很多虚假的线索误导我们，我在想，会不会之前我们比较肯定的某条线索其实正中凶手下怀？”

“我就是这个意思，所以，我们要把目光放开，别只盯着那么一两个人，尽可能多地掌握些与张东升和耗子有交集的人的信息，把他们的底细都查个清楚！”疯哥点头说。

“这个工作量有些大啊。”老猫咂舌道。

疯哥说：“没事，我会向上级申请，请求协助，我们不用挨个儿去走访，到时候所有人的详细档案会直接放到面前来让我们甄别。”

上午金志成倒是给了我们一份厂里人的资料，不过很简单，我看了一些，无非是个人身份信息与入职简历，对于他们进木材厂之前的事，鲜有提及。而青羊派出所给我们提供的个人资料，也只有户籍信息、照片这些，再加个违法犯罪记录。

面对反侦查能力如此强的凶手，这些资料肯定是远远不够的。

如果疯哥真的能搞到他们的详细个人档案、与死者的交往经历，以及周围邻居对他们的看法，那是再好不过的了。

这一番讨论下来，都接近凌晨三点了，其间袁权打电话说已经到了分局，连夜把铁锤交给了技术人员，让他们尽快出结果。

疯哥让我们早些休息，明天等文雅和袁权回来了再细谈。

一般来说，初期的侦查之后，会根据情况监控一些嫌疑大的人，这种事很耗费精力与体力，如果不休息好，到时候会很痛苦。

我是真的困了，脑袋挨着枕头，没多久就睡着了。第二天清晨，我是被一阵电话铃声惊醒的。

26
第三个死者

我条件反射般地从枕头下摸出自己的手机，却见它的屏幕仍然是暗着的，我从床上坐起来，才发现这音乐是疯哥手机的铃声。

这时疯哥也醒了，他接起电话，我听出是袁权打过来的，好像是分局那边的检测有结果了。

挂了电话，疯哥告诉我们："结果出来了，铁锤上的血迹的确是张东升的，指纹采集到了三个，昨晚就有三个人徒手拿过铁锤，除了老猫和许涛，剩下一个应该就是王宇的了。"

听到这话，我分析着说："凭着凶手的心计，是绝不会在凶器上留下指纹的，更不会把凶器遗漏在自家门口，我觉得这是凶手的又一次栽赃！"

疯哥说："昨天我们分析过，刘芳的姘夫有可能戴了个光头的头套，这也算是在害王宇。"

"所以，刘芳的姘夫很可能就是凶手？"我得出了个大胆的结论。

疯哥没有表态，老猫提了一个建议："多洗点那把铁锤的照片出来，挨个儿去镇上的人家询问，看有没有人见过它，或者有没有哪户人家最近遗失了同样的锤子。"

疯哥点头道："对，可以一试，你给袁权打电话说说。"

我还在想刚才的问题，就问疯哥："要不要跟踪刘芳，把她的姘夫找出来？"

疯哥思虑一番说："他们二人的手机已经被监控，一旦联系，我们就能知道。白天他们应该不会见面，这样，从今晚开始监视刘芳。"

"疯哥，时间还早，咱们再睡一会儿吧。"老猫给袁权打完电话后，打着哈欠说道。

我看了一下，刚到七点，天色尚未大亮。

"年纪大了没那么多瞌睡，你们睡吧，我出去转转。"疯哥说完，穿好衣服离开了房间，我与老猫则倒头又睡。

等袁权叫醒我时，已经八点了，他是坐文雅的车回来的。

我看着他眼睛里的血丝，就说："权哥，昨晚你最辛苦，要不今天你和疯哥说一声，在宿舍里休息吧。"

"休息不了，又死人了！"袁权的脸色很是沉重。

"啥？谁死了？"我一下伸直了身体，我睡在下铺，这猛地直身，头碰在上铺的床沿上，痛得我倒吸了口凉气。

我一边捂着头，一边震惊地看着袁权，等他的回答。

袁权轻叹了口气："刘芳死了。"

老猫也凑了过来，接连问："啥时候死的？在哪儿死的？"

袁权回答："昨晚死的，死在家里，现在尸体还摆在那里，是她兄弟打电话来报警的，疯哥和文雅已经先过去了，让我来叫你们。"

听到这话，我和老猫三下五除二地穿好了衣服，跑到水龙头下用冷水冲了把脸，我们三人就开车往刘芳家驶去。

去的路上，袁权告诉我，医院那边的检测结果出来了，凶手杀耗子的那段时间，曾龙体内的酒精浓度较高，不可能完成缜密的杀人行为，他的嫌疑应该可以排除。

我们赶到时，刘芳家门口已经围了好些人了，刚下车，我就听到有女人的哭喊声，是从二楼传来的。

刘芳的兄弟在门口拦着看热闹的人，不让他们靠近，看见我们后，他侧身让我们上楼，老猫问他："怎么回事？"

小刘回答说：“姐夫死了后，我姐胆子小，不敢一个人睡在屋里，就让我过来陪她，所以这两天晚上我都在他们这里住，我姐睡主卧，我睡次卧。今天要送姐夫的遗体去火葬场，早上我起床后，去敲我姐的门，敲了好几分钟，她一直没有应答，我有些奇怪，敲门的力度更大了，声音很响，可我姐仍然没有开门，这下我觉得不对劲了，因为昨天我只敲了几下她就醒了。房门是反锁的，我一脚踹开后，看到我姐好好地躺在床上，我走过去，只见她脸上放着一副面具。”

说到这里，小刘的脸色很难看，而我已经猜到了后面的事情。果然，小刘深吸一口气后，用颤抖的声音接着说：“我把面具揭开，看到我姐的脸都没了。”

虽然小刘的声音比较小，可周围还是有几个人听到了只言片语，人群顿时一片哗然，好些人脸上露出惊恐之色。

“第三起了。”袁权沉声说，说完后就往楼上走去。

老猫拍了拍小刘肩膀，跟在袁权后面。虽然小刘恶习不少，可刘芳毕竟是他亲姐姐，脸上的悲伤还是很真切的，我也拍了拍他肩膀，以示安慰，然后上了楼。

越往上走，女人的哭喊声越大，不用看也知道，是刘芳妈发出来的。

从楼道转入客厅，我看到刘芳的父母都在里面，刘芳爸满面愁容，刘芳妈脸上都是泪水，文雅在安慰着她。

我看着房间构造，这是一个两居室，除了客厅，还有两间卧室，房门都开着，我走到其中一间卧室门口，疯哥刚好从里面出来，他身后的床上躺着一个人。

“怎么样？”我轻声问。

疯哥看了看刘芳的父母，把我拉到旁边那间卧室，又叫了老猫和袁权过来，然后说：“床上无血迹，尸身上无伤口，应该是窒息而死。她与耗子一样，整张脸都没了，上面放着小丑面具，房间里有股淡淡的酒精味。小刘说房门是反锁的，推测凶手是从窗户爬进来的，作案后又从窗户离开，楼下是一片菜地。”

袁权说："我已经通知分局法医和痕检人员了，很快就能过来勘查。"

老猫皱着眉头："三天晚上，连续死了三人，这两晚我们就住在派出所，凶手还真是胆大啊！"

疯哥沉声道："这是对公安机关的挑衅！"

我留意到疯哥刚才说房间里有股酒精味，问他是怎么回事，他说酒精味很淡，他大致看了，房间里没有酒瓶也没有酒杯，需要等法医来测定死者体内有无酒精成分。

为了不破坏现场，分局现勘人员到来之前，我们其他人都没进入刘芳的房间。

派出所所长带人过来后，疯哥给他交代了几句，就把文雅叫到了刘芳家的次卧，专案组临时开了个案情商讨会。

先由我把昨天搜集到的信息全都介绍了一遍，因为中间有些时间段，要么是文雅不在，要么是袁权不在，分析案情前，需要让每个人都知道这些内容。

听了我的陈述，文雅第一个说道："本来有几条明显的线索将嫌疑指向了许涛，可昨天许涛被关在派出所时，作为凶器之一的铁锤出现了，这有两种可能：其一，许涛的确不是凶手，是凶手的栽赃嫁祸；其二，许涛是凶手，头发是他作案时留下的，但他有同伙，凶手故意扔出铁锤，为的是想洗脱许涛嫌疑，让我们放他出来。"

文雅分析案子时向来有独到的见解，我们都没有打断她，她接着说："相对而言，第二种可能性较小，首先，绝大多数连环杀人案的凶手都只有一人，因为他们只相信自己，不会把计划告诉任何人。其次，许涛有嫌疑，即使放了他，警方也极有可能对其进行监控，凭凶手的智商不可能没想到这点，所以不应当在这个节骨眼儿上继续犯案。最后，如果凶手是两人的话，要想在三起案件中把己方的痕迹抹得一干二净，难度是比较大的。"

文雅的话很有说服力，我们都没吭声，疯哥也点了支烟，做出洗耳恭听的样子。

"那么，第一种可能性成立的概率较大，许涛是凶手陷害的对象，可如此一来，又有了矛盾的地方。既然凶手栽赃许涛，现在我们把许涛抓了，他应该高兴并蛰伏起来才对，为何要扔出凶器洗脱许涛的嫌疑呢？”说到这里，文雅看着我们。

袁权很是配合地问了句：“是啊，为什么呢？”

文雅笑了笑：“因为凶手还要杀人，如果刘芳死的时候，许涛在派出所的话，那前面凶手对许涛的栽赃就完全不成立了，他就是要让我们把许涛放出来，做出一副许涛一出来就又死了人的假象，让我们进一步怀疑许涛。”

老猫有些后怕地说：“唉，之前我一直认定许涛是凶手，看来是着了凶手的道啊，幸亏有你们阻止着我，不然我肯定翻来覆去地审问他，稍不留神就会弄个大冤案出来。”

我想着铁锤出现的时间与地点，问道：“许海发现铁锤是巧合，万一许海发现不了呢？”

文雅回答我说：“王宇家就在路边，从你刚才所说的地点来看，等天亮了，被发现是迟早的事，许海只是无意间帮了凶手，让铁锤被发现的时间提前了，从而让凶手杀刘芳的时间也提前了一晚上。”

我理解了文雅的意思：“所以，凶手这次是聪明反被聪明误，我们正好彻底排除了许涛的嫌疑，缩小了排查范围。”

文雅却道：“但是对许涛的调查不能放松，从目前三个死者的情况来看，凶手杀他们，是基于心中强大的正义感，看不惯这种表里不一的人，而他如此处心积虑地要栽赃给许涛，要么，许涛也是戴着面具生活的人：要么，是凶手对许涛有莫大的怨恨，调查许涛，有助于我们锁定凶手。”

疯哥吐出一口烟雾说道：“要说正义感，在目前的可疑人员当中，当过特种兵的李老板应该是最大的，特种兵也与凶手杀人时的干净利落相符。”

袁权附和道：“对，他同时还与许涛有旧怨，栽赃的动机很足。与张东升的关系也不一般，他知晓张东升的秘密和爱看什么书也不足为奇。”

文雅说：“没错，接下来我们应当多留意这个人，但是，还有一个人也不能放松警惕。”

“谁？”我马上问。

文雅回答：“周子国，许涛曾偷过他的钱，虽然他表面上说不在乎，可他却私下找派出所询问过能不能处理许涛，足见他心里还是很在意这件事的。”

我想了想说：“张东升与耗子都是厂里的人，耗子还是死在厂里的，只怕这会对木材厂产生很不好的影响吧，周子国作为厂长，受到的冲击是最大的啊。”

文雅还没回答，袁权就说话了：“既然这起案子与凶手的‘正义感’有关，那就不能用利益去看待了。”

文雅接着说：“是啊，并且，第一起案子，张东升的随身财物丢了，我们因此认定凶手家境不好，需要用钱，可第二、第三个案子，死者并不是大富大贵之人，现场也无财物丢失，足见凶手并不是为了钱作案，甚至可以说，第一起案子丢失的财物是凶手故意拿走混淆我们视线的。”

老猫说：“凶手抛凶器在王宇门口，显然是想把他也拉扯进来，可以查查与王宇不和的人，刘芳的姘夫嫌疑就很大！”

疯哥总结道：“大家说的是，正如我昨晚所讲，我们把嫌疑人的范围不要局限在特定的一两个人身上，这起案子的凶手异常奸诈，我们要随时防着他误导我们的侦查方向！”

疯哥刚说完，房门被推开，是分局的同事过来了，我们也就中止了这个临时会议。

现勘完毕，法医证实了疯哥的判定，刘芳的确是窒息而亡，死亡时间在凌晨三点到四点之间，痕迹人员未采集到毛发、指纹等信息，地面有脚印，但是没有纹路，推测凶手在鞋子外面套了一个袋子之类的东西，脚印存在于窗户和床之间，看来凶手的确是从窗户进出房间的。

我们进入房间，刘芳家两间卧室，次卧的窗户是向着街道的，他们夫妻睡的主卧是背街的，下面是一片菜地，窗户上没有防护栏，两边并没有可供攀爬的管道，痕迹人员检查过窗台，也没有抓钩留下的印子。

“凶手是如何上来的呢？”文雅看着窗户，沉思着说道。

我伸头看出去，窗户离地面有七八米，我往下看，两名痕迹人员已经在菜地里勘查了。

其中一人蹲在地上，正埋头看着什么，看了一会儿后抬头对另一人说："你来看看这里。"

27
一把梯子

两人一起蹲在地上看了会儿，又站起身来，抬头看向窗户，似乎在衡量着什么，之后，其中一人对我们喊道："有发现！"

听着这声音，我们心里皆是一喜，以为是凶手留下了什么重要线索，急忙下了楼。

在刘芳家后面的菜地旁，一个痕检人员告诉我们，菜地里发现了几个脚印，同样无纹路，不过，在正对着刘芳窗户的下面，有两个小坑。小坑本来是被一些泥土盖着的，是痕检人员见此处的泥土比其他地方要松一些，就拨开了，才发现了它们。

两坑之间的距离在七十厘米左右，这里应该曾经放着一个梯子。

梯子？原来凶手是架梯子爬上去的！

疯哥四处看了看，沉吟道："难不成凶手是扛着梯子过来，作案后又扛着梯子离开的？"

痕检人员继续说："被梯子压过的地方比较实，我们把坑里松动的泥土清理了出来，从两坑的形状来看，那是把农村常见的木梯子，根据死者家楼房高度以及梯子倾斜的角度来看，木梯有近十米长，重量不会轻，凶手扛着它很费力，并且目标太大，容易被发现。"

文雅一听，对疯哥说："凶手很可能把梯子就藏在附近，我去找找。"

除了架梯子留下的坑，菜地里没有其他发现。我们回到屋前，围观的人比之前多些了，所长吼了一句，让大家该干吗去干吗，不准在这里影响办案。他一嗓子下去，人走了一半。

我在剩下的人里看到了金志成，他的脸色似乎有些不好，见我盯着他，他笑了笑，我走上前问："金主任怎么这么早就到镇上了？"

金志成扶了扶眼镜，笑着回答："我昨晚住在厂里。"

我很是疑惑："住在厂里？"

"是啊，昨晚我和姐夫一起回来的，王宇开的车。"

听了这话，我更加奇怪了，连周子国也回来了，这是怎么回事。

金志成马上就解开了我的疑惑："我姐夫说耗子死在宿舍，工人都不愿意值班了，可厂里还有好多木料，没人守不行，昨晚就让我来陪着两名工人一起守。"

"那他自己怎么也回来了？"我问。

"他……"金志成欲言又止，最后说，"厂里死了两个人，他也放心不下，怕再出什么岔子。"

我看着他，心里琢磨着，刘芳昨晚死了，金志成与周子国刚好在青羊镇，这只是巧合吗？

后续的调查会慢慢展开，到时候会专门询问他们二人，我就没有与金志成多说。

进到屋里，疯哥让老猫和袁权去走访附近的居民，他则把小刘叫了过来，问其昨晚有没有听到什么，小刘耷拉着脑袋想了想后回答："我和我姐从派出所回来后，一人泡了碗方便面吃，吃完已经八点多了，我姐让我陪她待一会儿，我在她的电脑上玩游戏，她躺在床上玩手机，一直到十点左右，我姐说想睡了，我就回到了自己的卧室，晚上睡觉时没听到什么声音。"

"昨晚你姐有没有喝酒？"我问了句。

小刘摇头说："没有，我姐很少喝酒，昨晚也没喝。"

法医刚才说房间里有酒味，他们常年做鉴定工作，嗅觉很灵敏，不会闻错，还取了刘芳体内的血液样本回去检测，到时候就能有个准确结果。

只是，如果刘芳血液中不含酒精，那酒味多半就是凶手身上的了，难道他作案前饮过酒？

我觉得这事有些蹊跷，不过具体情况还得等法医那边出了结果才能进一步分析与判断。

大概四十分钟后，文雅带来了一个好消息，凶手作案用的木梯子已经找到了，距离刘芳家只有三百米，在一条小水沟旁边的草丛中。

为了不破坏上面的痕迹，文雅没有让人将其搬过来，而是打电话叫痕迹人员前去检测，我也跟着一起过去了。

刘芳家背后都是田地，水沟从一片田地中穿过，水沟旁长着齐至膝盖的野草，木梯藏在里面，不容易被发现，要不是文雅从这里经过时看得仔细，极有可能会错过。

痕检人员拨开周围的野草，经过一阵勘查后，无奈地告诉我们，受野草和水的影响，梯子上的印迹已经完全被抹去了，不过，将梯子下端与刘芳家后面的小坑对比后得知，此梯的确是凶手用来作案的那一把。

经过对周围居民的走访，我们找到了木梯的主人，是一个农村妇女，她老公在城里打工，放假的时候才回来。她家距离水沟有近一公里，平时把梯子放在自家院子里。那梯子很重，她一个妇道人家很难搬动，也就很少用到，前天早上她发现梯子不见了，以为是哪个邻居借去用了，没怎么在意。

梯子是前天早上丢的，也就是说，凶手在杀完张东升后，当天晚上到农妇家中偷走梯子，扛着步行了一公里，将其藏匿于水沟旁的野草中。

我试着扛了一下这梯子，很沉，如果让我扛着它步行一公里的话，少说也要半个多小时，凶手提前把它藏在这里，就是为了杀刘芳时取用方便，看来，他早就有杀刘芳之心。

这份心思，以及他作案后放回梯子的从容、镇定，再次让我感到胆寒！

回到刘芳家，疯哥听闻梯子上没有查到任何线索，并没有失望，这似乎在他的意料之中，他只是提了个问题：“现在看来，杀张东升后，凶手刻意破坏现场，把尸体搬到车子右边，是想延迟尸体被发现的时间，这样，既能让他淡定地离开现场，又能争取到足够的搬运梯子的时间。可是，杀刘芳后，他花费时间把梯子搬回去做什么呢？”

我顺口回答：“定然是不想让我们知道他是如何进入刘芳家中的。”

疯哥反问：“就算我们知道他是爬梯子进出刘芳家的，又能如何？梯子上并没留下什么有指向性的痕迹，我们同样锁定不了嫌疑人。”

这话问得我一时回答不上来。

旁边的文雅却惊道：“我知道了！”

我与疯哥都把目光投向她，她拉着我俩走到一处没人的地方说：“我想，凶手是在为上一起案子作掩饰。”

“把梯子搬走与耗子的案子有关？”我疑惑地问了句。

“耗子一案中，我们推断凶手是事先藏在木材厂里的，杀人后再打开大门离开。”文雅说。

我点头道：“对啊，李回锅见过凶手从大门返回厂里，曾龙第二天起床时大门也是打开的，木材厂的围墙上并无攀登痕迹。”

文雅看着我说：“如果在围墙上架一把梯子，人爬梯子进入工厂，脚自然用不着靠蹬在墙面上发力了。”

听了这话，我恍然大悟：“凶手爬梯子进去，杀人后回到围墙外把梯子拿走，这样，我们就有了之前凶手在关门前就已经藏身于木材厂里的推断了。”

昨晚我就在想，我们之前比较肯定的某一线索，会不会是中了凶手的套，没承想今天就让文雅发现了一处！

不过，我马上想到，水沟离木材厂有两公里远，难道凶手当天晚上扛了个来回？

文雅想了想说：“木梯很重，并且笨拙，搬这么远不现实。木材厂的围墙只有两米多高，那木梯却有近十米长，架在上面也不方便。我在亲戚家见过一把不锈钢材质的折叠梯，是专门为城里住户设计的，折叠方便，重量轻，如果我刚才的推测成立，我猜凶手有一把类似的梯子。”

这时，疯哥说：“如果这个关键点错了，那么，我们之前的方向就错了。耗子的死亡时间是凌晨三四点，凶手极有可能是两点多才进入工厂的，那么，像王宇和李回锅这种在晚上八九点有不在场证明的人，也不能排除嫌疑了。”

文雅补充道：“还有周子国和金志成，他们虽然能证明自己在傍晚时离开了工厂，却因其独自居住，无法证明他们是不是真的在家里睡觉。”

提到这两人，我想起刚才在门口见到了金志成，就告诉他们，周、金二人昨晚也在镇上。

听到这个消息，他俩的反应同我一样吃惊，我把缘由讲了出来，文雅皱眉道：“还真是巧啊。”

在“女尸杀人案”中，文雅就告诉过我一句话，巧合太多就不是巧合了，她必定又在想着昨晚发生的几起事件中的关联。

为了证实文雅的猜测，我俩请示疯哥后，带上两名痕检人员，离开刘芳家，去了木材厂。

到了木材厂，我们没有进去，而是从大门两侧开始，沿着围墙慢慢地搜寻着。

我们四人分成两组，我和文雅分别带了一名痕检人员，半个小时后，我这组在地面发现了几个脚印，与刘芳家后面出现的脚印类似，没有纹路。

因为此处的地面比较干燥，所以脚印并不深，昨天早上，所长带着派出所民警过来勘查时，没有发现也很正常。要不是有专业痕检人员，并且事先在刘芳家见到过相同的脚印，的确不容易引起注意。

我把文雅他们叫了过来，四人经过仔细比对后得出结论，这里的脚印与刘芳家的脚印相同，如此，文雅的猜测得到了证实，凶手杀耗子时是翻围墙进去的。

我们又在附近找了找，没再有其他发现，准备回刘芳那边去，这时，文雅拉了拉我衣袖说：“哎，你看。”

28
奸夫即出

顺着文雅的目光，我看向围墙里面，一直看到了木材厂的办公楼。因为围墙有两米多高，我的目光越过去后，刚好看到办公楼的二楼，也就是周子国他们的办公室那一层。

办公室的窗户是向着我们这边的，靠里面的一扇窗户打开着，窗前站着一个人，正是周子国。

我们之间隔了有好几十米，我看不清他的表情，就问文雅："他是在看我们？"

文雅轻声说："应该是，正好，我们去找他问问。"

说着，文雅就往工厂里走去，我跟在她后面，在这个过程中，我瞥见窗前的人影已经没有了。到了门口，我让两名痕检同事先回刘芳那里，把我们的发现告诉疯哥，我则与文雅进了木材厂。

刚走进门口，我就碰到了王宇，他正急匆匆地往外走，我喊道："王师傅，去哪儿呢？"

王宇笑着走了过来："周老板看到几位在我们围墙外勘查，让我来请你们上去坐坐。"

"正有此意。"文雅回应道。

进入工厂，我听到厂房那边传来嘈杂声，是机床工作的声音。厂里死了两个人，工厂仍能照常运转，日子还得继续过下去。

上楼的时候，文雅问：“王师傅，昨晚你从医院离开后，直接去找了周老板，然后是一起回来的吗？”

我们凌晨去王宇家时，他睡眼蒙眬的，并未提及这事，现在文雅特意问了，他就回答说：“是啊，昨天小莺是老板叫来给几位助兴的，她因此身体抱恙，老板过意不去，特意叮嘱我照看她。离开医院后，我就给老板打电话，把小莺的情况说了一下。那时已经没有回青羊镇的公交车了，老板让我去找他，开他的车一起回来。我去了后，他又给金主任打电话，说厂里的工人不愿意值班，让他和我们一并回镇上，由他到厂里与工人一起值班。”

王宇的回答与金志成的回答能够互相印证，事实应该就是这样子的。不过，他故意提起是周子国让他照看小莺的，显然是还不知道小莺已经把他俩的关系告诉了文雅。

我想起昨日定位到与刘芳通话的疑似奸夫的号码在步行街附近，而周子国与金志成也有是奸夫的可能，就随口问了句：“周老板让你去哪里找的他，你们又是在哪里和金主任碰的头？”

王宇说：“老板在步行街一家咖啡馆，我去的时候就他一个人。金主任应该也在附近吧，因为老板打电话后没多久他就过来了，他没开车，也是坐老板的车回的镇上。”

听到“步行街”三字，我的眼皮接连跳动了几下，周子国与金志成那时刚好都在步行街附近，而姘夫也在那里，这绝对不是巧合，他们二人中应该有一人正是刘芳的姘夫。

文雅显然也反应了过来，追问道：“他们二人下午从医院离开后就去了步行街吗？”

王宇摸了摸光头道：“周老板应该是，他很喜欢去咖啡馆，有时一坐就是一天。步行街是市里最繁华的地方，人流如织，他每次都会坐在咖啡馆靠落地窗的位子，看着外面忙碌的人群，他说这会让他的心异常平静。金主任好像先回家睡了一觉，傍晚才去步行街买东西的。”

王宇的话再次证实，锁定那个号码位置的时候，周、金二人都在步行街。

接手这起案子以来，刘芳的姘夫就是一个重要人物，可我们始终都没有抓到他的尾巴，现在能将范围准确地缩小到两个人，我无疑是激动的。

之前我们分析过，周子国与刘芳的利益冲突很厉害，金志成在饭桌上把刘芳一家人贬得一文不值，当时我们差点把他们二人排除了。

现在看来，只能说这个姘夫隐藏得太深！

许涛的嫌疑已经彻底排除，那么，他口供的可信度就很高了，他说许海曾看到姘夫是一光头，而周、金二人都不是光头，那么，姘夫就一定戴了光头头套，由此推断，姘夫是对镇上唯一的光头王宇有怨气的，才会用他的特征来伪装自己。

而凶手昨晚刚好也把铁锤扔到了王宇家门口，栽赃王宇，这与姘夫的做法如出一辙。

那么，二者之间到底有没有关系呢？

如果姘夫就是凶手的话，他又为什么要杀刘芳？

文雅办案水平比我高，也想通了其中关键，脸色凝重了起来。

“等一下，我想去上个厕所。”文雅突然说道。

“厕所在一楼转角，我……”王宇伸出手来指着。

从女尸案合作以来，我与文雅的默契程度越来越高，我自然明白她的意思，打断了王宇的话：“王师傅，我知道厕所在哪儿，我带文雅去，你先上楼吧。”

说完，也不等王宇回话，我和文雅就转身往楼下走去。王宇不好跟过来，就在后面说道：“也行，那我先去给二位泡茶。”

下了楼，我俩走到厕所旁的洗手台处，文雅轻声说：“刘芳的姘夫必在周、金二人当中。”

我点头道：“嗯，我也猜到了，你有什么想法？”

文雅分析说：“我偏向于金志成，虽然他骂了刘芳一家，但是动动嘴皮子的事谁都会做，骂得再难听，刘芳也不会少一根头发，还可以让我们猜不到他头上。周子国与刘芳的利益冲突很大，不像是假的。”

我思虑一番，赞同了文雅的话，不过补充了一点：“周子国一个只有小学文凭的人，收拾得很体面，喜欢去咖啡馆这种地方，还说出看着外面忙碌的人群会让他的心异常平静之类的话，这人的心思也颇深，难保他心底没有什么秘密。”

“对，我借故下来，就是想提醒你，等会儿上去了，我俩见机行事，争取多探探这两人的底细。”文雅郑重地说道。

这个线索极为重大，我犹豫着问：“要不要给疯哥汇报一下？”

文雅看了看手表，摇头说：“我们已经下来五分钟了，时间长了不好，走吧。”

警方入驻青羊镇两天，继第一个死者后，又陆续死了两个人，疯哥这两天已经接了几个领导的电话，他的压力可想而知。虽然大家都没提出来，可我能明显感到那种压抑，组里人都憋着一口气呢！

所以，现如今有了一个重大突破，我有种临战前的紧张与兴奋，快步跟上了文雅。

上到二楼，我们先从金志成的办公室经过，大门紧闭，窗帘也是拉上的，不知金志成在不在里面；张东升的办公室关着门，窗帘却没拉，我往里面望了一眼，地上到处都是书本，保持着前天刘芳翻合同时的一片狼藉。

周子国的房门大开着，我们刚走到门口，他就带着笑意迎了上来：“二位警官，恭候多时了。”

当时我走在文雅前面，我本以为周子国是要过来与我握手，可他走到离我还有三米远的地方就站住了。

“不好意思，让周老板久等了。”文雅从容应道。

“我倒不碍事，只是这明前茶泡久了可就不好喝了，二位请。”说着，周子国指向茶几上升腾着热气的紫砂杯。

“周老板还真是位会享受生活的人，有心了。”我走到茶几旁，端起一杯茶来，抿了一口说。

“我们老板对人生的意义有独到的见解，我常与他待在一起，也学到了不少为人处世的道理。”说话的是王宇，刚才进周子国办公室时，我就见到他在里面。

我心中暗笑，他这个马屁拍得还真是毫不露痕迹。

周子国却道：“小王，莫胡说啊，我一介粗人，不过是喜欢看书罢了，二位警官别见笑。”

文雅笑着说：“周老板谦虚了。”

周子国没再继续这个话题，而是看着文雅问：“刚才我在办公室坐着觉得有些闷，就到窗户边呼吸新鲜空气，碰巧看到几位在工厂围墙附近忙碌，请问是案子有了什么进展吗？”

问起这事，周子国一脸关切的神情。

文雅回答：“刘芳今天早上被发现死于家中，周老板可知道？”

周子国点了点头：“我听志成说了，这东升还没下葬，刘芳又死了，他们家还真是祸不单行啊。”

他提到金志成，我顺口问道：“金主任人呢？”

“刘芳的事传开了，工人都在议论，没心思干活，今天下午有个客户来提货，为了能按时交货，我让他去厂房里监工了。”

我附和着说：“青羊镇接连死人，难免弄得人心惶惶，工人受影响也是正常的，不知周老板对于刘芳的死有何看法？”

周子国慌忙摆手说：“此案关系重大，我又岂敢妄言。”

“刘芳死了，我们只是例行走访一下，周老板但说无妨。”文雅劝着他。

她这样一说，周子国也不好再推脱了，走回到办公桌前，从抽屉里拿出一支烟点燃，然后说道：“刘芳这人嘛，比较强势，在镇上与好些人都吵过架，都是些鸡毛蒜皮的小事，没到非要杀了她才解恨的地步啊。”

周子国的话倒是提醒了我，要说现在谁与刘芳的冲突最大，还非他周子国莫属，想着，我问：“听说周老板已经让金主任把张东升的十万元丧葬费打给刘芳了，现在刘芳死了，他们夫妻二人所占的木材厂的股权如何处理呢？”

29

确定奸夫

听到这话，周子国皱眉看向我，我也不惧，坦然地盯着他。

很快，他的眉头舒展开了，笑着说："周某一向说话算话，我最初的协议虽是与东升签的，他死后，我也没有赖账，同意把股权转到刘芳头上，现在刘芳也死了，我仍然不会耍赖，我会让他们夫妻二人的双方父母选一个代表出来与我重新签合同，至于他们之间如何分配，就不是我能决定的了。"

说完，周子国轻吐出一口烟雾，很惬意的模样。

他的话从表面上解答了我的疑惑，不过之前文雅也说过，此起案子不应只从利益方面去看待，所以，还得看后续调查。

我又问："周老板有没有听说过刘芳平日里行为有些不检点？"

"你是说她乱搞男女关系吗？"周子国凝视着我。

我点头道："是，我们手里掌握了一些相关的情况，正在寻找她的姘头。"

周子国说："我只知道他们夫妻二人关系并不是很好，东升在厂里几乎不提起刘芳，至于刘芳是否有姘头，我还真不知道，实在抱歉。"

他的话把我的这个问题堵死了，文雅将手中的茶杯放在桌上，看似随意地说："听闻周老板昨晚又住在镇上，还真是辛苦啊。"

"唉，厂子里出了这么大的事，我成天忧心生意，案子一天未结，我是在家里睡不好觉啊，干脆就过来了。"周子国叹气道。

“你都这样了，周夫人也不过来陪陪你吗？”文雅又问。

周子国回答：“厂里的事，她插不上手，来了也不做事，女人家胆子又小，还是不让她过来为好。”

“昨晚王师傅受你所托，在医院里对小莺很是照顾，一直等到小莺输完液才走，刚才我听说，他离开医院后是到步行街去找的你，周老板昨天中午喝了酒，都没回去睡睡午觉？”文雅又笑着问。

“在咖啡馆的沙发上睡了会儿。”周子国的回答很简单，文雅又不好问得太明显，一时没有接话。

我与文雅问的几个问题都比较有针对性，我不想让周子国起太大的疑心，就换了个话题：“周老板最近都没怎么休息好，可精气神还是挺足，平时一定没少运动吧。”

“哈哈，有吗？我以前喜欢跑步，最近一段时间跑得少了。”

周子国这边没有试探出来什么，我们准备去厂房看看金志成，当然，找的理由是刘芳死了，我们需要多了解一些情况。

周子国让王宇带我们过去，走进厂房，机床声仍然在响着，几名工人懒懒散散地抬着木料，却没见到金志成。

我让赵胜关掉机器，问他金志成在哪儿，他说刚才还在，可能嫌里面太吵，出去透气了。

梁三山凑上来说：“我看到金主任往后门去了。”

顺着梁三山手指的方向，我看到厂门的一处角落果然有扇小门，门是开着的，我们向那儿走去。

快到小门时，我闻到一股厕所气味，王宇解释说：“厂房离宿舍那边有段距离，就在这里建了个小厕所。”

出了后门，左边就是王宇所说的简单厕所，我往右望去，看到一个人蹲在地上抽烟，正是金志成。

“金主任。”王宇帮我们喊了句。

听到声音，金志成顿了一下，扭头看向我们这边。

见是我和文雅，他慌忙站起身，扔掉手中烟头，朝我们走了过来，边走边说：“两位怎么到这地方来了，这里空气不好，出去说吧。”

“既然空气这么差，金主任还待在这里做什么呢？”我看着他问。

“厂房里不准吸烟，我跑出来过过瘾。”金志成脸上浮现出标志性的笑容。

说话间，我们已经重新进入了厂房，机床的声音吵得不方便交流，王宇带着我们一直走出厂房，到了厂房与办公楼之间的一处空地。

金志成本来让我们去他办公室坐的，被文雅拒绝了：“金主任，我们手里还有事情，就不上去了，今天来找你，是刘芳的案子有几个问题要问你。”

听到“刘芳”二字，金志成用手扶了扶眼镜，然后说：“虽说恶人自有天收，可刘芳死得也太不明不白了。”

在办公楼那边时，我与文雅就一致认定金志成是奸夫的可能性比周子国大多了，所以刚才在这个问题上也没有过多地试探周子国，现在看到金志成似乎有些反常，我抛出了这个问题：“你到青羊镇也有好几年了，有没有听说刘芳红杏出墙的事？”

金志成先是低下了头，然后把手伸进兜里摸了摸，摸出一个烟盒，打开后却发现里面没有烟了，旁边的王宇马上拿了一支递给他，又用打火机帮他点燃，金志成抽了一口后才说道：“我不是青羊镇本地人，到厂里之前并不认识她，过来上班后，每天也在厂里，不怎么去镇上逛，所以对镇上人的情况不是很了解。”

“金主任谦虚了，昨天中午吃饭的时候，我看你对镇上的情况掌握得还是很透彻呀。”我笑呵呵地说。

有那么一刹那，金志成脸上的笑容凝固了，一两秒后，他再次扶了扶眼镜，打起哈哈，说道：“有吗？唉，我都是听厂里的工人们说的，特别是那个耗子，像八婆似的，话多得很，说了东家说西家，我想不知道都难，不过当时也就当玩笑话听听，现在涉及人命，我可不敢乱讲啊。”

接触金志成几天了，一直以来，他都戴着一张“面具”与我们接触，让我看不见他的内心，而今天，他所表现出来的不自然，让我更加相信他就是那个潜藏的奸夫！

“金主任和刘芳接触得少，和张东升接触的时间该多吧，你有没有听到他抱怨过刘芳呢？”文雅问了一句。

“张……张老板平时沉默寡言的，我们也就是工作上有接触，他从不和我说生活上的事情。”金志成猛吸口烟回答道。

我又问：“金主任，昨天中午我看你没喝多少，却听王宇说你还回家去睡了一觉，没什么事吧？”

“没事没事，我是习惯睡午觉，在厂里上班时，中午也会在办公室小憩一会儿。”

我进一步试探：“你醒了就直接去步行街逛了吗？一个人逛街多没意思，该不会是陪女朋友吧？”

“什么女朋友啊，不过是最近想买件衣服，就顺便去看看了。”他回答说。

“那金主任买到了吗？”文雅问。

“唉，逛了好几家，却是没看到合适的。”金志成摇着头，讪笑道。

“这样啊……”文雅脸上一副若有所思的样子。

我正欲再问，却被文雅打断了：“行，谢谢你的配合，我们就不打扰了，有需要的话还会来麻烦你的。”

“不客气，配合警察办案是每个公民的义务嘛。”金志成频频点头。

文雅突然中止谈话，让我很是疑惑，不过既然她这么做，一定有她的道理，我也就没吭声，和王、金二人告别后，随着文雅走出了木材厂。

“我看金志成很不对劲儿，再问下去他很可能会露出破绽，怎么突然就走了？”刚走出厂门，我就迫不及待地问。

“他已经露出破绽了！”文雅停下步子，侧过身，看着我说。

“哦？”文雅勾起了我的好奇心。

“第一，金志成以前对张东升都是直呼其名，今天刘芳死了，他却改称为‘张老板’；第二，他说昨天下午独自去步行街买衣服，却没买到合适的，我认识的男人里面，只要逛街买东西，必然会很快买好，没几个人像他这么婆婆妈妈的。”

对于第一点，我比较赞同，难怪刚才听着金志成说“张老板”的时候，我就觉得有些别扭。可第二点我就有些不认同了，毕竟男人中也不乏婆婆妈妈的人，这也算不得什么破绽。

文雅看出了我的心思，就问：“你去步行街的时间少吧？”

“我不喜欢逛街。”我如实回答。

“等以后你有女朋友了，就会习惯逛街的。”文雅脸上露出俏皮的笑容。

“那我一定要找个不喜欢逛街的女朋友，不过，逛不逛街和金志成的破绽有关系吗？”我更疑惑了。

“步行街不是我们大队的责任范围，你又不喜欢逛街，自然对那一片不熟悉。小莺曾经工作的酒吧叫作风情酒吧，而这个酒吧就在步行街里面，金志成特意去买衣服，却没有买，这两件事放在一起，让我猜测他去步行街并不是买衣服的，而是有其他事。”

文雅一番话说出来，我很是惊讶，昨天我就看出来了，金志成是知道王宇与小莺二人恋情的，按着文雅的思路想下去，他去步行街是去小莺曾上班的地方，他去那里做什么呢？

文雅继续说：“现在我基本可以确定金志成就是刘芳的姘夫了，我把你拉出来，是想在戳破他之前，先去一趟风情酒吧，如果他昨天没去那里，就是我推测失误，如果他去了，或许我们能找到些其他的线索。”

“佩服。”我向文雅竖起了大拇指。

“别，其实今天你比我厉害，问周子国和金志成的几个问题都很有水平，也是你的问题启发了我，我不过是观察得仔细一些而已。”文雅有些不好意思地说。

回到刘芳家中，刘芳妈还是哭哭啼啼的，嘴里不时说着“都是你们这些警察没抓到凶手，害死了我女儿”之类的话，虽然听着让人很不舒服，但我们还是能理解她的心情的，没人与她争辩。

法医和痕检人员已经离开了，现场只有疯哥和几个派出所的人，我问袁权和老猫怎么还没回来。

疯哥回答说："他们刚才在走访周边群众时，顺便问了问铁锤的事，有人提供了一条重要信息，他们现在过去核实了。"

30
不愿归家的人

“什么线索？”我一下来了兴趣。

疯哥把我俩带到一个没人的角落，这才说：“有人说李回锅家里前几天丢了把样子差不多的铁锤。”

“李回锅？怎么会是他的……”文雅皱眉问。

“我也觉得这事蹊跷，所以让他俩务必核实准确。”疯哥说。

的确有些蹊跷，按照常理来说，凶器是谁家的，谁是凶手的可能性就比较大，可如果李回锅家的铁锤在几天前就丢了，那就是凶手特意偷来作案的，如此的话，李回锅的嫌疑反而就小了。

这事到底如何发展，还得看老猫他们核实的情况，疯哥转而问我们那边有没有收获。

“刘芳的姘夫是金志成。”我说了我和文雅最大的收获。

“他承认了？”疯哥沉声问。

我摇了摇头，把我和文雅的推断以及周、金二人的反应说了，疯哥听后，就说：“这案子现在已经死了三个人，事不宜迟，你俩马上去一趟城里，先到风情酒吧问问，一旦有结果，就马上传唤金志成！再带着派出所那边提供的资料去趟金牛广场，让涂莽子那伙人进行辨认。”

“没问题，咱们随时保持沟通。”我应了下来，就与文雅开车去派出所拿上资料，再往城里开去。

路上，我俩自然少不了对案情进行分析，文雅先说："金志成是姘夫不会错了，我却始终觉得他不像是凶手。"

之前我通过凶手与姘夫都有嫁祸王宇的举动而猜测他们是同一个人，现在知道姘夫是金志成，在我眼里，他也不是凶手的最佳人选。

"要说最像凶手的人，还得是特种兵出身的李回锅。"我说。

"嗯，梯子这个线索出来后，李回锅的嫌疑确实增大了，因为之前我们认定凶手在八点之前就去了厂里隐藏起来，而八点的时候，我们还在李回锅店里，对于他来说，几个办案民警都能为他做不在场证明，这是再好不过的证据了。还有，他刚好看到了凶手的背影，这一点也有些巧合。"

我马上说："可是，如果凶器之一真是他店里丢失的那把铁锤，那就可以说是凶手故意陷害他的，甚至于，凶手也是故意伪装成许涛的样子，算着时间让李回锅看到的，毕竟，他每周二凌晨去城里拿菜在镇上也不算是秘密。"

文雅点头说："这个凶手比女尸案中的杨宁清还要难对付啊！"

到了步行街，停好车后，文雅带着我找到了风情酒吧，然而，酒吧的大门紧闭，上面挂着一个牌子，写着营业时间："下午三点至凌晨三点。"

此时才上午十一点过，自然是没有人的。

"先去金牛广场吧。"文雅提议说，我点头同意了。

上午的金牛广场并没有多少人，我们在茶馆里没有找到涂莽子，茶馆老板昨天已经见过我们，知道我们的身份，就说这个时间涂莽子应该还在睡觉，并给我们说了旅馆的名字，让我们去那里找他。

旅馆就在金牛广场附近，我们很快就到了，涂莽子果然是这一带的名人，我说出他的名号后，旅馆服务员马上回答说："他今天还没出去，我带你们去房间找他。"

到了房间门口，服务员敲了几声，没人应答，我问她涂莽子是几个人住，她说一个人，我就直接让她把门打开，门开后，我让文雅在外面等我，我一个人走了进去。

房间里充斥着一股难闻的气息，地板上扔着好几双发黑的袜子，上衣、裤子也乱扔在床头，床上躺着一个人，打着呼噜，我走近一看，正是涂莽子。

我拍了他几下，总算把他叫醒了，他看见是我，一下子坐起来，左右看了看，问："警官，啥事啊？"

昨天有了疯哥的"威胁"，涂莽子的态度还算配合，在我讲明来意后，他起了床，从我手中接过那一沓照片，说中午吃饭的时候就把手下人召集过来询问。

文雅先前在房间外等着，听着涂莽子已经起床了，也走了进来，涂莽子看到只有我和文雅，就笑着问："那个长得像我的警官怎么没来呢？"

"怎么，难不成，你还真想认他当弟弟？"文雅被房间里的味道熏得眉头紧皱，白了他一眼。

"嘿，我哪能和警官当兄弟呢。"涂莽子讪讪地说。

"这是你年轻时的照片？"文雅瞥见涂莽子床头柜上的一个相框，将它拿起来问。

我看过去，这相框里的照片有些奇怪，它不是普通的照片纸，倒像是A4纸打印出来后再裁剪而成。

除了纸张，里面的人像也奇怪，相框里不是一张照片，而是三张照片拼起来的，两旁是一对中年男女，皮肤黑黑的，像是农村里的人，中间是一个小伙子，文雅指着的正是中间那张照片。

涂莽子看到文雅的动作，表情凝滞了几秒，然后说道："那不是我。"

听了这话，我从文雅手中拿过相框，对比着中间那张照片上的人，又看了看涂莽子，有些不解地问："这明明就是少年时的你啊，两旁的是你父母吧，你这几张照片，看着像是户籍信息上的证件照啊。"

这下涂莽子不说话了，将头埋了下去，两手抓着头上油油的头发，这个动作让我感觉到他似乎有些痛苦。

文雅心思到底细腻一些，猜到了几分，问道："你离家多少年了？"

涂莽子仍然没有抬头，叹息着说："十多年了吧，爹妈的照片是我让派出所的警官帮我在你们公安网上查到后打印出来的。”

“为什么不回家呢？”文雅又问。

“没脸回去。”

我看着满屋的狼藉，想着涂莽子的现状，似乎有些理解他的想法，劝说着他：“父母永远不会拒绝子女的归来，你何苦为了自己的面子，而让年迈的父母遭受思念之苦啊。”

这话似乎更加触动了涂莽子，他沉默了一两分钟，才说：“我爹妈肯定以为我已经死了。”

文雅本来对房间里的异味很是在意，现在却不再嫌弃涂莽子身上的气息，拍着他的肩膀说：“可你明明没死啊，到底是什么苦衷让你不愿回家与父母相认？”

“有烟吗？”涂莽子抬起头看着我问。

这还真把我问住了，我不抽烟，身上自然也就没有带烟。

看着我的窘迫，涂莽子猜到了，就起身在屋子里翻了起来，翻了一阵，总算在床头柜里翻出了个烟盒，里面还剩下两支，他点燃一支后，这才说道：“我出来的时候，与我爹断绝父子关系了。”

“啊？”文雅惊呼了一声。

“为什么？”我问。

“说出来也不怕你们笑，我从小就是个浑球，经常在村里偷东西，把我爹妈的脸都丢尽了，我爹没少打我，我十八岁那年，在地里干完活后，偷了村里一家人的鸡去山里烤了，被我爹绑在树上打了好一阵，藤条都打断几根，他边打边说当初就不该把我生出来，我就是个多余的人，我听着也气，就让他别管我，我也不想有他这个爹，我爹就让我滚……”说起当年往事，涂莽子语气里已经没了愤怒，只有对过去的怀念。

涂莽子停了下来，大口地吸着烟，文雅接着他的话说：“于是，你就离开了家乡，离开了父母，再也没有回去，也没有和家里联系过？”

涂莽子没有回答，沉默着，直到把一支烟吸完，这才有些懊恼地说：

“唉，我和你们说这些做什么！”

文雅没有理会，继续这个话题问：“金牛广场上的那些拾荒人员，也像你一样好些年没有回家了吗？”

“家？有些人的父母早不在了，也没有兄弟姐妹，他自己就是家。”涂莽子像是自嘲般地笑了笑，露出一口黄牙。

涂莽子算是说出了城市里拾荒者的现状，其实不只是拾荒者，就连好多有正经工作的人中，也不乏几年不曾回过家的，这种现象在大城市更为常见。

一旦有人问他们为何不回家，他们总会说出冠冕堂皇的理由——事业无成，没脸回家。

可是，他们不曾想过，老家的父母并不想要他多么有出息，只是想着每年能有那么些时日见到自己的子女而已。

子欲养而亲不待，可惜的是，很多人都是在父母离去后才明白这个道理，等他功成名就时，父母早已带着对他的思念撒手人寰了。

看着涂莽子的样子，我平白对这个“小头目”生出一股怜悯之心，别看他是金牛广场的一霸，把昨日那假尼姑打得满脸铁青，可他实际上也是一个可悲之人。

想着，我劝他说：“今年过年，回去看看吧。”

“十多年了，我爹妈肯定都以为我死了。”涂莽子再次说道。

“这样你更该回去了，失而复得，你父母会很高兴的。”文雅劝道。

“可我当年是被我爹赶出来的。”涂莽子有些犹豫了。

我笑了笑：“没有哪个父母会真的想赶自己孩子走的，他那时不过是在气头上，恨铁不成钢罢了。回去吧，别等着父母离世才后悔莫及。”

涂莽子不再言语，我知道，他动摇了。

其实，他的心里应该已经有过很多次挣扎，只不过，他们这种人，平时接触的都是些酒肉朋友，没人会听他说这些话，他也不会把这种内心事讲出来，今天文雅无意间看到那个相框，才在他心里撕开了一个口子。

他早就想回家了，我与文雅不过是催化剂而已。

离开涂莽子房间时，他对我们说了声“谢谢”，那一刻，我从他脸上看到了相框中间那个青涩少年的朴实。

涂莽子说，他会尽快把我们交给他的照片让手下的人辨认，无论有没有消息，下午他都会在昨天我们找到他的茶馆里等着，让我们忙完后直接去那里找他就好了。

我们笑着向他告别后，走出了旅馆，文雅开心地说：“帮涂莽子解了个心结，好有成就感啊。”

“是啊，感觉步伐都轻快了些。”我笑着附和道。

随后，我俩在金牛广场外面找了家饭馆，吃饭的时候，我接到了老猫的电话，他告诉我，铁锤的来源已经证实了。

31
小莺同事

“真是李回锅家里的？”我忙问。

“是。”老猫肯定地回答。

“他直接承认了？”我又问。

老猫道：“承认了，他家丢失过一把相同的铁锤，经过仔细辨认，他确定就是用作凶器的那个。”

李回锅饭馆里的桌子、凳子都是木头做的，用的时间长了，好些桌凳都会时不时地出问题，出问题后，需要用铁锤修理，李回锅图方便，就把锤子放在饭馆的门后面。

三天前，几个人在饭馆里吃饭时，桌子下面的木头架松动了，李回锅去拿锤子，却发现锤子不见了，当时在那桌上吃饭的人都能做证。

一把锤子值不了多少钱，李回锅也没当回事，去镇里的小超市重新买了一把，今天老猫他们过去时，李回锅拿出了新铁锤给他们看。

“他能不能记得三天前都有谁去饭馆里吃过饭？”我马上问。

老猫却说：“这个问题没有任何意义，虽然李回锅是三天前发现铁锤不见的，但凶手不一定是当天才把铁锤拿走的，因为距离上次李回锅用铁锤，已经有差不多十天了。”

凶手把铁锤扔在王宇门口，铁锤却又是李回锅的，这还真是错综复杂。

我以为这事就此打住了，然而，老猫并没有挂电话，又告诉了我另一件事："我们去的时候，一直都在询问李回锅，他的反应还算是镇定，可我和袁权都觉得他老婆怪怪的，像是有什么心事。"

"然后呢？"我很好奇，李回锅的老婆在我印象中没什么特点，就是个普通的中年妇女，她还能有什么事？

"当时我看她欲言又止的样子，就把她单独叫到了店外去询问，结果刚一出去，她就说他们家老李和张东升的死没有任何关系。"老猫回答。

听了这话，我心头一惊，现在是刘芳死了，她怎么又突然提到张东升的事情。

妇人告诉老猫，有几次张东升和李回锅喝酒的时候，她听到些谈话内容，大概就是张东升说他对刘芳没有感情。夫妻之间感情淡漠倒也正常，为此她还劝过张东升，说刘芳虽然脾气强势一些，但人长得是真漂亮，让他俩好好过日子，每当这时，李回锅就会把她支开，让她别瞎劝人家。

都是劝和不劝离，最初她不明白为何李回锅不让她劝张东升，最近一次，她听到张东升好像说了句"就是对女人提不起兴趣"之类的话，她很是惊讶，这才知道原来是张东升的性取向有问题。

那天张东升走后，妇人找李回锅确认，李回锅把她骂了一顿，并且不准她说出去。她担心李回锅长期和张东升接触，也会受影响，就不同意，还说以后不准张东升再来了。

李回锅这才告诉她，张东升经常来找他，是因为张东升没什么朋友，而他之前又做过特种兵，张东升天然对他有好感，喜欢找他倾吐心声，张东升对他没那方面的意思，他喜欢的是许涛。

得到这个回答，妇人才答应不把这事说出去。没想到过了几天张东升就死了，本来这也没什么，直到昨天晚上，我们突然找到李回锅，向他询问与张东升有关的事，妇人在一旁听着，知道李回锅并没有说实话。

当时她心里就很犹豫，既担心李回锅的隐瞒会导致我们失去一个重要线索，同时也担心李回锅的态度会引起我们的怀疑，她说她只想老实做生意，把儿子供养大，不想让李回锅牵扯进这些案子中来。

今天，老猫他们拿着铁锤过去，妇人见凶手用自家铁锤杀了人，警方再次把焦点对准了他们家，这才顾不得李回锅骂她，把张东升的秘密说了出来。

虽然妇人提供的信息我们早就从张东升电脑里的照片中推测出来了，不过现在听到证人亲口证实，意义是不一样的。

老猫进店后，再次询问了李回锅此事，李回锅见自己老婆已经把这事捅了出来，只得一五一十地说了。

张东升其实很早就发现自己性取向有问题，当初并不是他去追的刘芳，而是他与周子国合作开厂后，刘芳倒追的他。

婚后，张东升很少碰刘芳，但为了不让刘芳到处乱说，家里的钱都由刘芳来管，反正刘芳最初追他，就是看上他有钱，又有厂里的股份，嫁给他后可以衣食无忧，二人就这样凑合着过。

李回锅说他之所以没有向我们交代张东升的这件事，是他觉得张东升愿意把自己内心的秘密讲给他听，是对他的信任，他不能辜负这份信任，并且，这件事要公之于众的话，对张东升的声誉会有很大的影响，他活着的父母也会觉得脸上无光，人都死了，就不要再让其饱受非议了。

挂了电话，我把与老猫通话的内容告诉了文雅，文雅沉思片刻后说："李回锅经过部队的锤炼，阳刚之气很重，正义感也强，会不会表面对张东升表示理解，心里却极为不耻呢？"

文雅的意思我明白，张东升的死与他心底违背大众的怪癖有关，而从现在掌握的情况来看，整个镇上，应该只有李回锅夫妻二人知道他的这个秘密，偏偏李回锅之前又一直捂着这件事，他身上的嫌疑可以说是越来越大了。

"这起连环杀人案，凶手应该是筹谋已久，我想不通的是，如果李回锅真是凶手，他如此在意他的儿子，在决定杀人时，他难道没有想过，他的行为会把儿子送入万丈深渊？"我有些疑惑地问。

听了我的话，文雅也陷入了思考，良久，她说："如果说到犯案后的顾虑，李回锅有妻儿，金志成虽然离婚了，但他与前妻生有一个女儿，他每周末都会去看望。周子国有妻子，还有一个厂。王宇本来父母双亡，可现在有了女朋友，小莺还怀了他的孩子，未来的生活很美好。”

我皱眉道：“他们都不是了无牵挂的人。”

走出饭馆，文雅抬头看了看阴沉的天空，然后说：“我突然有种感觉，哪怕我们发现了凶手用梯子进出木材厂的秘密，可到目前为止，我们还是按着凶手的节奏在走，我们手里的线索，都是他想让我们得到的，他藏在暗处，窥探着我们的一举一动，根据我们的侦查方向，适时放出下一个线索。”

我思考着文雅的话，的确是这样，用铁锤的击杀方式让我们把视线注意到许涛兄弟身上，耗子死亡现场留下的许涛的头发更是直接的证据。

现在我们查明李回锅知道张东升的秘密，从而觉得他的嫌疑很大，会不会是凶手的第二次嫁祸呢？

如果李回锅不是凶手，那凶手是如何知道张东升的秘密的？

进一步想，耗子嫖娼，以及刘芳红杏出墙，凶手又是怎么知道的？

现在看来，李回锅夫妻知道张东升的事，梁三山知道耗子的事，超市女老板和许涛兄弟知道刘芳的事，可三者之间并无交集，从我们了解到的情况来看，他们也并没有把这些事说出去。

越是想下去，我越是觉得，这个凶手有些神通广大，我很难猜透他每一步的真正用意。

去风情酒吧的路上，文雅一直皱眉沉默着，我知道她在思考案情，也就没有打扰她，安心地开车。

在办理“女尸杀人案”时，我从没见过在全局都小有名气的“女干探”露出这副神情，足以见得此次案子的棘手程度。

到了步行街，我们又逛了一阵，风情酒吧才开门，我们刚到门口，一个小伙子就迎上来说：“二位里面请。”

文雅停下步子，先拿出了警察证，小伙一看证件，脸色就变了，文雅笑了笑：“别紧张，我们不是来查场子的，你认不认识这人？”

说着，文雅拿出了金志成的照片，小伙接过去，认真地看了看，然后说道："认得，认得，这是金老板啊，我们酒吧的常客。"

"那就好办了，昨天下午他有没有来过这里？"文雅又问。

"来过的，昨天也是我在这里迎宾，所以记得。"小伙恭敬地回答。

这话让我疑惑了起来，虽然现在很多酒吧里不乏色情服务，可到酒吧消费也算不得丢人，金志成为何要对我们撒谎呢？

想着，我问："他是什么时间来的？玩了多久？"

小伙想了想说："六点左右来的，待了一个多小时吧。"

"他们是几个人？"文雅问。

"他一般都是一个人来玩，不过……"说到这儿，小伙有些迟疑。

我已经明白了他的意思，接着说："不过，他会在你们酒吧里叫陪酒的女人，对吧？"

"都跟你说了，我们今天不是来查场子的，也不会管你们酒吧的色情勾当，你知道什么全说出来！"文雅有些不悦。

小伙见文雅不高兴，马上说："是，是，金老板每次来都会叫一个佳丽陪他喝酒，喝酒的时候，会对佳丽动手动脚，还有几次，直接把佳丽带走了。"

我说："你问问昨晚是谁陪的他，把她叫下来。"

小伙听了，就用对讲机喊了几句，过了几分钟，从楼上下来一个年轻的长发女子，脸上化着妆，看起来有几分姿色。

女子名叫小倩，她告诉我们，金志成第一次来，是小莺介绍过来的，那以后，他来的次数比较频繁，但每次都只点小莺陪他喝酒。因为他给小费很大方，其他姐妹都很羡慕小莺，小莺却说那是金志成想睡她，她最多让金志成占点小便宜，是不会让他得逞的。

后来小莺有男朋友了，就离开了酒吧，她走的时候，与她关系好的小倩找到她，让她把自己介绍给金志成，打那后，金志成到风情酒吧的次数少了，但每次来都会点小倩。

"你知不知道小莺的男朋友是谁？"我问。

"知道啊，叫王宇，是个光头，我们三人还一起吃过饭。"小倩回答。

“你们是在城里吃的饭吧？”文雅补充问道。

小倩点了点头。

城里没人认识王宇，他自然不用再伪装，也愿意以小莺男朋友的身份出现在小倩面前。

“金志成是不是也知道这件事？”我又问。

“他本来是不知道的，小莺还特意交代过我，让我不要告诉他，可有一次小莺和王宇来酒吧找我玩，刚好碰到金老板也在这里，就撞见了。”

文雅问：“金志成对小莺有意思，看到王宇与小莺在一起，他有没有很生气？”

“当时没怎么表现出来，事后几次他来酒吧玩，说小莺是一朵鲜花插在了牛粪上之类的话……”

文雅进一步问道：“昨天他来找你时，有没有提小莺和王宇的事呢？”

小倩说：“提了，他问我小莺肚子里的孩子是不是王宇的。我认识小莺这么久，知道她的为人，虽然她在酒吧上班，却是洁身自好，不会随便与人发生关系，我就告诉他，既然小莺在与王宇谈恋爱，那孩子就是王宇的。金老板听了很是郁闷，都没兴致看酒吧的表演了。”

离开风情酒吧，我与文雅分析后，认定金志成昨天是特意过来向小倩求证小莺肚子里的孩子一事的。

金志成对小莺有想法，所以在得知小莺竟然与王宇在一起后，对王宇很不满，就弄了个光头头套，之后每次去找刘芳都用此伪装，就算不小心被人看见了，也能嫁祸给王宇。

只是，他既如此不满王宇，为何不在青羊镇宣扬“孝子”王宇已经恋爱了呢？

“王宇手里一定有他的把柄，以此要挟金志成不得说出去！”文雅说。

我赞同道：“对金志成来说，最大的秘密就是与刘芳的苟且之事，可王宇是如何知道的呢？”

“都在一个镇上，既然能被许海无意间看到，也就有可能被王宇看到，现在有了小倩的证词，也不怕金志成会对与刘芳通奸一事抵赖了，希望能从这个奸夫这儿找到点线索吧。”文雅总算露出了一丝笑容。

回到金牛广场已经是下午四点了，我们去茶馆找涂莽子时，他没有打牌，就在茶馆外的树下坐着，看见我们，他起身小跑过来：“警官，你们可算回来了，我手下有人说见过照片中的一个人。”

32
案中案

听到这个消息，我急忙问：“见过谁？”

涂莽子从裤兜里摸出一张折好的纸来，那纸看着像是我上午交给他的照片之一，只不过看起来脏了不少。

涂莽子打开它，果然是一张照片，我看过去，照片上的人竟是李回锅！

“谁看见他的，在哪儿看见的？”文雅也很是惊奇。

我们让涂莽子手下的人对与案件有关的几个人进行辨认的目的，是想查出是否还有其他人在金牛广场出现过，出现过的人，就有可能碰巧看见耗子在此嫖娼，也就有了杀他的动机。

李回锅本来就有嫌疑，如果再有人指证他曾经在金牛广场附近出现，那他的嫌疑又进一步增大了。

“二黑，过来！”涂莽子侧身冲着树荫下一个蹲着的人喊道。

听着声音，那人起身走了过来，这人身材矮小，瘦瘦弱弱的，肤色很黑，身上的衣服也脏，估摸着有好几个月没换衣服了。

涂莽子给我们介绍说，这个叫“二黑”的人是金牛广场这一带的拾荒者，因他身板小，抢不过其他人，就只有等到夜里其他拾荒者睡觉后才出来捡垃圾，他看到李回锅，也是在夜里。

“既然是在夜里，你怎么确定你看到的是照片上的人？”文雅看着二黑问。

二黑又看了看照片，这才回答说："有九成把握，广场上有路灯，晚上人少，他出现的次数又多，我自然就有印象了，并且他有些驼背，每次来都骑着辆三轮车，很好认的。"

李回锅的确有些驼背，这是个很显著的特征，我问二黑是否记得李回锅都什么时候来过，二黑摇头说："我没有手机，记不清日期，但是他不是每天都在，中间会隔好些天。"

二黑对李回锅的描述，让我想起一件事，李回锅说他每周二清晨都会到城里的综合市场买肉、菜以及调料等，赶在天亮前回到青羊镇，每次来回都是骑三轮车，这与二黑说的很相符。

我与文雅对视一眼，互相点了点头，二黑看到的人应该就是李回锅了。

这有些奇怪，综合市场并不在金牛广场这边，李回锅到这里来做什么呢？

文雅问出了这个问题："他在这边会待多久？都做了些什么？"

"他每次出现的地方都在广场靠外面河堤的那个喷泉处，待不了多久吧，十多分钟的样子。晚上这里有些'凶人'，我一个捡破烂的，也不敢多管闲事，看到不认识的人，我都会远远地绕开。只有一次，我有些困，坐在喷泉后面的亭子里歇息，那人就骑着三轮车过来了，我没敢动，过会儿又来了一个人，手里拿着袋什么东西，走近后交给那人，他打开看了看，直接扔到了三轮车上，随后，两人就各自分开了。"二黑努力回想了一阵后说道。

"'凶人'是什么人？"我有些好奇地问。

站在旁边的涂莽子解释说："警官，你们不会不知道吧，金牛广场晚上有人'溜冰'啊！"

"溜冰？"我看向宽阔的广场，它的四周是些小茶馆、旧货市场以及各种手艺人，中间很大一部分正有一群老太太在跳着广场舞，除此之外，还有些十多岁的少年在滑旱冰，我就问二黑，"你还会怕这些小孩子？"

"哈哈。"文雅忍不住笑道，"我看你今天真的迷糊了，他说的是吸冰毒啊。"

她一提醒，我恍然大悟，有些不好意思地说："我从没办过吸毒、贩毒的案子，所以反应慢了半拍……"

二黑说："那些人很凶的，有几次还追着我跑，吓得我不行。"

文雅收起笑容，正色问道："他们就在这广场上，露天吸？"

涂莽子再次解释说："这里其实是他们的一个交易地点，多数人都会拿回住处去吸，只有毒瘾发作的人会直接跑到广场的厕所里去吸食，晚上厕所里基本上没人。"

"派出所不管？"我疑惑地问。

"管啊，查了好多次，不过现在吸毒的人太多了，警察哪里管得过来，有需求就有市场，每次清查过后，只需几天时间，这里的交易又会恢复，厕所里经常能看见一些针头。"涂莽子倒还挺了解的。

"在这里来买毒品的都是些什么人？你们这伙人里有没有人吸毒？"文雅问。

涂莽子忙摆手说："'溜冰'的都是有钱人，我们哪溜得起，我这一伙兄弟平时就捡捡破烂，高级点的就是弄些明目摆摊要钱，每天能把饭钱、酒钱要够就不错了。"

二黑也附和着说："是啊，吸毒的都是这附近高档小区的人，要么就是'幺鸡'那一伙。"

"'幺鸡'是谁？"文雅问。

"他是这一带扒手的老大，一天能偷不少钱……"涂莽子说着，撇了撇嘴，很是不屑。

行行相轻，涂莽子手下多是乞讨和拾荒者，说起来虽然不讨人喜，却不违法，自然看不惯盗窃团伙。

"你认不认识那晚给照片上这人送东西的人？"文雅又问二黑。

二黑摇头说："我没看到正面，不过看背影有点像在广场'混'的人。"

我琢磨着这件事，李回锅经常到广场来，应该就是来买那人的东西的，可综合市场是这里最大的农产品批发市场，李回锅饭馆里需要的东西在那里都能买到，并且价钱最便宜，他特意过来是为了买什么呢？

这时，我听着文雅问："你形容一下，那人拿的东西有多大一袋。"

二黑用两手比画了一下，文雅看后，想了一阵，突然眼中精光一闪，问涂莽子："除了冰毒，这里还有什么毒品交易？比如罂粟壳？"

文雅的话再次让我一阵心惊，以往的鸦片就是从罂粟中提取的，罂粟壳能当作香料，可长期食用会让人产生依赖性，也就是俗称的上瘾，所以它也被列为违禁品。

李回锅买罂粟壳？

对！这就能解释为何我们几人初次到他家饭馆吃饭时，并没觉得有所长他们吹嘘的那么神奇，可他家的生意却常年火爆，在青羊镇一直立于不败之地。

文雅的思维还真是敏捷，立马就想到这方面了。

涂莽子皱眉想了想，然后回答道："我与幺鸡他们向来井水不犯河水，我对毒品这东西也是敬而远之，所以不是很清楚，你们可以去问问派出所的廖警官，他是这里的社区民警，由他出面找幺鸡，你们能问出这一带的所有毒品信息。"

这条线索很重要，先不谈凶杀案，私下购买罂粟壳已经是违法行为，光凭这一条我们就能传唤李回锅，并对他家中进行搜查了。

当然，我们首先要证实文雅的猜测。

我立马给大队长打了电话，让他与这里的派出所所长衔接此事。大队长很快就给了我回音，说和派出所这边说好了，还给了我社区民警廖松的电话，让我直接和他联系。我给廖松打电话，他说半个小时后就会带幺鸡过来找我们，到时候我们有什么尽管问。

这个消息让我和文雅很兴奋，之前传唤许涛，是源于李回锅对他的指认，可事后证明他是被栽赃的，我们又把他放了，本来还说搜他家的，也没有了名目。

李回锅不一样，如果能证实他在购买罂粟壳，并找到贩卖给他的那人，我们就有正当的理由传唤他并对他家进行搜查了。

青羊镇就这么些人，彼此间的关系错综复杂，此举很可能会再牵扯出点什么，而根据我以往的办案经验，这样的案中案往往会对面前的案子有重大推进，所以我俩才会激动。

涂莽子见到帮助了我们，脸上也露出了笑容，经过今天在他房间中的一次谈话，我觉得他对我们的态度与昨天有了很大不同。

此时我才注意到，涂莽子那上午还油腻腻的头发，现在已经洗过了，脸也比昨天白了些，应该是洗了脸的缘故，这样看起来，他与老猫的相似度又增加了。

我看着他，希望这个与我同事长得相像的流浪汉能听进去我们的意见，早日回家与父母团聚。

半个小时很快就到了，就在我准备再给廖松打个电话时，就看到一个穿制服的警察带着个中年男子走了过来。

涂莽子告诉我们："那就是廖警官。"

我迎了上去，自我介绍一番，廖松指着身旁的人说："这是幺鸡，我们的线人，金牛广场这边的毒品信息他全都清楚。"

幺鸡身上的衣服很干净，头发也打理得整齐，同在广场上混，他与涂莽子这伙人差别还是蛮大的。

介绍完后，廖松就带着我们在附近找了个僻静的地方，方便我们问幺鸡情况。

文雅直接询问了罂粟壳的问题，幺鸡肯定地说："广场上有人在卖这东西。"

"你见过这人吗？"我马上把李回锅的照片拿给他看。

幺鸡看后说："我没见过，我帮你问问。"

说完，幺鸡就用手机把李回锅的照片拍了一下，然后发给了几个人，过了一阵，得到了回信。

"问到了，他每半个月会来买一次罂粟壳，与他交易的人是'麻五'，交易时间都在凌晨四五点。"

"能不能找到麻五？"我马上问。

幺鸡一下愣住了："警官，这样我以后很难做的。"

这时，廖松搭话了："陆老弟，幺鸡这伙人接触的都是小量毒品，平日也在我们的监管之下，我们近期正与禁毒支队联合，准备通过他们的渗入，端掉市里一个大的贩毒集团，所以，麻五那边，我能帮你把他约出来指认，但他的责任……"

文雅接话说："放心，我以前也与分局禁毒大队合作过，知道在毒品案件中线人的重要性，我们找麻五也只是需要他的辨认和证词，不会追究他贩卖罂粟壳的责任。"

廖松听后，对幺鸡点了点头，幺鸡这才说："行，我给他打个电话。"

幺鸡出去后，我们与廖松又针对刚才的话题，探讨了一下线人的培养与管理，倒也让我颇受启发。

我到刑警队两年了，一直都在跟着疯哥办案，他也有自己的线人，但从来没让我接触过，用他的话说，线人的身份特殊，且有前科，稍有不慎，容易反过来把警察腐蚀，所以，他要等我经验再丰富一些，才让我接触并培养自己的线人。

麻五接到幺鸡电话后，是打车过来的，他给我们进一步讲了李回锅买罂粟壳的起始过程。

李回锅最先到金牛广场，并不是找的麻五，而是找的另外一个人，因为这边只有麻五在卖罂粟壳，那人就把他介绍了过来。李回锅每半个月买一次，一次的量差不多刚好用半个月，最近的一次是昨天凌晨。

昨天凌晨正是耗子死的时候，麻五的口供也证实了李回锅当时的行动轨迹，而他昨天才把罂粟壳买回去，一定还剩下很多，只要搜查他家，定会有收获！

麻五走后，我马上给疯哥汇报了此事，他当机立断，让我们立即去局里办相关手续，办好后直接回青羊镇，对李回锅家进行搜查！

33 搜家

到目前为止，这起连环凶杀案已经死了三个人，据说书记、市长都在过问案情，所以，知道我们要搜其中一个嫌疑人的家，局领导很爽快地批准了，甚至说可以让疯哥那边先行抓捕并搜家，免得发生变故。

然而，当我把局领导的意思转达给疯哥时，他并没有同意，坚持要等我们拿搜查证过去。

“为什么？”我好奇地问了一句。

“第一，我已经让老猫暗中盯着李回锅了，一有异动，我们会马上知晓。第二，李回锅还不知道我们查出他私自购买罂粟壳一事，应该不会有什么动作。第三，他是特种兵，曾经为国家做了贡献，我们要给他起码的尊敬。”说到后面，疯哥的声音有些沉重。

疯哥的情绪感染了我，让我本来兴奋的心情也有些黯然了。

没错，李回锅为军队、为国家奉献了自己的青春，可是现在却要靠在饭菜中加入罂粟壳的方式来维持饭馆的生意，从而维持一家人的生活以及供儿子念大学。

这不由得让我想起时不时会曝光的一类新闻，某某老红军八九十岁的高龄还要靠捡破烂为生，某某抗美援朝志愿军每月只有一两百元的低保费，某某在对越自卫反击战中受伤致残的士兵在闹市乞讨……

我知道，现在生活水平提高了，国家在这些方面的善后优抚工作也在逐步推进，这种情况已经越来越少了，但每每看到诸如此类的新闻，我的心仍会如针扎一般刺痛。

只希望随着制度的不断完善，这种现象终会彻底消失吧，让那些为共和国的稳定和发展流过血的人，能够老有所依。

“怎么了？”见我挂了电话后一直不吭声，文雅担心地问。

“没什么，心里有些堵。”我无奈地笑了笑。

快到青羊镇时，疯哥再次打来电话，让我们直接去木材厂，说是刘芳妈带人去找周子国闹事了，硬说是周子国杀了张东升和刘芳。

“这个妇人还真是会添乱！”听我说完通话内容，文雅皱眉说道。

刘芳的家人本来在工厂门口闹，我们赶到时，疯哥和派出所的民警已经把他们叫到了工厂里面的空地，刘芳妈边哭边闹，头发极为凌乱。

与上次的情形相同，仍是王宇极力把周子国护在身后，刘芳妈指着他骂道：“王宇，你是青羊镇的人，现在怎么站到了姓周的那边，你真是他养的狗崽子吗？”

刘芳的弟弟与他妈站在一起，两眼瞪着王宇，要不是一旁的刘芳爸拉着，估计都冲上去与王宇扭打在一块了。

“你们有话好好说，我们老板不会是杀人犯的。”王宇并没有动气。

“你这个走狗，姓周的到底给了你多少钱？你给我让开。”妇人说着就向他扑了过去，王宇不好直接推开她，就护着周子国往后退。

所长走到双方中间，劝着妇人说：“你女儿死了，你的心情我们非常理解，但这样闹是解决不了问题的，我们不可能因为你骂他几句，就把他当凶手抓起来啊，你们还是先回去好好给女儿、女婿办后事吧，我们这边一定会给你们一个满意的答复。”

张东升死的时候，刘芳一家人过来闹事，所长说话还挺管用的，可这次妇人却不买面子了：“都是你们这群警察无能，才让我女儿、女婿惨死，你们能给什么答复？”

疯哥是个暴脾气，听不下去了，板起脸说：“你能不能消停一些，上次张东升死了，你们家就来闹，现在刘芳死了，你们不好好办她的后事，又跑来闹，你这样，他们二人会死不瞑目的！”

妇人一听，更不得了，转而扑向疯哥，疯哥忙往后退了几步，妇人扑了个空，却由于用力过猛摔倒了，她在地上翻滚起来，喊道：“警察打人啦，警察打人啦，我不活了……”

边喊边用手拍打着地面，把灰尘拍得扬了起来，她脸上本来有泪水，这下弄得满脸是灰，看着像个疯婆子。

她弄成这副模样，小刘不愿意了，不过刚才的情况大家有目共睹，他一个年轻小伙子，做不出他妈那种不要脸、不要命的事，就没有把矛头对准警察，而是甩开拉着他的他爸的手，冲到王宇面前，一把推开王宇，要找周子国算账。

小刘平时喜欢运动，长得又高，身子瘦弱的王宇哪里是他的对手，被推得一个趔趄，差点摔倒。

推开王宇后，小刘一个箭步上前，抓住周子国衣领，狠狠地说：“姓周的，我姐和姐夫都是老实人，但你别以为我们家好欺负！”

周子国也不去拉开小刘的手，面不改色地说：“你放心，东升的股权我会如数签给你们，不过，东升是老实人，你姐恐怕算不上老实吧，镇上人谁不知她的泼辣？‘欺负’她这个黑锅我可不背。”

小刘一个愣头青，没什么社会经验，被周子国这话一激，当即挥起了拳头，作势欲打。

刚好王宇这时冲了回来，重新挡在了周子国面前，小刘一拳头就打到了他脸上，打得王宇嘴角都出了血。

所长上前，一把扯住小刘衣服，手上再一用力，就拉开了他，沉声道：“你是不是想进拘留所待几天？”

王宇无故挨了一拳，瞪着小刘，满脸怒容地说：“你们一家人真是极品，妈是疯子，弟弟是流氓，姐姐在外面偷人！”

他说前面两句的时候，大家还没怎么在意，最后一句话说出来，人群一下就炸了，因为刘芳有奸夫一事，镇上并没有多少人知道。

“小兔崽子，我女儿死了你还要诬陷她，我和你拼了！”刘芳妈冲向王宇。

刚才小刘把注意力吸引了过来，刘芳妈在地上呼喊也没人理了，也不知她是什么时候站起来的，这会儿听了王宇的话，再次发泼了。

趁着混乱之际，我瞟了一眼金志成，发现他的脸色很难看，刚才王宇一时情绪激动，说出了这个秘密，只怕此时金志成恨死他了。

果然，之前一直沉默的金志成，听了这话后，忍不住上前去，劝说王宇：“小王，人都死了，你就别再说这些诋毁人的话了，他们家里接连死了两个人，大家都要理解他们的心情嘛。”

王宇还在气头上，又说了一句：“我又没乱讲！”

金志成的脸色越发难看了，王宇似乎想起了什么，把脸别向了一旁。

听了他的话，刘芳家这边的人更愤怒了，连刘芳爸都加入了进来，把矛头一致对准王宇。

眼看场面越来越混乱，疯哥与所长商量后，决定不再让双方自行协商了，强行将主要人员传唤至派出所去解决。

最后，就是周子国、王宇与刘芳的父母兄弟五人去了派出所，由派出所来调解此事，我们专案组则去李回锅家里。

老猫与袁权开了辆便车在李回锅家外面盯着，从派出所出来后，我打电话与老猫衔接，他们说李回锅没什么异动，等我们过去后就可以开始搜家。

我们到李回锅饭馆时，已经是下午六点了，里面有几个人在吃饭，李回锅在厨房里忙活，他老婆看到我们，眼神很不自然，勉强笑着上前来，让我们点菜。

说到点菜，我就想起自己吃了好几顿用罂粟壳烹饪出来的菜，心里很不舒服。

根据事先的部署，疯哥带老猫和袁权去控制李回锅，我与文雅拦住他老婆，所以，文雅接过菜单，装作点菜道：“来一份鱼香茄子，一份回锅肉……”

我则站到妇人旁边，挡住了她的视线，趁此时机，疯哥三人悄悄往厨房而去，我看着他们进入厨房，心都紧了起来。

疯哥他们进去后，并没有传来预想中可能出现的反抗声。

然而，这却更加让我担心，因为我不知道里面到底是什么情况。

此时，李回锅老婆已经发现了我们的异样，脸上出现了惊慌，欲往厨房跑去，我与文雅马上拦住她，并希望她配合我们的工作。

我们入驻青羊镇三天了，居民自然都认得我们，见到这种情况，吃饭的几人有些疑惑，我沉声对他们说："请大家先行离开，我们正在办案。"

他们都知道我们是来办什么案子的，一听我说"正在办案"，心里应该是马上把李回锅想象成了凶手，脸色一下子就变了，放下筷子就出了饭馆。

"你们……你们……"李回锅老婆没见过大场面，看到这阵势，一时急得说不出话来。

过了十分钟，疯哥他们出来了，老猫与袁权将李回锅押在中间，他的手上戴着手铐。

疯哥手里提着一个黑色的袋子，向我点了点头，看来，袋子里的东西就是罂粟壳了。

李回锅低着头，身子弓得越发厉害了，他老婆冲他喊道："老李，老李……"

李回锅抬起头来看着妇人，只说了一句："别告诉儿子。"

说完，他又低下了头。

李回锅的沉默看得我很压抑，心里不是滋味。

妇人听了这话，就哭了起来，想要到李回锅那里去，但是被文雅拉住了。

"现在怎么办？"疯哥走过来后，文雅问他。

看到这副情形，文雅的声音里也没了刚才的兴奋。

疯哥沉声道："先把罂粟壳和人带回派出所，然后搜家。"

人是老猫和袁权送回去的，妇人一直想要追出去，但被我们拦着，文雅不停地劝着她："大姐，你冷静些。"

其实认真说起来，虽然罂粟壳是李回锅去买的，菜也是他炒的，但妇人应当也是知情者，只不过之前我们商议的时候，疯哥决定，先不把妇人牵扯进来，根据李回锅那边的讯问情况再行定夺，也算是网开一面了。

老猫留在派出所看守李回锅，袁权是一个人回来的。他回来后，搜家就开始了，搜家主要由我和疯哥动手，袁权负责取证，文雅则带着妇人在一旁观看。

李回锅家里有两层，一楼是饭馆，配有厨房、厕所和杂物间，堆放的物品比较多，二楼主要是卧室，相对简单。

我们从一楼开始搜，厨房之前已经搜过了，只发现了一袋罂粟壳，饭馆里的东西一目了然，也没搜出什么，杂物间里的东西很多，我和疯哥忙活了好一阵儿，挨个儿把东西清理了一遍，也没有发现，最后是厕所。

厕所比较狭窄，顶有些低，我伸手就能摸到，顶是白色的，之前我以为是天花板，打开灯后，我才看清好像是一个隔层，旁边还有一条缝。

我试着往上抬了抬，发现板子是活动的，我当即用两手把板子往上顶，然后往旁边移动了一段距离，让缝变宽了些，然后我伸手进去摸了摸。

摸了一阵，我感觉到手碰到了什么，就对疯哥说："上面有东西。"

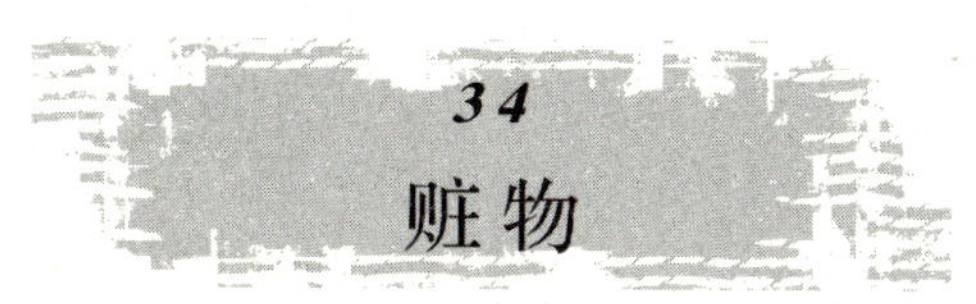

34 赃物

“上面放的什么？”疯哥问妇人。

妇人一脸茫然：“我们没放东西啊……”

疯哥转而看向我：“拿下来看看。”

我小心翼翼地试着摸了几下，好像是个塑料袋子，我扯着一个角，慢慢拖动着，很轻松就拖到了缝隙边。

我把板子又推开了一些，顺利地把袋子取了出来，这是一个黑色的塑料袋，里面装着东西，袋口是挽起来的。

我们在搜查的过程中，袁权一直拿着执法记录仪在后面录像，此时，他也把镜头对准了我手中的黑色袋子。

“打开。”疯哥沉声说道。

我慢慢解开了挽起的袋口，将袋子往两边撑起，这样，光线就能照进去了。

看清里面的东西时，我两眼瞪大，只觉喉头发紧，袋子里有三样东西——一部手机、一块手表和一个钱包。

我把袋子拿到疯哥面前，他低头看了一眼，脸色也变了。

“里面是什么？”袁权手持执法记录仪，为了保持稳定性，不能上前来凑热闹，看到我与疯哥的表情，他好奇地问。

“陆扬，拿出来。”疯哥吩咐我后，就先走出了厕所。

妇人似乎真不知道袋子里是什么东西，文雅在旁边扶着她。

我们一行人走回饭馆里，这段时间袁权一直跟在我身边，镜头就没离开过我手中的塑料袋。

执法记录仪录像，在收集固定证据的同时，也能保护办案民警，因为这样能防止嫌疑人诬陷民警对证据动了手脚。

疯哥找来了一张报纸，将其铺在一张桌子上，然后让我把袋子里的东西一件一件地拿出来摆在报纸上。开始搜查前，我与疯哥都戴上了专用手套，不会在证物上留下指纹。

我点了点头，把袋子放在桌上，先拿了手机出来，这部手机的牌子和型号与张东升被抢的那一部完全相同。

我尝试着开机，没有反应，看来是没电了。

这时，妇人惊呼道："这，这不是我们的！"

我看向疯哥，他示意我继续，我又拿出了手表，它同样与张东升被抢的款式相同，妇人脸上的神色更慌了。

手表完好无损，上面的秒针还在转动着，我对比了一下，与现在的时间相同。

我放下手表，最后拿出了钱包，钱包上的LOGO与张东升被抢的钱包相同，钱包里没有钱，有好几张卡，我从中抽出了放在里面的身份证，正是张东升的。

看到手机和手表时，妇人只是不停地说着东西不是他们的，此时看到张东升的身份证，妇人已经说不出话来，急得又哭了出来，脸色也是惨白惨白的。

"全是张东升的？"文雅轻声问了句。

没有人回答，其实文雅也不是在问，因为答案已经很明了了。

待袁权拍摄完毕，疯哥取出证物袋，将三样证物分别装进去并封好，然后，我们再次回到厕所，疯哥让我将整块顶板取下来，这种时候，也顾不得会不会弄坏它了。

我两手伸进那缝隙，捏着顶板，用力往下一扯，它就掉落了下来。同时，有几滴液体溅到了我脸上，我摸了一下，是水，不过这水有些异味。

我皱眉看向板子，它的背面是潮湿的，再看头上，天花板有些水纹形成的“地图”，看来有些漏水。

除了板子和水，不再有其他东西。

疯哥自己又检查了一次，确定了这个结果。

这样，一楼就算是搜查完了，我们又去了二楼，二楼有三间卧室，李回锅家中三人，每人一间，此外还有一间客厅和一个厕所。

其中，他儿子卧室里的床上没有铺被褥，因为他在外地念大学，放长假才会回来。另外两间卧室里的床都是铺好的，这说明他们夫妻现在的确是在分房睡。

卧室和客厅里都没找到有价值的东西，厕所的位置与楼下厕所重合，水就是从这里渗下去的。

下楼的时候，我看到疯哥皱着眉头，就问他怎么了，他自顾自地说：“刀呢？”

经他一提醒，我才想起，杀张东升的凶器有两样，锤子和一把捅心脏的尖刀，杀耗子的凶器也是一把刀，刘芳虽是死于窒息，可割她的脸同样需要用到刀。

锤子已经出现了，张东升被抢的东西也出现了，可那把刀在哪里？

回到一楼，疯哥去厨房把里面的刀全都拿了出来，用证物袋封存好，然后对袁权说：“你马上开车去分局刑警队，第一，检测刚才那三样东西，看是否有指纹信息；第二，检测这些刀，看上面是否有人血印迹。”

袁权知道此事的重要性，重重地点了点头，拿着它们就先行离开了。

罂粟壳一事，我们本来不打算传唤妇人，现在搜查出了如此重要的证据，涉及三条人命，她只能和我们去录一份口供了。

疯哥让她锁好门，随我们一起去派出所。妇人情绪激动，身子一直在颤抖，最后是文雅扶她走出去的，我拿钥匙帮着锁了门。

出来时，外面围了一群人，指指点点，有一两个胆子大的，上前来问我们是不是抓到了杀人凶手。李回锅夫妻二人尚未审讯，我们自然不会回答，只让他们不要随便议论，一切以我们最后的通报为准。

袁权把车开走了，我们是走路回的派出所，沿途都有人看热闹，妇人一直低着头，抽泣不止。

我们在派出所门口碰到了所长，他说刚刚处理完刘芳家和周子国的事，疯哥问怎么调解好的，所长无奈地笑了笑：“起初我也想好好调解，结果刘芳一家人闹得厉害，根本听不进去，最后我只有来硬的，告诉他们，再闹的话，马上以故意殴打他人拘留小刘，挨打的王宇也在旁边附和说要追究小刘的责任，他们家准备今年送小刘去当兵，要留下案底的话，这事就黄了。”

刘芳妈指责周子国的那些话都是子虚乌有的，没有证据，而小刘打王宇却是我们这么多人亲眼所见，所长用此事来唬他们，算是用对了方法。最后，刘芳一家不仅没有再哭闹，还向所长保证，结案前都不会去找周子国的麻烦了，周子国也答应尽快签订新的股权分配合同。

所长说完这事，疯哥也告诉了他我们搜家的收获，所长听了很高兴，恭喜我们如此神速地破了案。

疯哥却说：“这案子的凶手太难捉摸了，是不是破案了，我还不敢定论啊。”

所长不解道：“凶器是李回锅的，赃物也在他家找到，案子到了这地步，再录几份口供，差不多就可以结了啊。”

疯哥不置可否地说：“不说了，我们先去问笔录。”

把妇人带进审讯室后，疯哥让值班民警帮着看守一下他们，然后专案组开了个会议，最后定下来，由疯哥和老猫审讯李回锅，我与文雅审他老婆。

我们这边的审讯没有持续多长时间，文雅先用了几分钟安抚妇人，待她情绪稍微稳定后，我们就开始了讯问。

买罂粟壳一事，妇人直接就承认了，并说是她在生意差的时候想出的这个办法。

李回锅最初并不同意，开饭馆的间隙也做些农活补贴家用，后来生意越来越差，李回锅年纪又大了，加上在特种部队时因训练强度过大留下了旧伤，没法再干农活。

家里的情况越发困难，儿子念书又需要钱，李回锅经不住妇人的劝，最后不得不同意了此事。

去城里寻找罂粟壳并购买是李回锅独自办的，妇人并不知道具体过程。

罂粟壳拿回来后，也是由李回锅一遍遍地尝试，最后确定了一个比例，并开始用于菜肴当中，自那以后，他家的生意就慢慢好了起来。

对于连环凶杀案的事情，妇人是一问三不知，嘴里重复着三个字——不知道，不知道……

到了后面，妇人的情绪再次失控，我们只得中断了问话。

见此情形，文雅让我先出去，我本有些担心她，文雅冲我摇了摇头，我只得离开了审讯室。

出来后，我看到疯哥那边的审讯室的门是关着的，我一时没事，就打电话询问袁权那边的情况，他说证物已经交过去了，要过一阵才会出结果，他顺道拿到了上午对刘芳体内血液的检测报告。

“怎么样？”我马上问。

“刘芳血液中没有酒精成分。”袁权回答说。

我沉吟道：“这么说，酒味是凶手留下的了？”

“多半是。”

挂了电话，我陷入了沉思，三起命案，现场竟都有“酒精”的存在。

张东升的死亡现场，有酒和碎裂的酒瓶，这让我们以为是凶手不小心打碎了随身带着的瓶子。

耗子的死亡现场，同样有浓烈的酒味，但因为耗子死前本就与曾龙一起饮用了大量白酒，我们并没觉得有什么不妥。

现在，刘芳的死亡现场又有酒精的出现，可刘芳并未饮酒，那就一定是凶手身上留下的，这意味着什么？

我初步推测，凶手是嗜酒之人，他在平时表现得很正常，酒后才会呈现出另一面，也就是说，他是在酒精的作用下杀的人。

我正想得入神，疯哥他们那间审讯室传来“嘭”的一声。

35
传唤奸夫

这声音中夹带着老猫的怒吼：“你到底是说还是不说？”

前面提过，青羊镇派出所的硬件建设没有跟上，审讯室就是普通的房间，所以隔音效果不是很好，老猫在里面发脾气，我在外面能清晰地听到，刚才那“嘭”的一声，估摸是他在拍桌子。

想必是李回锅对凶杀案三缄其口，老猫用上了“吓唬”的审讯方式。

老猫刚从派出所调去刑警队只有三个月时间，据他自己说只接触了一起杀人案，并没有太多经验，这次分局派他过来加入专案组，主要是考虑到他在青羊镇工作过，对镇上的人员比较了解。

因为这样，老猫有些时候看待案件比较表面，比方说，起初他主张许涛有重大嫌疑，而对李回锅的评价还不错，后来许涛的嫌疑被我们排除，他一时没了方向，现在突然从李回锅家中搜出了赃物，他一定觉得李回锅多半就是凶手了。

老猫是万千刑警中的一员，他所经历的，很多人刚当刑警时都经历过，包括我、文雅，甚至疯哥。

其实警察和其他行业一样，都有个学习的过程，最开始只能看到事物的表面，需要经过一段时间的积累，才能摸索出一套相对正确的方式和方法来处理问题。

只不过，其他行业犯错的成本较小，而警察一旦在办案中错了，对当事人造成的影响是不可估量的。

经过“女尸杀人”一案，我们组的人都受到了不小的冲击，在办理案件时，自然会更加的小心谨慎。

老猫尚未遇到冤案，一心想要破案证明自己的价值，从动机上来说，这也无可厚非，并且，此案有疯哥把关，在方向上不会犯大的错误，只希望老猫能在过程中受到些启发吧。

刚才我出来时，因为担心文雅，就没有关审讯室的门，这样一来，妇人也听到了隔壁传来的声音，就大声喊道：“别打老李啊，他身体不好，别打他……”

说着说着，她又“嘤嘤”地哭了起来。

我慌忙走进去，把门关上，文雅瞪了我一眼，怪我刚才没关门，又安慰妇人说：“大姐，你放心，现在的警察不打人，我们更不会打李老板。”

妇人仍然哭个不停，看着她的样子，我心里堵得慌，就说：“你别哭了，等会儿问完了，你可以去看到底打没打。”

又过了半个小时，疯哥敲门进来，告诉我们已经审完了，妇人一听，眼巴巴地看着我。我问疯哥可不可以让他们夫妻见面，疯哥想了一阵，点了点头。

文雅扶着妇人出去后，我问疯哥审讯情况如何，疯哥说：“李回锅承认了买罂粟壳一事，交代的过程与麻五所说的基本相符，按他这几年的购买量，判刑是少不了的。”

“那凶杀案呢？”我更关心的是这件事。

疯哥皱眉道：“他说东西都不是他的，他们在厕所上弄个顶板，主要是防潮，建房时二楼厕所的防水没有做好，每次夫妻两人在楼上洗了澡后，就会浸一些水到一楼厕所的天花板上，严重时还会滴落到上厕所的顾客身上。”

“既是防潮，为何板子又露出一个缝隙，万一有水的话，岂不是会流出来？”我问。

“板子最初是紧密衔接的，弄好后，李回锅一直没怎么管过，楼下厕所主要是供吃饭的顾客使用，他也不知道什么时候裂了个缝，并且楼上漏水也不是很厉害，偶尔滴落的水都被木板子吸收了，根本不会形成水流，也就没人察觉。”

李回锅的回答还是比较合理的，如果真是他说的这样，那三件赃物就是另有其人放在上面的，说直白一点，是有人栽赃于他。

这是我的第一个反应，因为此案中的凶手已经不是第一次嫁祸于人了。

不过，李回锅的情况与许涛不同，在他的家中直接搜出了赃物，疯哥不敢掉以轻心，所以，当老猫吼李回锅时，疯哥也没制止，只在暗中留意着李回锅的神情。

“他神情可有异样？”我问。

疯哥叹了口气：“他没有任何表情，也不再答话，板着张脸，看不透到底在想什么。”

李回锅曾是特种兵，心理素质极强，能如此镇定倒也讲得通。

只是，在审讯中，他的这种态度会让审讯民警极为不舒服，觉得他是摆出了一副“死猪不怕开水烫”的样子，也不知他这样有没有激怒老猫，想着，我就问：“老猫没打他吧？”

疯哥看着我道：“如果我没在的话，还真说不准。”

我松了口气，没打就好。只是，这样一来，案件的侦破陷入了进退两难的地步。

从动机上来讲，身为特种兵的李回锅正义感十足，凶器之一的铁锤已被证实是他的，赃物又从他家搜了出来，三起命案发案时，他都没有扎实的不在场证明，凭这几点，我们完全可以先行将其刑拘了。

然而，李回锅本人不认罪，饭馆平时人来人往，进出那个厕所的人也很多，的确有凶手栽赃的可能性。

“现在怎么办？”我问。

疯哥说：“你去旁边看看吧，我给领导汇报一下案件进展，再做决定。”

到了隔壁审讯室，李回锅被铐在凳子上，无法动弹。他老婆蹲在身边，头埋在他腿上，不住地抽泣。文雅在她身后，防止她做出过激的行为，老猫则站在一旁抽着闷烟。

我走到审讯台边，拿起笔录看了起来，李回锅的回答中没有出现矛盾的地方。

不过，老猫有些问题比较有引导性，比如，他问了李回锅是不是缺钱用，在李回锅回答了“是”之后，他马上又问知不知道张东升的手机和手表比较贵重，能卖不少钱。

诸如此类的问题有好几处，然而，无论老猫怎么下套，李回锅都没有上当。

我想起袁权刚才说的事，就抬起头来问：“李老板，你每晚关了饭馆后，会不会喝酒？”

李回锅听我问的并不是凶杀案的事，看着我回答说：“要喝一些。”

“嗯，当厨师很辛苦，喝点酒解乏有助于睡眠，你在部队待过，酒量一定很大吧？”我用聊天般的语气问。

“不大，半斤就醉了，我一个人的话，最多喝二两。”李回锅回答时，眼神并无闪烁。

我琢磨着，二两也不多，还不足以让一个人性情大变，从老实的厨师成为凶残的杀手。

这时，疯哥打开了门，叫我和文雅出去，老猫留在里面守着。

到了隔壁，疯哥告诉我们，大队长的意思是先把李回锅刑拘了，再慢慢找证据，这也算是此案取得了阶段性胜利。

疯哥争取了下，大队长最后同意我们等到明天下午，在传唤时间到达二十四小时之前送李回锅去看守所。

我问疯哥：“你让他多留一天，是想继续审问他？”

疯哥摇头说：“如果我们现在就把他送进去，镇上的人肯定会认定他就是凶手，难免不出现风言风语。之前我联系的调取相关人员档案以及调查其生活轨迹一事，明天下午应该就能拿到资料，我是希望到时候会出现新的线索，让我们排除李回锅身上的嫌疑，虽然他购买罂粟壳的行为已经违法了，始终是会去看守所的，可这总比被当成杀人犯强吧。”

“嗯，如果今晚就带李回锅走，他老婆估计会像昨晚许海一样在派出所大闹的。”我说。

“那今晚能不能让他们夫妻待在一个房间？”文雅被妇人的样子弄得有些揪心，不由得问了句。

疯哥同意了此事，文雅转而问我：“刚才你问李回锅喝不喝酒是怎么回事？”

我趁机把袁权告诉我的检测结果讲了出来，文雅听了，发表了不同的意见：“喝酒的确会让人兴奋，可要完成周密的杀人计划，凶手必然不是醉酒状态，而不是醉酒状态的话，人的意识其实是很清醒的，他内心的想法与平时没有多大差别。”

“如果从人的两面性来看的话，吸毒倒是比喝酒更容易让人把隐藏的一面暴露出来，另外，吸毒的致幻性也是很厉害的。对于此案的凶手，吸毒后，在他的意识里，说不定自己就是一个替天行道的正义使者。”疯哥补充道。

吸毒的致幻性，我也有所耳闻，可这样的话，凶案现场的酒精味又如何解释呢？

我问：“难道凶手既喝了酒又吸了毒？”

疯哥说：“这也是个线索，吸毒首先要买毒品，明天一早，把这几个可疑人员的照片发给禁毒支队，让他们手下的线人辨认，看有谁购买过毒品。”

“直接找麻五不行吗？”我问。

文雅却道：“麻五的级别太低了，万一凶手是金志成或是周子国，他们定然不会去金牛广场这种地方买毒品，而是去一些高档的娱乐场所，那里既安全又有气氛。”

疯哥赞许地点了点头。

定下此事，疯哥就安排我与文雅先去休息，他和老猫守上半夜，走到门口，文雅突然说：“我们要不要立即传唤金志成啊？”

她的话提醒了我和疯哥，金志成已经被确定为刘芳的姘夫，刘芳死了，他身上的嫌疑也不小，我们理应及时传唤他进行审问，加之我们都觉得李回锅是被栽赃的，就更想从金志成那里找到突破了。

“行，陆扬马上给他打电话，如果他在镇上的话，就立即传唤过来，如果在城里，就让他明天一早过来。”疯哥做了安排。

我给金志成打电话时，他明显有些意外，我问他在哪里，他却反问我有什么事，我只说需要找他了解一些情况，电话那头沉默了近半分钟，他才回答：“我在厂里值班，马上过来。”

半个小时后，金志成出现在派出所门口，他打着手电筒，额头上浸出了细汗。

“金主任怎么没开车过来？”我疑惑地问。

“车子在家里呢，昨晚坐姐夫的车过来的，今天一整天没回去。”金志成有些喘气地回答。

“昨晚你就在厂里和工人一起，今晚周老板又让你值班？”文雅有些不解。

“没办法，谁让我是从他那里拿工资呢。”金志成擦了擦额头上的汗说。

目前我们只掌握到金志成是刘芳的奸夫，并无直接的证据将其与凶杀案联系起来，所以，进了审讯室后，我们对他很客气，让他坐在椅子上，并让他别紧张。

“警官，到底是什么事？”坐下后，他忐忑地问。

时间不早了，我也没客套，直接问：“你与刘芳是什么关系？”

金志成没有料到我会突然问这事，一下子愣在那里，好几秒才反应过来，结巴着说：“没，没什么关系啊。”

“金主任，情况我们已经掌握了，大家都是聪明人，就别绕圈子了。我们问什么，你老实交代就行，不然，对你没好处。”文雅的语气很平和，却是软中带硬，说得金志成脸色变了又变。

金志成本是个八面玲珑之人，此时露出这种神情，也是因为我们戳穿了他最大的秘密，刚好刘芳死了，想必他也在担心警方将其与凶手联系起来。

“谁，谁告诉你们的？”在挣扎了一段时间后，金志成迟疑着问。

“这不是你应该关心的，我再问你，你与刘芳是什么关系？”我看着他，目光如炬。

金志成眼珠子转了几圈，承认说：“情人关系。”

随后，他告诉了我们事情始末，听得我和文雅是瞠目结舌……

36
老板异常

二人是在一年多前好上的，那是一次公司高层与客户的聚餐。

金志成看着斯斯文文的，却极为好色，加上又瞧不起张东升，早就对貌美的刘芳垂涎三尺。

刘芳呢，本就漂亮，喝了酒后，更是添了几分姿色，在嫁给张东升之前，她就有过好几任男朋友，比较热衷男女之事，可张东升却几乎不碰她，这让她极为憋屈。

那晚，两人都喝了不少酒，金志成上厕所出来时，刚好碰到刘芳在洗手台洗手，他酒壮色胆，走过去，挨着刘芳一起洗，过程中，有意无意地去触碰刘芳身体。

刘芳哪能不懂他的意思，加上她自己也好久没做过男女事，被金志成撩拨得春心荡漾，在酒精的刺激下，一时情动，转身抱住了金志成。

这对狗男女的欲望之火被点燃，随即跑到女厕所的一个隔间里，做了苟且之事，而当晚同席的竟没有一个人发现。

从那之后，两人的情人关系就算是定下了。为了不被发现，金志成特意买了一张新手机卡联系刘芳，并要求刘芳随时删除联系记录，可刘芳却不以为意，还说反正张东升不会看她手机。

金志成独居，多数时间是刘芳到他家去，只有几次，张东升在厂里睡觉时，金志成才去了刘芳家里，其中就有两次，分别被超市女老板和许海撞见了。

接触久了，刘芳经常向他抱怨张东升不解风情，不仅性冷淡，还像个老头子，成天就是看那些机器方面的书，连电脑都不怎么会用，只会上搜索网站查些资料，夫妻间几乎没有共同语言。

金志成说这些，无非是想告诉我们，他与刘芳的事，主要是刘芳因为受不了张东升的冷淡而对他主动，他其实没有多大过错。

在中国通奸并不违法，我们关心的只是此事与凶杀案的关系，也就没戳破金志成的小心思，文雅问："你最近一次去张东升家是什么时候？"

金志成皱眉想了想，又拿出手机翻看了一阵子，然后回答："十天前，那天白天厂里机床出了大的故障，下午才修好，晚上又要赶一批木料，我姐夫就安排张老板晚上守在厂里，一旦机器有什么故障，能够立即排除。"

"张东升死的那天晚上，你人在哪里？"我问。

"之前给你们说了啊，在我自己家里睡觉。"

"昨天晚上呢？"我又问。

"在厂里我自己的办公室里睡，昨晚加班的两个工人可以证明。"

我笑了笑："他们又没与你睡在同一间屋子里，如何证明你一直在？"

金志成张嘴想反驳，却没想到合适的理由，又把嘴闭上了。

文雅盯着他，问了另外一个问题："你去刘芳家中，为何要戴一个光头头套？"

"这……这事你们都知道了？"金志成很吃惊。

我哼了一声："若要人不知，除非己莫为。"

金志成耷拉下脑袋，承认了他对王宇不满的事实，原因与我们之前查到的一样，他一直想把小莺占为己有，可小莺迟迟没让他得逞，最后却与王宇这个其貌不扬的光头在一起了。

他心里不痛快，就想了歪主意，买了个光头头套，每次进出刘芳家时戴上，既能伪装自己，让自己不那么提心吊胆，出了事也能嫁祸给王宇。

"张东升死后，你与刘芳有没有单独见过面？"文雅又问。

"没有。"金志成先是摇头，又像是想起了什么似的，说，"见，见过，张东升刚死那天，姐夫让我去陪刘芳料理后事。”

“你们有没有说什么？”

金志成道：“说了，就是要钱的事，她问我让周子国拿多少钱出来合适，我本来说的五万元，她自己添成了十万元，还让我帮她去张东升办公室找新的协议。”

“真有这份新协议？”我问。

“我有一次好像听姐夫和张东升在说这事，但我不能确定。那天回来后，刘芳带着人在门口闹事，我就悄悄去张东升办公室找协议，但没有找到。”

刘芳让金志成去找协议，再次证明此事不是她说出来讹周子国的，如此的话，周子国就有了赖账的嫌疑。

文雅在张东升办公室的门缝里塞了个纸团，后来我们发现纸团掉落了，推断有人进去过，原来是金志成。

可他并没找到新协议，如果说他当时的时间比较紧的话，后来我们一行人进去把办公室翻了个底朝天，仍然没有发现，那新协议到哪里去了呢？

后来，我们又问了周子国的妻子的事，金志成本不愿意说的，文雅吓了他几次，他就一五一十地讲了。

周子国事业有成之后，一直想把妻子打扮得体面一些，在用钱方面从未亏待过妻子，不过，一段时间后，他发现无论妻子怎么打扮，都没有什么气质，就放弃了，也不再带妻子出席公众场合。

不过，他妻子是农民出身，本就不喜欢参与那些场合，倒也乐得自在，而金志成在周子国手下工作，也不会说什么。

直到最近几个月，周子国不知在忙些什么，经常不回家，他妻子担心他在外面有人了，有时会在金志成面前报怨几句，还让金志成把他姐夫盯紧一些。

“他不回家都去哪里了？”我问。

金志成回答说：“有些时候是在厂里，有些时候是在镇上的房子里，我只知道这两处地方。”

“是他一个人，还是带了其他女人？”我追问。

“反正我没见到有女人，不过就算有女人，因为我姐的关系，姐夫也不会让我看到啊。你们可以问问王宇，厂里他与姐夫走得最近，说不定知道点什么。”提起王宇，金志成脸上露出了不满的神色。

“你姐有工作没？”文雅问。

“本来没有，前段时间姐夫说他工作忙陪不了她，怕她成天在家闲着太无聊了，托关系给她找了个公司的行政职位，其实我姐也做不了啥，就是去混时间，我估摸着，我姐的工资也是姐夫私下拿给那家公司的老总，再让老总发给我姐的。”

听了这话，文雅皱眉沉思了一会儿，接着问：“周老板经常住在镇上，你姐从没过来和他一起住吗？”

“以前来过的，但已经很久没来了。”

金志成交代的事情就这么多，他走后，我与文雅一合计，他说的话应该十之八九是真的。

那么，问题就来了，他与刘芳通奸一事并没什么新奇的，我们早就知道，只是过程比较狗血而已。他戴头套的动机，也与我们推断的相差无几。

在他的供述中，反而是关于周子国的话引起了我和文雅的注意。从几处时间节点来看，周子国近期的表现似乎有些反常，自己经常不归家，又给妻子找了个工作。

他作为一个老板，主要是谈谈业务、监督工人，真有这么忙吗？

还有，他与张东升之间似乎的确谈好了一份新协议，据刘芳所说，协议的内容主要是把之前张东升的三成股权改成了五成，可那份协议现在却不翼而飞了，这对周子国是极为有利的。

我找到疯哥，把询问的内容大致给他说了，他也觉得蹊跷，联系上之前他提出的一个猜测，就说：“难道是周子国最近染上了毒瘾，不回家的时候是在偷偷吸毒？”

我想了想，有这个可能，周子国极其虚伪，好面子，自然不愿意让别人知道他吸毒的事，就连他妻子也不行。

如果真的证实他在吸毒的话，那他杀人的可能性就大大增加了。

我对毒品不是很懂，提出了一点疑惑：“吸毒的人，能够有足够的意识完成计划周密的杀人案吗？”

文雅说：“按金志成所说，周子国出现异常的时间并不长，也就两三个月，就算周子国吸毒，也是在初期，吸毒后的副作用小，短时间内精神头很足，要完成杀人并清除痕迹不是不可能，毒瘾发作的频率相对也较低，常人不易发觉。”

我们越分析越觉得像那么回事，疯哥的眼睛也有神了起来，说道：“按刚才说的，明早把周子国等人的照片发到禁毒支队去，如果那边能确认他吸毒，我们就可以传唤他，并且有理由搜查他的住所。”

不过，假定周子国是凶手的话，还有几个问题无法解释。首先，是凶案现场的酒味；其次，周子国进出张东升的办公室不是难事，他知道张东升的秘密勉强说得过去，可他是如何知道耗子嫖娼以及刘芳出轨的事呢？

听了我提的问题，文雅说：“走一步看一步吧，先把能确定的线索固定下来，顺藤摸瓜，总会有新的发现。”

谈论完这事，文雅小声问：“李回锅夫妻的情绪如何了？”

疯哥叹气道：“唉，就那个样，李回锅一直不怎么说话，他老婆哭哭啼啼的。虽然可怜之人必有可恨之处，可我有部队情结，看着他们的样子，还是有些感叹。”

我劝疯哥说：“我看着也心塞，可无论出于什么原因，违了法就要承担后果，更何况，在食物里加入罂粟壳，已经类似于投毒了，现在只希望他不是杀人凶手，不然的话，他自己毁了不说，他儿子也会一辈子抬不起头的。”

此时已经快到零点了，疯哥止住了话题，让我们抓紧时间休息，四点钟起来换他和老猫。

我和文雅也不再多言，出了审讯室。有了昨晚的教训，进宿舍前，我叮嘱文雅把门窗锁好，最好也不要再开灯睡，文雅应了下来。

回到宿舍我就睡了，不知睡了多久，我被一阵嘈杂声惊醒，猛地睁开眼，发现天还是黑的。

37
幸福的小莺

醒来后，四周一片安静，让我有些怀疑自己刚才是不是在做梦，我看了一下时间，凌晨三点多。

然而，下一刻就传来了敲门声，并有人在叫我的名字，听声音像是老猫。

这下我知道出事了，一边应声，一边穿衣服。打开门后，老猫告诉我，李回锅昏迷了，需要马上送到城里去医治，他和疯哥熬了夜，不敢疲劳驾驶，所以叫我开车。

“怎么突然昏迷了？”我心头一紧。

“等会儿路上说吧。”老猫的脸色有些不好，带着我往院子里走去。

走近后，我听到了女人的哭喊声，是李回锅的老婆。疯哥与老猫已经把李回锅抬到车上了，车子发动着，就等我上去。

文雅听到外面的响动也起来了，因为车子坐不下，疯哥就说他与我送李回锅去医院，文雅与老猫留下休息，明天还有事，不能全组人都熬夜。

李回锅的老婆死活要跟着一起，文雅就说她也去，可以帮着安抚一下，疯哥也就同意了。

文雅坐副驾驶位，疯哥和妇人在后排扶着李回锅，我从车内的后视镜里看了看，李回锅的额头上有些血迹。

路上，疯哥告诉了我们事情的经过。他与老猫在审讯室里守着李回锅夫妇，开始还行，到了后来，四人都有些疲倦。

几分钟前，李回锅说要上厕所，疯哥和老猫就一左一右带着他去，走到厕所后，他们松开李回锅，结果他突然就用头撞向了厕所的墙面，当时就晕了过去。

之前疯哥已经给李回锅的老婆讲了一次经过，此时再听，她没有太大的反应，只是轻声抽泣着。

光从这点来看，就知道这是一个老实的妇人，没有那么多坏心肠。

换作刘芳母女，一定会抓着疯哥和老猫不依不饶，说他俩没有看好李回锅，甚至冤枉是他们把李回锅打晕的。

因为有妇人在场，我们也不好评价李回锅的行为，我只是在想，李回锅这到底是畏罪自杀呢，还是以死明志呢?

无论怎样，我都希望他没事。

疯哥提前打电话和医院联系好了，到医院后，李回锅就被抬上担架，妇人不停地对医生说："拜托你们了……"

李回锅被推进急救室后，我们在外面等着，妇人站在门口，嘴里不停地念着什么，文雅小声告诉我，她是在给李回锅祈福。

她的样子，让我想起了耗子的老婆，她俩都是地道的农村妇女，没什么文化，也不懂什么大道理，甚至于，你问她爱情是什么，她都不知道如何回答，可是，我却在她们身上，看到了相濡以沫，看到了最原始、最纯的爱。

所以说，情感浓烈真挚与否，和文化程度的高低无关，更不是金钱能丈量的。

医生出来后告诉我们，李回锅已经醒了，有些脑震荡，不过没有大碍，休养一段时间能够恢复。

听得此话，我们皆松了一口气，妇人更是露出了欣喜的笑容，冲进了房间。

李回锅现在仍是嫌疑人，疯哥把这个情况汇报给大队长后，由我们队里派了两个民警过来，专门看护李回锅，这样，专案组就不用抽人了。

天亮后，队里的同事来了，我们三人也离开了医院。

袁权昨天送证物过来后，晚上是在家里睡的，吃过早饭，我们四人碰了个头，他已经拿到了证物检测报告，遗憾的是，三件证物上并没有指纹信息，可同时，李回锅厨房里的菜刀上也没有人血印迹。

听完报告，疯哥扔掉手中的烟头说："能找到那把刀就好了。"

文雅却像是想到了什么："我觉得，除了刀，还差一样东西。"

"什么？"袁权疑惑地问。

文雅看着我们说："面具。"

对，面具，昨天刘芳死的时候，脸上的面具与前面两起案子相同，可我们在李回锅家里同样没找到这种面具。

如果凶手是李回锅，既然赃物都放在厕所顶上，把面具也藏在同一个地方不是理所应当的吗？

如果凶手是想嫁祸李回锅，放几副面具在那里，不是效果更好吗？

我分析完后，得出了结论："无论李回锅是不是凶手，厕所里都没有面具，说明凶手的面具已经用完了，也就是说，凶手的杀人计划已经完成，不会再有用到面具的地方了。"

听我说完，疯哥与袁权都赞同地点了点头，只有文雅没有反应，刚才是她提出面具一事的，她没表态，让我心里很是忐忑，以为自己猜错了。

就在我准备问文雅她的看法时，她突然大声说："我知道了！"

"什么？"袁权茫然地问。

"疯哥，我有九成把握，李回锅是被栽赃的！"文雅脸上有些兴奋。

这个结论让我们的精神皆是一振，我忙问："为什么？"

文雅看着我说："你刚才关于面具的分析很厉害，这给了我启发，我们把'面具'换成'刀'，再放回到你的话中看。如果凶手是李回锅，厨房里的刀已经证实没有人血的印迹，那就是他把刀藏了起来，而他最应该藏的地方就是厕所顶上，可是那里没有，他家中其他地方也没有。"

的确是这样。

文雅接着说："如果是凶手要嫁祸李回锅，既然面具用完了，他不会再杀人了，就更应该把作为凶器的刀放在那里，最大可能地加大李回锅的嫌疑，也让警方能安心地结案。

“现在，凶器找不到，警方就会心存疑虑，会继续调查，这对想要让李回锅顶罪而全身而退的凶手是极为不利的。”

我问：“难道是凶手百密一疏，忘了把刀藏在厕所顶上？”

文雅却摇头说：“如果我没猜错的话，不是他忘记了，而是他还没来得及把刀放过去，我们就搜查了李回锅的家。”

袁权有些不明白了：“既然赃物都有时间放上去，为何刀会没时间？”

文雅眼睛中闪出光彩道：“因为他前天晚上杀刘芳还用过那把刀，而他昨天并没有机会去李回锅饭馆。”

疯哥不由赞叹道：“妙啊，这样看来，李回锅的确是被陷害的了，凶手杀人结束，最后一步就是让李回锅替他顶罪，而我们昨天的行动打乱了凶手的计划，他想要完美脱身，只怕是不行了！”

“他会不会狗急跳墙？”袁权有些担心地问。

文雅说：“他自诩正义之士，认为他杀的都是该杀之人，那么，就算他暴露了，应该也不会滥杀无辜。”

疯哥给我们鼓劲儿道：“胜利指日可待，大家伙加把劲儿！”

昨晚我们都没休息好，有些疲倦，可经过这一番分析，几人都打起了精神，干劲儿十足。

当即，我们兵分两路，我和文雅带着相关人员的照片去禁毒支队，让他们找手下线人进行辨认，疯哥与袁权则回青羊镇去，准备传唤王宇询问一些与周子国有关的情况。

我们把照片复印了很多份，交给禁毒支队的同事后，就只能耐心等答复了。

袁权他们回去后，给我打了个电话，说是今天一早，镇上的人就在传两条消息。

第一条是关于李回锅的，因为昨天他被我们带走了，好多人都说他就是凶手，虽然当时我们给围观的人说过，一切以最后的通报为准，可社会就是这样，群众的八卦能力非常强大。

第二条是关于王宇的，不知是谁走漏了消息，他与小莺恋爱的事被捅了出来，现在人们都在议论此事，说他是虚伪之人，明明有了女朋友，却还装出一副为父母守孝不谈儿女私情的样子。

文雅听着，若有所思地说："王宇那事应该是金志成透露出去的。"

我也想到了，就说："昨天王宇当着那么多人的面说刘芳有姘夫，金志成心里肯定气，昨晚他问我们怎么知道他的事，我让他别管那么多，现在想来，这更让他觉得是王宇告诉我们的了。说起来，是我们害了王宇啊。"

文雅却说："没事儿，在这件事上，王宇也的确做得有些不妥，正好现在小莺怀了他的孩子，让他们的关系曝光也是应该的，要不然，小莺如何自处呢？"

文雅是女人，自然更能理解小莺的心情，经她一说，我对王宇的愧疚也没刚才那么强了。

提到小莺，文雅说反正等禁毒支队的回复还要一段时间，不如趁机去看看她。再者，王宇对周子国很忠心，万一他不配合交代周子国的情况，可以让小莺去做做他的工作。

说罢，文雅给小莺打了电话，得知其正在家中，我们买了些水果，就直接开车过去了。

小莺热情地接待了我们，她的气色看起来很不错，文雅笑着说："要当妈妈了，一定很高兴吧？"

小莺嘴里回答说"还早呢"，喜悦神情却是溢于言表。

两个女人天南海北地聊了一阵，提到对未来的打算，文雅问她："王宇这两天有来看你吗？"

提到王宇，小莺笑了起来："我们天天打电话，他昨晚还来看过我。"

"昨晚？"我重复了一句，昨天王宇他们从派出所离开时，天都快黑了，他竟然还来城里找小莺，真是不嫌累。

"是啊，他开着周老板的车子来看我，一直等我睡着了才走。"小莺一脸的甜蜜。

“他怎么不在这儿住呢？”文雅问。

“他说……”小莺低下了头去。

“说什么？”文雅追问。

“我怀有身孕，前三个月不能做那事，他说他在这儿住的话，怕自己会忍不住想要我……”说到后面，小莺的声音越发小了，脸红了，文雅的脸上也泛起了红晕。

小莺的出租房很小，只有一室一厅，她说王宇都和她讲好了，等时间合适，就公布他们的关系，到时候她就去青羊镇王宇家里养胎，二人对未来的生活很是憧憬。

从小莺家出来时，已经快到十一点了，我准备给疯哥打电话问问王宇那边的询问情况，刚拿出手机，就接到了禁毒支队的电话，对方说，我们提供的照片里面，有人近期购买过冰毒。

38
王宇交代

听到这个消息，我很是振奋，大声问：“是谁？”

“光头。”对方沉声回答。

“啥？王宇？”这个答案让我有些意外。

我们一直怀疑是周子国在吸毒，没想到会是王宇，可他一个司机，完全没有这个经济实力啊。

再者，我们猜测吸毒者即是凶手，可王宇是凶手的可能性很低。

“我们马上过来确认。”我带着疑惑挂了电话。

当文雅得知这事后，比我想得全面一些，就说：“刘芳家人两次到厂里闹事你也看见了，王宇很是护着周子国，所以，他完全有可能是在帮周子国买毒品。”

文雅的话有道理，从我们掌握的情况来看，周子国对王宇也很不错，两人平时接触甚密，周子国真在吸毒的话，很容易被王宇发现。而王宇就在木材厂上班，他举报周子国不会有任何好处，周子国也就大方地让其帮着买毒品了。

去禁毒支队的路上，我给疯哥打电话说了此事，并让他们马上给王宇做个尿检，疯哥却说先等我们过去确认了买毒者就是王宇再对他尿检，免得引起他的不悦，不配合我们问话。

提起问话，我问疯哥王宇有没有交代什么，疯哥叹了口气道：“从他的言谈举止来看，我觉得他肯定知晓一些周子国的秘密，可这小子口风紧得很，就是不老实交代，我们还在套他的话。”

疯哥让我们抓紧时间，他们传唤王宇已经有一阵子，不能拖太久，以免引起周子国的怀疑。

挂了电话，我就加大油门往禁毒支队而去，到了审讯室，两名禁毒民警已经押着贩毒者在里面等着了。他不是禁毒支队的线人，是另一名线人把照片拿给他进行辨认的，在他认出王宇后，民警将其传唤了过来。

我再次让他进行辨认，最后确定，王宇的确在他手中购买过冰毒，并且有很多次了，第一次是在三个月前，最近的一次是四天前，每两次之间的间隔时间差不多是一周。

我马上告诉了疯哥这一结果，他们决定对王宇进行冰毒的尿检，并查看他身上有无针孔。同时，疯哥让我和文雅把与王宇交易的人带过去，根据情况看是否对王宇进行指认。

路上，随行的一名禁毒民警敲打他说：“等会儿有可能让你和买毒者进行当面对质，你表现好的话，我们可以考虑对你的贩毒行为从轻处理。”

贩毒者听了，连忙点头说一定会配合警方。

我们快到青羊镇时，王宇的尿检结果出来了，呈阴性，身上也无针孔，这基本上排除了他吸毒的可能性，如此一来，就更加有可能是周子国在吸毒了。

直到我们回到青羊镇派出所，王宇都没有松口，不过，疯哥说他已经明显有些动摇了，让我带贩毒者进去与他对质。

进入审讯室，王宇耷拉着脑袋，一声不吭。

“你看看这是谁！”疯哥的声音不怒自威。

王宇茫然抬起头，在看到贩毒者的刹那，眼神中闪过一丝慌乱，然后又低下了头去。

“你再仔细想想，虽然你没吸毒，但是单次购买毒品量超过十克，构成了非法持有毒品罪，这可是要判刑的！”疯哥瞪着他。

听到“判刑”二字，王宇的身子抖动了一下，他抬起头，脸色有些苍白，看着疯哥，战战兢兢地问：“判……判多久？”

“情节轻的，三年以下，情节重的，三年以上七年以下。你多次购买，每次都超过十克，当属情节严重者！”老猫回答了量刑依据。

王宇一听，脸色更难看了。

这时，文雅走上前，劝着他说：“就算你不为自己着想，也要为小莺着想，难道，你想你的孩子一出生就看不到爸爸吗？等你坐了七年牢出来，孩子都七岁了，只怕与你不会有什么感情。”

想必小莺已经告诉了王宇我们知道他俩关系的事情，听到文雅的话，王宇并没有表现出很惊讶。

只是，小莺与孩子是他心中最柔软的地方，他扭头看向文雅，迟疑着说：“可，可是，我不能对不起……”

他说话时，我们都紧张地盯着他，期待后面说出的那个名字，他却迟迟没有说出来，最后声音戛然而止。

疯哥见王宇的情绪出现了大的波动，趁机问：“你是帮周老板买的毒品，对不对？”

王宇的眉头皱得很紧，脸上一副痛苦的表情，最后，他终是有些不情愿地点了点头。

看到他点头，我松了口气，只要打开了这个口子，就算是突破了王宇的心理防线，后续的询问都不会有太大的问题。

禁毒民警把贩毒者带出了审讯室，专案组开始了对王宇的询问。

为了不引起周子国的怀疑，问话开始前，疯哥让王宇给他打了个电话，说是有点私事需要耽搁一会儿。打电话时，王宇开的免提，我们都能听见，周子国的语气听起来还算正常。

从王宇口中，我们得知，周子国是在三个多月前与客户的一次聚会中染上毒品的。那天吃了晚饭后，客户提议去市内某 KTV 唱歌，唱歌的时候大家又喝了些酒，玩得很嗨，那个客户让司机去车上拿个东西过来，说让周子国爽一下。

司机拿来一个黑色的包，从包里拿出了一个壶和一包粉末，当时在场的只有两个司机没喝酒，包括王宇。王宇一看就知道这是要吸毒，所以，客户让大家都一起玩的时候，他坚持没有玩。周子国那个时候在酒精的作用下已经比较亢奋了，加之那是个大客户，他不敢得罪，就跟着一起吸食了。

周子国那晚享受到了吸毒的乐趣，之后的几天都和那个客户在一起吸，也就染上了毒瘾。

客户是外地人，他离开M市之前，给周子国说了M市的毒品购买点，周子国道貌岸然，自己不会去做这种事，就安排王宇去帮他买。为了减少王宇被逮住的概率，他让王宇一次性多买一些，为此，他还给王宇打了一笔封口费。

周子国的老婆没有工作，每天周子国下班后，他老婆都会与他待在一起，有些时候他瘾来了，只能借故回青羊镇，在镇上的房子里吸。最近一个月，他的毒瘾越来越大，几乎每天都要吸，他在镇上住的时间就更多了。

周子国很在意别人对他的看法，所以也不去认识其他的“瘾君子”，就一个人在镇上的屋子里享受，有时他兴致来了，会让王宇一起吸，王宇每次都笑着说他那点工资吸不起，周子国也就没勉强。

“他吸毒前都会先喝酒吗？”文雅问。

王宇想了想说：“只有最开始的几次，和那客户一起玩时，他们会先喝酒，等有了气氛再吸毒。后来周老板上了瘾后，一个人吸的时候，就不会喝酒了，直接吸冰毒。”

文雅听完，皱着眉头，沉默不语。

疯哥问：“周子国吸毒后，会不会比较亢奋？”

王宇先是很快地点了点头，却又像是想到了什么般，摇头说：“没有。”

“你在撒谎！”文雅马上戳穿了他。

“已经到了这地步，有什么你就全说出来！”老猫冲他吼了一句。

王宇被老猫的大嗓门儿吼得身子一震，就说：“最近……有一两次，周老板吸了毒，很激动，想，想让我……”

说到这里，王宇有些迟疑，疯哥鼓励他："但说无妨。"

"他让我脱了裤子……"王宇再也说不下去。

听得这话，我们皆是惊得瞪大了双眼，文雅更是脸都红了，周子国吸毒后竟然出现了同性恋倾向。

"他这么对你，你为何还如此包庇他？"文雅不解地问。

王宇说："我没什么本事，又不想种地，是周老板给了我一份稳定又轻松的工作，他如果倒了，我上哪儿去找这么好的工作。"

周子国吸毒后性情出现了变化，那意识方面如何呢，我问："过程中，你觉得他意识还清醒吗？"

王宇回答："他只是很兴奋，意识没问题的，知道自己在做什么，那两次过后，还给我拿了钱。"

"有多兴奋？"文雅又问。

"非常，特别。"王宇极力寻找着词语。

"有没有什么表现？"疯哥上前一步问。

王宇脸上再次浮现出羞赧的表情："会……会打我屁股。"

王宇的脸唰的一下全红了，连带着光头的头皮也红了起来，看着有些喜剧。

我们几人都有些忍俊不禁，只有疯哥定力好，继续问："那你觉得，他吸毒后去杀人的话，能不能办到？"

"不会，周老板不会杀人的！"王宇大声说。

"你别管他会不会，你只回答，他吸毒后去杀人，能不能办到？"疯哥盯着他，又问了一次。

王宇脸上的表情变化了好几下，表明正在做着激烈的思想斗争。

"有那么难吗？你只回答能或者不能就行了。"袁权也引导着他。

这下，他终于回答了："能。"

老猫打了个响指："得！这事快成了！"

疯哥挥手止住了他，转身看着我们问："大家再想想，还有什么问题要问的。"

“我来。”文雅走到王宇面前问，“你与周子国走得近，你说说看，他与张东升到底有没有签新的协议？”

王宇深吸了口气，似下了很大决定地说：“有，签协议的时候，我在场。”

“那为什么我们在张东升的办公室没找到那份协议？”我问。

“第一天你们不是到厂里来找过周老板吗？也找过我。在你们走后，周老板让我进张东升办公室找，我找到了那份协议书，并偷了出来。”王宇承认道。

难怪下午金志成去办公室就没找到协议，原来早让王宇偷出去了。平日我们都说“螳螂捕蝉，黄雀在后”，这一次黄雀却是扑了个空，螳螂带着蝉去了一个安全的地方慢慢享用。

经过这一番对王宇的询问，得到的周子国吸毒以及吸毒后精神亢奋甚至有同性恋倾向，使得他身上的嫌疑再次增大。疯哥让老猫守着王宇，我们四人出了审讯室，到隔壁房间商议要不要立即传唤周子国并对其住处进行搜查。

商议的结果是暂不传唤周子国，一是给王宇做工作，让他返回周子国身边，继续帮我们搜集周子国犯案的证据，最好找到那把刀；二是等下午我们拿到所有可疑人员的详细档案，再进行一次比对和筛查。

因为，凭着凶手的奸诈，应该不会在自己家中留下什么证据，我们现在传唤周子国，极有可能只会坐实其吸毒的行为，无法将凶杀案与其对应起来。

回到审讯室，老猫急切地问我们要不要马上抓周子国，见疯哥摇头，他有些沮丧。

文雅把我们让王宇回去监视周子国的打算告诉了他，他考虑了一阵后说：“既然我已经把周老板的秘密说了出来，以后也不指望能在他手下继续做事了。我知道你们现在怀疑他是杀人案的凶手，我愿意帮你们找证据。但在我通知你们之前，你们不能对他做出任何有可能让他起疑的行为。要不然，他肯定会知道我出卖了他，万一他真是杀人犯，到时候会杀了我的……”

王宇几乎恳求地说着，他说得也在理，疯哥考虑到他的人身安全，答应了，并叮嘱他一旦周子国有什么异动，马上联系我们，他重重地点头说：

“这是当然，我还要留着命与小莺一起把我们的孩子抚养成人呢。”

王宇走后，我们几人又合计了一番，把周子国设定为凶手，再放回三起案子中去，各方面的情况基本吻合，只有一个问题弄不明白，就是他吸毒前不会喝酒，那案发现场的酒味是怎么回事？

不过，这个问题并没有困扰我们多久，在拿到人员的详细档案后，我们得到了答案。

39
特殊气味

趁着禁毒支队的民警还没走，我们给他说了李回锅的事。

按现在的情况来看，李回锅应该与凶杀案没有直接关系，他的违法行为主要还是用罂粟壳进行烹饪。

疯哥把从李回锅家中搜出的剩下的罂粟壳拿给民警看，又给他说了李回锅往菜里加入的比例。

“你们是什么意见？”听完后，禁毒民警看着疯哥问。

“李回锅以前在特种部队服役，训练时伤了身体，没办法做重活，他开饭馆，也是为了养家糊口。”疯哥先说了李回锅家里的情况，然后又道，“你看看他的情节，能不能争取轻判。”

民警看着手中的罂粟壳，又问了镇上人对饭馆里饭菜的依赖程度，最后说：“罂粟壳不是经过提取的精制毒品，听你们所说，他尚未造成严重后果，是可以从轻处罚的。办理此案时，我们会进一步询问违法人员相关细节，并走访镇上的居民核实情况，把材料弄扎实。”

“太感谢了。”疯哥由衷说道。

人员档案是下午四点过后送来的，很厚的一沓，是先由好几个单位进行细致摸排走访，再让专人整理出来的。我随意翻看了一下，里面包含每一个人从出生到现在的所有情况，有正式的文字记载，也有从其同学、朋友中了解得到的消息，还有不同时期的照片。

像梁三山和赵胜这些背景简单的人，资料都有五六页，周子国、金志成他们则是有十来页，足见搜集资料的工作量之大，这次也是因为案子重大，才能动用这么多人力。

疯哥数了一下，共有十五份资料，既有可疑人员，也包含三名死者。专案组五个人，正好一人看三份，也就是三个人员的信息。为了保证不漏掉任何有用的线索，看完第一遍后，会进行二次筛查。

我拿到的是周子国、梁三山和镇上一个居民的，其中，那个居民的个人经历比较简单，并且与案子没有丝毫关联，我直接排除了。梁三山从小在青羊镇一带长大，是地道的农民，老实本分，小学文化程度，没什么违法行为，唯一与凶杀案有关的就是他在木材厂上班，这条线索我们之前已经掌握了，并排除了他的嫌疑。

剩下一个周子国，他现在是我们重点怀疑的对象，我打起精神，看得十分仔细。

周子国小学毕业后去了建筑工地，掘得了第一桶金，后来又去木材厂打工，再后来，自己开办木材厂，这些经历我们也早从所长那里知道了。

我继续往后翻，有一份他儿时邻居提供的信息，周子国小时候比较好强，与好几个孩子都打过架，通常都是他打赢，而打架的缘由是那些小孩子骂他，说他是“穷光蛋”。

看到这条，我不由得想，难怪周子国一直想要当人上人，是因为儿时受到的侮辱在他心里埋下了一颗成为人上人的种子。

“你们看，金志成小时候就是个色鬼了……”老猫的一句话把我们都吸引了过去，我看向他手指着的地方，那是金志成初中班主任对他的评价，里面提到他上初中时曾几度趁着上下学高峰期，在人群中摸女同学的屁股。

袁权笑着说：“你们说，把他和吸毒后的周子国关在一间屋子里，会有什么效果？”

文雅白了他一眼说：“你这想法真变态！”

疯哥沉声说："别开玩笑了，抓紧时间看。"

组长发了话，大家继续投入工作，办公室里此起彼伏地响起青羊镇这些人物的另外一面——

文雅说："耗子以前经常偷乡亲地里的红薯烤着吃……"

"刘芳从小学时就开始谈恋爱了，不过那时就能看出她是个美人坯子。"老猫啧啧道。

当时我就在他旁边，听完忍不住瞅了瞅，十岁的刘芳五官已经比较精致了，肤色也比旁边的女同学白了不少，在一群农村孩子中显得格外靓丽。

"王宇少年时的理想竟然是当解放军叔叔，穿一身军装比光头帅多了。"袁权拿着一张照片说。

文雅从他手中接过照片，看了一会儿道："嗯，军礼敬得蛮标准，目光也比现在有神。"

我也走过去看，照片中的王宇十三四岁，比现在要青涩一些。从背景看，这是在照相馆，他穿着一身海军制服，敬着军礼，帽子遮住了头发，脸上的笑容极为灿烂。

"这张照片的来源是哪里？"我问袁权。

"背面写着有，是从王宇初中时的一个女同学那里拿来的。"袁权回答。

这就好理解了，我们上学那会儿，智能手机没有现在这么普及，电子相片也不流行，同学们都会去照相馆照一些照片，在毕业的时候互相赠送。为彼此留个念想，我家里都还保存着好多中学时代同学的照片，每每翻看起来，都能回想起年少的青春时光。

我放下照片，正好袁权看完了王宇的资料，我就拿过来接着看。王宇初中毕业后离开青羊镇，去了广州打工，有时一年回来一次，有时两年回来一次。

他在好几家厂都待过，资料显示，他以前厂里的一些同事对他的印象很一般，无外乎就是他平时有些目中无人，经常与人打架，社会习气比较重。

我摇了摇头，心想还真该让王宇去当兵，在部队里削削他的锐气。

再往后看，就是三年前他父母意外身亡，他处理了广州的事务后，只身返回M市。

在这件事中，王宇倒是表现得比较理性，没有找开发商闹事，拿了赔偿款回到青羊镇，低调地安葬了父母，随后没多久，就进入了周子国的木材厂工作至今。

资料上说他为父母守孝三年，一直吃斋，相较于少年时期，在镇上的名声也好了起来。

不过，从今早开始，他与小莺的事在镇上传得沸沸扬扬，只怕他好不容易堆积起来的名声也会崩塌。好在他与小莺是男未婚女未嫁，比起金志成和刘芳二人那种不正当的关系，要好得多。

“腋臭？”这时，文雅莫名地说了两个字。

“啥？”正查案呢，文雅突然提到这两个字，我怀疑是自己听错了。

“原来周子国有腋臭啊。”文雅喃喃道。

“这有什么稀奇的，赵胜还是‘香港脚’呢，镇上好多人都被他的脚臭过。”老猫笑着说。

没错，每个人的资料上都有这方面的内容，除了体味、个人习惯，还有他们的病历，比如金志成曾做过胆囊切除术，李回锅曾经骑翻了自己的电动三轮车，把手腕压骨折了。

之前我也瞟过它们，但觉得与案子没多大联系，就自动忽略了，现在文雅刻意提起周子国的腋臭，难道是有什么玄机？

“那天吃饭时，我与他挨着坐，并没闻到异味啊。”疯哥仔细回忆着说。

听了他的话，我的眼前却闪现出了两幅画面。

一次是耗子死的时候，在木材厂院子里，文雅问周子国话时，往前走了一步，而周子国就相应地后退了两步，保持着与文雅的距离。

另外一次就是昨天上午，刘芳死后，我和文雅去周子国办公室，我们进去时，他迎了过来，我以为他要和我握手，可他走到离我有三米远的地方就停了下来。

难道这是因为周子国怕我们闻到他身上的异味？

可也不对啊，我们第一次见他时，他是挨个儿与我们握了手的。

文雅却说："我的一个闺密就有腋臭，所以我对这东西比较了解，她试了很多种方法，可是，无论是药物压制还是手术去除，都断不了根。"

袁权接话说："我也知道一些，腋臭严重的人，就算刚洗完澡一个小时，也会有异味传出。"

"对！"文雅接着说，"有腋臭的人因为容易惹人嫌，所以比较自卑，对于周子国这种好面子、想当人中龙凤的人，腋臭无疑会给他带来极大的心理压力。我猜测，除非他刚擦了药，确保自己身上没有异味，才会与人近身接触，否则的话，必定会保持一个安全距离。"

"周子国有这样的反应，也算是正常的吧。"老猫有些不明白文雅特意提出此事的原因。

文雅却说："凶手似乎不是在醉酒状态实施犯罪的，因此我们一直不明白他为何要在案发现场留下浓烈的酒味，现在我或许知道了，酒味的存在是为了掩盖另一种比较特别的气味。"

我们四人恍然大悟，都把自己手中的资料重新看了一遍，着重看那些人身上都有些什么样的体味，其中，有两人有腋臭，一人有脚臭，两人有长时间不洗澡的酸臭，最后经过一一排除，基本上锁定了有腋臭的周子国。

疯哥当即说道："马上请求技侦支队监控周子国的通信，如果天黑前他都没有动静的话，我们今晚就开始对他监视居住。"

我突然想起一件事，就说："王宇与小莺的事情曝光，镇上所有人都知道了，只怕凶手会认为他也戴了一个面具啊。"

"如果凶手真是周子国，那王宇现在岂不是很危险？"袁权惊呼道。

这事提出来，疯哥也愣了，思虑几秒后，他安排道："出发去木材厂！"

40
追踪

我们赶到木材厂时，厂棚下面仍然传来轰隆的机床声，与往常没有什么区别。

不过，细心的文雅发现，周子国的车子没有停放在院子里，这让我们很是不安，一行人快速冲上了办公楼二楼。

三间办公室大门都是关着的，我们分成两组，我与文雅去敲金志成的房门，疯哥他们则去敲周子国的门。

我敲了两声后，金志成打开门，疑惑地问："怎么了，警官？"

我看向疯哥那边，房门没有开，就问金志成："周老板呢？"

"他要去城里见客户，提前走了，让我把厂里照看好。"

"王宇也去了？"疯哥听见后，走过来问。

"肯定啊，王宇是他的司机嘛。"金志成不清楚情况，越发茫然了。

"他们在哪里见客户？"文雅问。

金志成摇头说他不知道。

"赶紧打电话问一下，但别说我们在找他。"疯哥催促。

金志成见我们几人全都板着脸，像是出了大事般，这才觉得不对劲，转身回办公室，在桌子上拿起手机给周子国打电话。

随着金志成把手机放在耳朵上，我的心情也跟着紧张起来，不知周子国真是去见客户了，还是他已经察觉到了什么。

“喂，姐夫？”

电话似乎通了，我们大气都不敢出。

金志成看向疯哥，疯哥示意他继续，就听他说着：“你和客户在哪里谈生意啊……不是，我这儿有份表需要你签个字……什么，明天啊……好，好……”

“怎么样？”见金志成挂了电话，老猫急切地问。

金志成有些无奈：“他没说地方，我以前从来不会问他这种问题，怕他会起疑，就没再追问了。”

“他们走了多长时间了？”文雅皱眉问。

金志成看了一下手表：“现在马上五点了，他们应该是两点过后走的。”

“这么久！”袁权惊呼。

我想了想道：“也就是说，王宇回来后没多久他们就走了。”

“要不要给王宇打电话？”文雅征询着疯哥的意思。

“打，你就问他和小莺的事情。”疯哥说。

文雅点了点头，用自己的手机给王宇拨了过去，然而，几秒钟后，她告诉我们：“关机了。”

王宇明知周子国有可能是杀人犯，他要随时与我们保持联系，定然不会随意关机，那么，只有一种可能，就是周子国准备对他下手了！

“再给周子国打电话！”疯哥神色一凛，冲金志成大声说道。

金志成身子震了下，手有些发抖地拿起手机，再次给周子国打电话，这一次，连周子国的手机也关机了。

听到这个消息，疯哥马上发布命令：“老猫留下，通知分局刑警队派人过来，对周子国办公室和他镇上的房子进行搜查，其余人跟我进城！”

下楼的时候，我联系了技侦支队，请求对周子国和王宇二人手机关机前的位置进行定位；文雅与交警部门联系，报出了周子国的车牌号，请求对沿途道路上的探头进行清查，找出周子国车辆的运行轨迹；袁权则联系银行，冻结周子国的所有账户。

回城路上，仍然由我开车，疯哥给大队长汇报了案情进展，大队长立即安排我们队上的值班民警去交警队协助查看车辆监控。

各个部门都知道此案案情重大，效率很高，半个小时后，技侦就回了电话，王宇那个号码关机位置刚过 M 市到宁县的路口，周子国号码的关机位置在路口往前的一段路上。

“周子国去宁县做什么？”我有些不解，同时也往那个方向开去。

“估计是想跑吧！”袁权说。

文雅说：“从他手机关机到现在的时间，还不足以到达宁县，我们封锁两边道路，他铁定跑不了！”

疯哥听言，旋即给大队长汇报了此事，由市局出面去衔接。十分钟后，大队长就打电话回来说安排好了，两个路口的警察全部到位，疑犯插翅难飞。

在我们赶到 M 市前往宁县的路口时，交警队那边也传来了消息，周子国的车辆从青羊镇进城后，穿过了好几条街道，其中还有些监控盲区，最后出现在宁县路口，从高清探头拍到的画面看到，驾驶员一直是王宇，周子国坐在副驾驶位。

“周子国有没有胁迫王宇的动作？”我听到文雅问了句。

“好，知道了，谢谢。”

挂了电话，文雅告诉我们，两人在车里还不时有交谈，看不出胁迫迹象，不过，既然王宇的手机是过了宁县路口才关的，王宇有可能是在那之后才受到了胁迫，只不过路途中没有监控，我们无从得知。

了解情况后，我们就出发往宁县方向开去。从市区到宁县，正常情况，一个半小时车程，开得慢的话，也不超过两个小时，按理说，周子国的车子应该已经到了宁县，可那边迟迟没有传来消息。

经过沟通，宁县公安局也派了两辆警车往 M 市区行驶，我们双向压缩，沿途寻找着周子国的踪迹。

路段中会经过三个小镇，镇上有分岔路口，当地派出所的民警也顺着岔路在搜寻。

途中，疯哥接到老猫的电话，说是在周子国镇上的房子里发现了吸食冰毒用的“冰壶”，还有少量剩下的冰毒，此外，在楼顶发现了一把折叠梯，没有找到杀人的尖刀。

折叠梯算是件重要的物证，疯哥让老猫加大搜索力度，看看还有没有其他线索。

再说这边，直到我们与宁县公安局的警车相遇，双方都没看到周子国的车，此时天色已经完全黑了，给搜寻带来极大的困难。

“刚才我好像看到路边还有一些小路，那些路是通往哪里的？”文雅问宁县的一个民警。

民警回答说：“除了三个镇上有岔口外，沿途还有几条土路，是各个村里自行修建的，只有一车宽，主要供村民的三轮车行驶，如果是两辆轿车相遇的话，需要一车退到特定的几个点才能错车。”

“嫌犯有没有可能开车进了村子？”我问。

那个民警笑着说：“他开进去的话，就是自寻死路，土路的这头连着大路，另一头通往村里，他开进去就跑不出去了。”

疯哥神色凝重地问：“这一带的地形如何，有没有高山？”

民警摆了摆手：“这边树林多，没有太高的山，有一个大水库，是宁县的水源地。”

“水库，水库……”疯哥沉吟道。

周子国要杀王宇的话，没必要弄这么麻烦，他主要还是想跑路，可既然他的凶手身份已经暴露，必然会成为通缉犯，他又能跑到哪里去呢？

“他想自杀？”旁边的文雅喃喃地说了句。

“带我们去水库看看！”文雅的话提醒了疯哥，也让我恍然大悟。

民警不明就里，不过也没多问，驱车带我们往水库赶。我们往前开了二十多分钟，然后右转上了一条土路，路两旁都是树木。又行驶了十多分钟，在车灯的照耀下，能看到右手边隐约有个湖。

继续往前了一段距离，前面的车子停了下来，我们也就下车了，当我们走上前时，赫然发现前方三十米处的一个林子里停着辆轿车。

袁权的视力好，看了一眼后说："车牌像是周子国的！"

我们回到车上拿好装备，全副武装地向车子跑去，随着距离的缩短，我们确定此车正是周子国的，在几把手电筒光束的照射下，能看到驾驶位的座椅被往后摇了一些，上面似乎躺着一个人。

冲到车旁，我们几乎是同时拉开了四扇车门，其他几扇车门拉开后，相应的座位上都是空的，唯有驾驶位上躺着一个人，是个光头，身材瘦小……

他的脸上，戴着一副面具，仍然是小丑的模样，不过与前面的三个有些不同，疯哥戴上手套，取下了面具。

"这……"专案组的人都见过耗子与刘芳死时的模样，所以，当面具揭开后，我们并没怎么吃惊，宁县的几个民警却是不约而同地发出了惊呼声。

躺在座位上的人没有脸，割掉脸皮的面上，一片血痂，胸前的衣服被染红了大片，因为没了脸，两只眼睛露出的部分很大，也成了红色，正惊恐地盯着我们，脖子处一片暗红，有个大口子，口子边缘还有些未凝的血液。

惊呼过后，林子里弥漫着压抑的气氛，我们终究还是来晚了，没有救下王宇的性命。

副驾驶位上有部手机，开机后，里面的资料证明其是王宇的，后备厢里没什么东西。对周围进行搜索后，我们在驾驶室这边地面的草丛中找到了一把带血的尖刀，在副驾驶位那边的轮胎边找到一个针管，疑似是用来注射毒品的。

距离轿车右边两米多就是水库的边缘，缘于对周子国自杀的猜测，我们走到那儿，用手电筒往里照了照，水面离岸边有三四米高，人从岸边能轻松地跳入湖中。

此时的湖面很平静，没有涟漪，水下黑压压的，看不到底。

疯哥接连打了好几个电话，当他垂下手时，有些疲倦，有些失落，还有些愤恨。

"这个大水库周围可住有居民？"我问宁县的一个警察。

他摇头说："水库是饮用水源头，县上就没有开发，只有一个管理处，在水库的另外一头，这边平时没什么人。"

如此的话，目击证人都不好找了，周子国到底是跑了，还是跳河自杀了呢？

我四下望了望，宁县这边虽然没有很高的山，可地域很广，树林繁多，现在又是夜晚，周子国要一头扎进林子里，至少要动用上千名警力才有办法搜查，而等到这么多警力集结完毕，只怕他早就翻过几座山头了。

半个小时后，法医和痕迹组同事到了，他们一直在宁县路口等着，接到疯哥电话后就赶了过来。经过一番勘测，在车底盘下找到一块带血的石头，刚好法医检查出死者头部曾受过重击，推测是凶手用石头将其打晕后，再用尖刀进行割喉。

勘查完毕，他们把尸体、周子国的车和相关证物都运走了，现场空了出来，我问疯哥接下来怎么办，他叹了口气说："消防部队马上就到了，会对水库进行打捞。另外，市局已经发了协查通报，周边派出所都会加大对周子国的排查，等消息吧。"

"我看他多半是跳河自杀了，只不过，人刚刚死，尸体还不会浮出水面。"袁权说道。

我也比较赞同这个观点，文雅却没有吭声，她看着刚才停周子国车子的地面，不知在想些什么。

"你们看那里！"这时，一个宁县的民警冲我们喊道。

41
亡命

听到声音，我们齐刷刷看向那边，民警正站在水库边，手电筒射向水里。我们走上前，手里的几把手电筒也照了过去，只见在离岸边二十来米的地方，漂浮着一个白色的东西。

“是塑料口袋吧？”我问。

民警却说：“不是，刚开始它离岸边还近一些，我观察了好一阵，看着像刚才车里那人脸上的面具。”

“之前我们把附近的水面都检查过，没看到这东西啊。”疯哥有些奇怪。

民警解释说：“你们说话的时候，我拿着手电筒在水面搜寻，看着它从水下冒出来的。”

此时的风是从我们站的位置向着湖面吹的，导致那东西离我们越来越远，不好分辨，只有等消防官兵赶到后再下水查看了。

为了掌握水库的情况，刚才疯哥打的电话中，有一个是给宁县公安局打的，由他们通知水库管理处的工作人员过来协助打捞。

又过了几分钟，消防官兵到了现场，由于小树林离水面还有三四米高，他们用绳索放下了一辆冲锋舟，再放人上去。

水库管理处的人还没到，为了保证安全，疯哥没让他们立即进行打捞，只是去把刚才我们看到的东西捡回来，其间，我们一直用手电筒照着它，它离岸边的距离又远了些。

东西拿回来后，我们看到的确是一副面具，与王宇脸上那副一模一样，它上面有一圈橡皮筋，以便将面具戴在人的头上。

疯哥拿过它说："这起案子到现在为止出现了五副面具，前面四副分别对应有一个死者，这一副应该也不会例外。"

"是周子国吧，他不也一直戴着面具生活吗，最后反正都要自杀了，戴着面具死，也算是应景。"袁权说。

我从疯哥手里接过面具，讲道："今晚这两副面具与前面三副面具上都画着小丑，却不是完全相同，之前我们分析凶手已经杀完人了，嫁祸给李回锅是他的最后一步，现在看来，我们的推断是正确的，这两副面具应该是凶手后来买的。"

疯哥接着说："对，我们打乱了凶手的计划，他已经察觉到我们手里掌握了某些证据，也就做好了最坏的打算，王宇的事是今天早上才被捅出来的，那么，凶手也应当是在这之后才去买的面具。"

袁权说："周子国自认算计得天衣无缝，最后还是被我们顺藤摸瓜，一一排除了其他人，锁定了他的嫌疑，这对他来说无疑是沉重的打击，他自认逃不过法网，选择了自杀，也算是有几分胆气。"

"文雅，你觉得呢？"我们仨说得热闹，一旁的文雅却一直没有发表意见，疯哥不禁问了她一句。

刚才我就发现文雅有点不对劲，眉头轻皱，像在思考着什么难题，看来疯哥也注意到了。

稍许，文雅回答说："我有两个问题还没弄明白。"

"什么问题？"我好奇地问。

文雅说："凶手之前进行了几次嫁祸，最后企图让李回锅为其顶罪，从而让自己完美脱身，由此看来，凶手不仅不想死，甚至打算好好地活下去，而现在我们手里并没有多少实质性的证据指向周子国，他为何如此急着求死？"

袁权笑道："作为凶手来说，我们打乱他的计划，排除了李回锅的嫌疑，就足以让他不安了，我们现在是没有多少有力证据，可经过慢慢排查，总会越来越接近真相，凶手智商那么高，他自然明白逃不过我们的调查。”

文雅听了，不做争辩，看着我们问：“第二个问题，王宇被割下来的脸在哪里？”

这东西我们还真没有见到过，不仅是王宇，之前耗子和刘芳的脸也还没有找到。

“被周子国扔进水里了吧，前面两个死者的脸不是也被拿走了吗。”袁权回答说。

文雅先微微摇头，后又点了点头：“前面两个，他出于对戴着面具生活的人的痛恨，或许把两张脸拿走并进一步处理，比如剁碎后再掩埋什么的，可今天他根本没有时间做这事，我们在附近也没有此类发现，那么，极有可能是被凶手扔进了水里，可只是扔进水里的话，我觉得不足以表达出凶手的愤恨之意。”

“你有什么猜测？”疯哥若有所思地问。

文雅说：“暂时还没有结论，可能只是我想多了吧。”

文雅的脾性我已经摸清楚了，但凡她有依据的，必然会讲出来与我们一起探讨，既然她没讲，就是她还不确定，所以，我们也不再追问。

又过了一阵，管理处的人过来了，给我们讲了水库的基本情况。水库平均水深十五米，最深的地方有近五十米，最浅的地方是五米，我们所处这片小树林外的水深在八米左右，水库里没有大型水生动物，不过底部有两三米的淤泥，还有些水草。

为安全起见，当天晚上没有打捞，所有人员分成了四个组，轮流在水库边守着，观察水面情况，其余人在车里休息。

专案组在场的四个人被拆分到了四个组里，疯哥照顾文雅，把她安排到第一组，这样，她守到零点就可以去休息了。

我们几人虽然暂时不用守，却都睡不着，仍然围在小树林里。夜里有些冷，几个消防战士燃起了一堆火取暖。

大家有一搭没一搭地闲聊，其间疯哥接到分局的电话，说是刚才的证物已经鉴定出来了，尖刀上的血迹与死者身上相符，针管内壁检测到冰毒成分，石头上的血迹与死者后脑勺的伤口吻合，但在伤口附近，还有另外一处受击打的新痕迹，并不是石头造成的。

王宇没有家人，文雅已经通知小莺去分局刑警队认尸了，小莺听到这个消息时，完全不敢相信，接连问了文雅几次再确定。

分局同事给疯哥打电话时，顺带着提了句，尸检完后，小莺已经办好了认领手续。不过她哭得厉害，尸体只有暂时存放在法医室，天亮后再由小莺自行送去殡仪馆。

疯哥说出这个消息后，所有人脸上都蒙上了一层悲色，这真是对苦命鸳鸯，相恋几个月，一直都是偷偷摸摸的，好不容易要公开关系了，王宇却又惨死，这叫小莺如何面对？

提到王宇头上另外一处被打的地方，袁权认为是过了宁县路口后，王宇手机被关闭，在这个时候，王宇就受到了周子国的袭击，昏了过去，后面的路途是周子国驾驶的，否则的话，也解释不了为何现场没有搏斗痕迹。

“你的意思是，王宇在车上被周子国打晕了？”疯哥看着他问。

袁权说：“是啊，这应该是周子国早就计划好了的。”

文雅却道：“在行驶过程中，打晕驾驶员，这是很危险的行为。”

袁权说：“他可以先找个借口让王宇停车，待车停下后，再趁机动手。打晕王宇后，他俩换了位置，他开车到了树林，最后一次享用了毒品后，跳河自杀。”

我从袁权的话中听出了一处问题：“既然已经换了位置，周子国开车到了这里后，为何又要把王宇搬到驾驶位？这岂不是浪费时间吗？”

袁权被我问得一时语塞，文雅眼中却是精光一闪，像是想到了什么。

我满以为她会讲出让我叹服的观点，她却是起身道：“我去给小莺打个电话。”

文雅说完就离开人群，坐到警车上去了，留下一脸愕然的我们。

十多分钟后，文雅从车上下来，我们都看着她，她勉强笑了笑："没什么，我听说她情绪不好，打电话安慰了她几句。"

打捞工作定于第二天清晨七点开始，六点半的时候，我们大队长和市局分管刑侦的副局长就带着专业法医到了现场，他们听说案子即将侦破，也赶来给大家鼓劲。

除了消防官兵的三艘冲锋舟，水库管理处也调来了两艘大船，市里连夜调集的专业潜水人员也已到位，七点整，打捞工作全面展开。

经过一个上午的打捞，快到十二点的时候，终于传来了好消息，在离岸边五十米远的湖底找到了一具尸体，尸体捞上来时，全身的皮肤已经泡白了，由于时间短，并没有太过肿胀，能清楚地认出他正是周子国。

周子国身上没有外伤，经法医现场检测，肺里吸入了大量的水，确定是溺水窒息而亡。

尸检结束后，副局长和大队长走到一旁，把疯哥也叫了过去，三人说了一阵子，回来后，副局长笑着对我们说："同志们，你们破获了如此重大的命案，辛苦了，等下午参加完新闻发布会，局里给你们庆功！"

副局长发了话，这案子就算是结了，大家伙忙碌了一上午，都有些累，此刻听到结案的消息，全都长出口气，特别是我们几人，绷了好几天的弦终于可以松松了。

随后就是收拾现场，打道回府，整个打捞以及现场尸检经过都被全程录像留证，以应对有可能出现的周子国的家属闹事情形，毕竟目前他是被认定为凶手的。

回城的路上，我问疯哥："今天就结案会不会太快了点？"

疯哥有些无奈地道："这案子死了五个人，市委、市政府的领导都在过问，各大媒体也盯得紧，局里压力很大，自然希望快点破案。昨天的道路监控里能清楚地看到周子国与王宇二人坐在车辆前排，没有其他人，现在他俩都死了，我们推演出了凶手的作案经过，同时有其他物证佐证，领导觉得可以向外界宣布结案了，至于后期的取证工作，可以慢慢进行。"

袁权附和着说：“凶手都死了，自然可以结案了。”

下午的发布会在我们大队会议室举行，回到队里，老猫已经等在那里了，带着兴奋之色，他在办案过程中表现一直比较积极，现在破了案，专案组成员立功受奖是少不了的，他脸上有光，自然高兴。

疯哥带大家去食堂吃了饭，然后让我们自己找地方休息一会儿，他要在发布会上介绍破案经过，得去整理一下资料。

我带着袁权和老猫去备勤室，文雅说她在自己车上休息。两点五十，我们三人进入会议室，好多媒体的记者已经到了，疯哥站在主席台上，看见我后问：“文雅呢？”

“她还没来吗？”我问。

疯哥说没有，我赶紧回到院子里，发现文雅的车也不在，就给她打了个电话，却无人接听。

发布会分为三个环节，先是副局长为此案定性，随后是疯哥介绍案情，最后是记者向专案组成员提问。到了三点钟，文雅仍然没有出现，好在我们还有四个人，应付十多个记者也足够了。

发布会准时开始，副局长走到舞台中央的话筒处，正要开讲，这时会议室的大门却被人推开了，文雅站在门口，冲台上喊道：“等一下。”

42 反转

文雅这一声喊，所有人的目光都移到了她身上，副局长皱起了眉头，有些不悦地看着她。

文雅毫无惧色，快步走上主席台，大队长迎上去，正欲开口，文雅却看了一眼台下的记者，越过他，径直走到疯哥跟前，低头给他说了句什么。

待文雅说完，疯哥脸上神情巨变，走到副局长跟前，在他耳朵旁轻声说了几句。

副局长听后，脸色更难看了，不过没有发作，深吸一口气后，对台下说道："各位媒体朋友，因案情有所变化，今天的新闻发布会暂时取消，下次召开前，我们会逐一通知大家，实在抱歉。"

此话一出，台下一片哗然，中间夹杂着诸多不满的话语。大队长也知道了原因，堆出笑脸劝说着记者，并承诺会第一时间将案情向外界通报。

我和老猫、袁权三人并不知道发生了什么事，眼里都是一片茫然。这个时候，疯哥把我们召集到一起，轻声重复了刚才文雅的话："昨晚轿车里死的人不是王宇。"

这句话就像枚炸弹一般，让我感觉自己的脑子里"嗡"的一声，昨晚死的不是王宇？那又是谁？开什么玩笑！

"怎么可能？！"袁权最先有反应，他是在现场亲眼见过尸体的，虽然脸没了，可看起来的确是王宇的身形，何况沿路的监控探头里也能看到车子前排分别坐着周子国和王宇。

“你不是开玩笑吧？”老猫也有些不相信地看着文雅。

虽然我心中同样充满了疑问，可凭着对文雅的了解，我知道她一定已经找到了支撑这个观点的证据，所以，我只是问道：“为什么？”

疯哥安抚我们说：“大家别急，我们先听听文雅怎么说。”

这时记者已经全部离开了会议室，大队长把门关好后，和副局长一起走了过来，两人的脸色都不好看，特别是副局长，刚才文雅进来，直接打断了他的话，只怕他心里憋着一口气呢。

文雅却不在意，说出了她的发现：“昨天晚上我就觉得不对劲，有好几个环节都想不明白。王、周二人昨天的行动路线以及案发现场，的确是顺理成章，也与前面三起案子前后呼应。可是，从昨天的情况来看，凶手明明走得很匆忙，却不仅杀了王宇，仍然割下了他的脸，还处理了脸皮，当时我脑子里就突然冒出了一个大胆的想法。”

“什么想法？”我心里已经猜到几分，却有些不敢说出来，就问文雅。

“或许我们一开始就错了，凶手对受害者割脸，从表面上来看，是在割掉他们伪装的面具，然而，凶手也正是用‘面具’来转移我们的注意力，其实他有一个莫大的阴谋，而我们，都被带进了他的圈套！”说到这里，文雅的语气有些激动。

疯哥让袁权给她接了杯水，让她缓一缓，文雅喝了口水后，接着说：“凶手是想金蝉脱壳。”

听了这话，再联系到刚才文雅说死在车里的不是王宇，我脱口而出：“你的意思是，王宇才是真正的凶手，现在他已经跑了？”

文雅重重地点了点头。

“证据呢？”大队长也被这件事震惊了，眉头皱得很紧。

文雅告诉我们，中午吃完饭，她给小莺打电话，那会儿她正准备把王宇的尸体拉去殡仪馆，文雅赶过去，让她对尸体进行仔细辨认。她开始不知文雅的意思，说她昨晚哭了一晚上，怕自己再看尸体会忍不住。

文雅知道小莺舍不得王宇，就对小莺说王宇有可能还没有死，这只是一个体形和王宇像的人，但并没说王宇可能是真凶。小莺深爱王宇，一听王宇有可能没死，当然是转悲为喜，认认真真把尸体瞧了个遍。

“结果呢？”老猫已经听得傻了眼。

“结果，尸体当然不是王宇的。尸体的确是光头、身材瘦小，右手小臂上还有个老虎文身，如果让我们去看，一定会认为那是王宇无疑。可他低估了小莺对他的爱，小莺对他的特征几乎是了如指掌，昨晚她悲伤过度，根本没想着去仔细辨认，现在听说死者有可能不是王宇，就看出了问题。”文雅成竹在胸。

“哪个特征有问题？”我好奇地问。

“首先是文身。小莺说她认识王宇的时候，他就有文身了，文身的颜色比较暗，可死者手上的文身比王宇的文身颜色要深一些，像是刚文上去没多久；其次，王宇因为经常摸方向盘，手上有许多茧，死者的手虽然粗糙，相应位置却没有茧；最后，虽然都是光头，可死者的光头像是刚刚才剃的，甚至能看到一些轻微的刮痕。”

“他们两人确定关系多长时间了？”副局长问。

“三个月。”疯哥回答。

副局长接着说：“才三个月而已，那女孩凭什么说对死者了如指掌，马上让刑警队给死者做DNA鉴定！”

“王宇已经没有直系亲属了，尸体取样后只能与王宇家中的毛发或牙刷上的DNA进行比对。”老猫说。

“他其实有直系亲属，在小莺的肚子里。”袁权说道。

从生物学上来讲，的确是这样。小莺怀孕两个月，虽然无法做羊水穿刺，却能提取阴道绒毛进行DNA鉴定，实在不行的话，这也是一个路子。

“除了小莺的辨认，尸体上还有一处疑点让我推测出凶手用了替死鬼。”文雅又说。

“你讲讲看。”大队长点了点头。

文雅是我们刑侦支队极力从梓州县局要过来的，大队长对她的业务水平很是了解，所以并没有像副局长那样对她有太大的质疑，而是鼓励她讲出自己的观点。

“法医指出，死者头部有两处被击打的痕迹，其中一处与现场找到的石头吻合，而另一处却不是石头造成的。我们曾分析，那处伤口是在过了宁县路口后由周子国对死者击打造成的，可是，凶器在哪里？”

老猫正要开口，文雅接着说：“当然，我们可以猜测周子国把凶器扔掉了，但这样就比较矛盾了，案发现场，有尖刀，有石头，这两样凶器他都没有隐藏，为何要隐藏之前的那个工具？并且，既然有一个如此好用的击打工具，他干吗不留着，还要费力找块大石头？”

文雅的几个问题问得刚才想反驳的老猫没了话语，也让其他人都沉思了起来。专案组里，我与文雅磨合的时间最长，很快捕捉到了她的思维，试着说：“所以，死者应该是在另外一处地方就受到了攻击，并晕了过去，然后被带到了案发现场，凶手在匆忙中忘了将工具带上，到了现场后，就找了块大石头伪造击打痕迹？”

“对！如果我猜得没错的话，死者被凶手打晕后，是藏在后备厢里的。到了现场后，凶手把周子国推下了水库，再将死者从后备厢里扛出来放在驾驶室上，用大石头敲打其头，用尖刀割其喉，待其死后，再割下了脸皮。”说到后面，文雅脸上已是一副愤慨神情。

文雅说话的时候，疯哥几人已经点起了烟，听完文雅所说，大队长猛吸了口烟问：“如果死的人不是王宇，那会是谁？”

疯哥说：“一个大活人失踪，肯定有人报案的，立即在全市公安机关搜集相关的信息，死者身上的文身也是个线索，拍照后发放至城里所有文身店铺。”

这次，副局长没有吭声了，他既然在分管刑侦，在这方面自然也有些经验，听了文雅有理有据的分析，想必已经有几分信了。

接下来的工作，目的性很强，老猫和袁权带一组痕迹人员回青羊镇，对木材厂的工人和镇上的一些居民进行走访，探查王宇昨日离开派出所后的行动轨迹，同时对王宇的家和宿舍进行勘测取证。

我与文雅去打印死者手上的文身照片，到市里大小的文身店铺去走访。疯哥则挨个儿去城区的派出所、巡警队等基层单位，搜集走失人员信息。

临走的时候，副局长对我们说："我会给市局指挥中心打招呼，由他们在市公安局内网上发文，要求相关单位对你们予以全力配合，这次别再让我难堪了。"

这一刻，我觉得眼前的老头还是蛮可爱的。

从会议室出来，虽然我心里已经认同了文雅的推测，可我还是有些不解地问："王宇有爱人，很快还会有儿子，他为何要毁掉自己的下半生？"

"在他的计划中，凶手已经跳河自杀了，公安机关也会结案，他可以继续生活下去，何来毁掉下半生一说？"文雅反问我。

"周子国以凶手的身份死了，可'王宇'也死了，自此，他就是一个不存在的人，他以谁的身份存活呢？他定然也不敢光明正大地与小莺生活在一起啊。"我还是疑惑。

"这个问题，我还没办法回答你，或许还有我们没有查到的线索，或许，即便是到了现在，凶手的计划仍然没有结束，甚至于，我猜到死者不是王宇，其实也在凶手的谋划当中？"文雅苦笑道。

她的话，让我浑身上下涌出一股寒意。

43
替身

这起案子，我们最先怀疑的是许涛，而后怀疑李回锅，再后面是周子国，现在，我们觉得失踪的王宇是真凶，可是，这会不会是凶手的又一次嫁祸呢?

无论是与不是，单从之前的案情发展来看，凶手的心计与智谋就已经够可怕的了。

见我发愣，文雅反倒笑了："别怕，这种可能性很小的。路面监控拍到车子里只有周子国与王宇，后备厢塞了个替死鬼，真凶总不能把自己也锁在后备厢吧，所以，凶手应该在周、王二人当中，现在周是铁定死了，那王宇是凶手的概率很大。"

把设定的凶手放回案件中去分析，是刑警办案的常用方法，现在假定王宇就是凶手，我们再来看前面三起案子。

张东升半夜回家，途中偶遇王宇，因二人是同事，每天都会接触，张东升自然不会有戒心，而王宇有机会出入张东升办公室，发现张东升的秘密也是有可能的。

同样，王宇知道金志成与刘芳奸情一事，他们二人都算是戴着面具生活的人，至于为什么杀刘芳而不杀金志成，我推测是因为刘芳更容易下手一些，因为那两晚金志成都是住在木材厂里的，厂里同时还有两名工人，经过耗子一事，大家的防范心理比较强，他不容易下手。

唯一不明白的是，王宇如何知道耗子嫖娼一事的。

“耗子是在金牛广场那边嫖娼，我们就从那里查起吧，正好那边也有不少的文身店。”文雅提议。

拿着打印好的文身照片，以及王宇的肖像照，我们直接去了金牛广场。

我们只有两个人，为了提高效率，就去找了涂莽子，让他手下的小弟拿着文身图片去帮我们询问广场一带的文身店，同时，也让他们再仔细辨认一下王宇，看有没有人在广场附近见过他。

那些小弟准备离开时，我突然想起一件事，就让他们等一等。文雅疑惑地问我怎么了，我重新收回了王宇的照片，从包里拿出笔，把其中一张照片上王宇的光头涂黑了。

“你是怀疑王宇来广场时戴了假发？”在我涂的时候，文雅就明白了我的意思。

我说：“嗯，这起案子中已经多次涉及头套，王宇的光头走到哪里都很显眼，如果他是凶手，肯定会用假发来伪装自己！”

“还真是！”文雅恍悟道。

照片有近二十张，在我的示范下，涂莽子的小弟们也都用笔把王宇的光头涂上了一层黑色的头发，然后各自拿着王宇的照片和文身照片离开了。

我们要在这里等回复，就没有走，涂莽子也陪着一起，文雅看着他问：“想通了没有，要不要回家去看看？”

涂莽子脸上露出了笑容：“和家里联系上了，等我再攒点钱就回去。”

“恭喜你与家人团聚。”我也笑着说。

“说起来，还得感谢二位警官，若不是你们开导，我可能这辈子都不会回去了。”涂莽子有些伤感地说。

我们在广场上等了近两个小时，涂莽子的小弟稀稀拉拉地回来了些，却都没有带来好消息。在我们有些忧虑的时候，有一个浑身脏兮兮的老头子走进茶馆，到了我们跟前，他手里拿着王宇的照片说：“这人我好像见过。”

“什么时候？”我从椅子上站起来问。

“好几个月之前吧。”

“在哪里看到的？”文雅语气中带着兴奋。

“就在金牛广场。”老头有些奇怪地看着激动的文雅。

“都几个月了，你怎么还记得他的样貌？”我疑惑地问。

老头这才告诉了我们事情经过。三个多月之前，照片上的人找到他，向他打听M市哪里的流浪汉比较多，老头开始没理他，他就给老头拿了五十元钱，老头收了钱，这才告诉他除了金牛广场外，青年广场那边也有很多流浪汉。

老头平时靠捡垃圾贩卖为生，好多年没见到过五十的整钱了，自然印象深刻，当时也多看了那人几眼。前两天我们拿着镇上人的照片让他辨认，看到王宇时，他一见是光头，就直接翻过去了，今天看到长了“头发”的王宇，就想起了这事。

听老头讲完，我琢磨着，王宇找流浪汉做什么呢？

这时，疯哥打来电话说他排查了M市最近一段时间的失踪人口，没有一个人的外貌特征是与死者相符的，现在他已经把范围扩大到了周边的各个县，看看能不能有发现。

“我知道了！”我大声对着手机喊道。

“你知道啥啊？把我耳朵都震聋了。”疯哥不满地说。

“失踪的人，死者是个流浪汉，是没有人报警的。”由于太激动，我这话说得有些语无伦次，不过疯哥应该能明白我的意思。

“你们那边有收获？”疯哥问。

我把老头刚才的话给他讲了，他说他马上带人去青年广场，让我们也带着王宇的照片过去。

文雅听到了我的话，也明白了过来，我们旋即带上老头，开车往青年广场赶。

青年广场是M市的另一处休闲中心，比金牛广场要小一些，在老头的指引下，我们直接把车开到了广场旁边一处流浪汉聚集地。

这是一处桥洞，离着还有十来米远时，就有一股臭味飘过来。桥洞里很昏暗，我打开了手机上的电筒，此时才下午五点过，可洞里已经睡了好几个流浪汉，老头告诉我们，有些流浪汉一天只吃一顿饭，为了不那么饿，会成天躺在洞里不出去。

“这样的地方有几处？”我问他。

“整个青年广场有三处桥洞，里面都有人，我以前在这边待过。”老头回答说。

这时，疯哥他们也来了，我把王宇的照片分发给他们，然后我们兵分三路去找三个桥洞里的流浪汉询问，十多分钟后，疯哥告诉我，他那边有结果了，王宇果然是在这里找了一个替死鬼。

通过对好些流浪汉的询问，我们还原了三个多月前王宇到此处的经过。他先观察了几天，最后选中了一个叫“土牛”的流浪汉，他并没有把土牛带走，差不多一周来一次，每次把土牛叫出去一两个小时，土牛回来后会给其他流浪汉炫耀，说自己去吃了什么好吃的。

文雅问流浪汉，土牛右手臂上有没有文身，其中一个流浪汉说：“有，有！他手臂上有只老虎，他在我面前嘚瑟过。”

文雅并没有说文身图案是老虎，流浪汉却能答对，文雅又问：“他有文身是在照片上的人找他之前还是之后？”

流浪汉想了想说：“在那之后。”

我们又询问了二人的外貌特征，土牛长得并不像王宇，但身高和他相差无几，流浪汉由于营养不良，一般来说，体形都比较瘦小，土牛也是这样。如果土牛剃个光头，再把脸割了，就成了死者那般模样。

“土牛人呢？”疯哥问。

“昨晚被那人叫走后，就没有回来了。”几个流浪汉一起说道。

找与自己体形相似的土牛，又给土牛文身，案发前一晚带走土牛，到了这个地步，王宇的嫌疑基本上能确定了。疯哥给上级汇报了此事，请求在全省范围内对王宇进行通缉。

王宇现在的状态，定然不会用自己的身份信息购买机票、火车票，那他逃离的方式就只有汽车与步行。汽车的话，案发时已经天黑，王宇贸然在路中间拦车，很容易给司机留下印象，一旦警方将此事公布，司机就会给警方提供信息，所以，我们推测他会采取步行逃离。

因此，市局要求，以昨晚那个水库为中心，向周边辐射进行全面搜查，追踪王宇的踪迹，寻找目击证人。

打完电话，疯哥给我们交代了几句就走了，因为领导指定由他负责此次的搜查行动。

疯哥走后，老猫打来电话，询问了我们这边的情况，也讲了他那边的进展。

王宇是光头，家中没有找到毛发物，只在牙刷上提取了 DNA，已经送去鉴定了。

通过走访了解，昨天王宇从派出所出来后，回到木材厂，把周子国的车开出去了，过了二十来分钟后回到厂里，再与周子国一同驾车离开，刚好他的邻居陈大妈看到了王宇开车回家，并且是直接把车开进了车库，又关上了卷帘门。

“这段时间，他是把替身装进后备厢了吧？”我问。

“多半是这样，难怪从派出所离开前，他答应替我们监视周子国，却特意提出要求，让我们不要轻举妄动，因为一旦我们盯着周子国，那王宇也就没机会去准备替身了！”老猫回答。

我补充说：“王宇开车回家里，很快就出来了，完全用不着把车停进车库，他却不仅停了进去，还把卷帘门都关了，一定是要做见不得光的事，这件事就是打晕替身并装进后备厢。”

我把这事告诉文雅，她微微点头：“牙刷上的 DNA 十之八九与死者是相同的，甚至，小莺家中王宇用的那把牙刷上的 DNA 也会与死者相同，这才是昨天晚上王宇去看小莺的目的。除此，他进城还有另一个目的，就是带替身土牛去剃光头，之后将其运至家中。”

我们马上通知痕迹人员前来，在土牛的生活用品上提取了 DNA，以便与死者的 DNA 进行比对。

随后，鉴于案情重大，过程复杂，我们把提供证词的流浪汉全部带回刑警队做了笔录，并且全程录音、录像。对付如此奸诈、狡猾的凶手，我们必须要把证据弄扎实。

由于工作量大，老猫和袁权从青羊镇回来后，也加入了进来。

问完笔录时，已经是夜里十点多了，文雅把所有笔录又逐一看了一遍。坐得太久，我有些不舒服，就站起身来伸了个懒腰，这时却听见文雅说：“王宇的‘面具’是假的。”

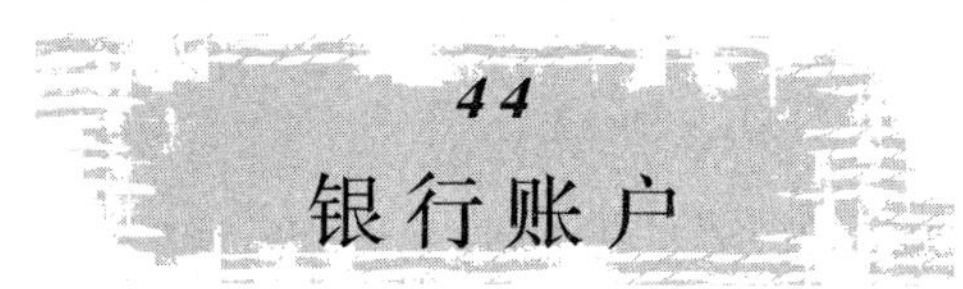

44 银行账户

“什么意思啊？”袁权不解地问。

文雅解释说：“‘王宇’最后也被割走了脸，他与小莺的事，是当天早上才被揭露的，细细想来，这其实是他自己透露出来的。”

经文雅一提醒，我接着道：“前天下午，在木材厂里，刘芳父母找周子国闹事，一向沉默的王宇冲刘芳妈发起脾气，并说出刘芳偷人一事，这刺激了金志成，以至于让金志成在镇上到处讲王宇和小莺的事。”

文雅点头说：“对！他是故意这么做的，故意把他的秘密公之于众，以制造出‘凶手’周子国知道他是戴面具生活的人并杀掉他的假象。”

老猫也反应了过来，试着问：“你是说，王宇其实是在利用他与小莺的关系？”

“你们看这里。”文雅指着一处笔录道，“王宇在三个多月前开始寻找替身，表明在那个时候他就在准备这次杀人计划了，而他与小莺刚好也是三个月前相恋的……”

“一个准备杀人的人，还有心思谈恋爱，还真是‘这个杀手不太冷’啊。”老猫调笑道。

文雅微微摇头：“如果他最后没有实施杀人计划，那么，我们可以相信他对小莺是真的动了感情，甚至为了小莺而终止了这场杀戮。可是，他没有停，那我就有理由怀疑，他当初与小莺在一起，也是计划的一部分，他故意让自己也成了‘戴着面具生活的人’。”

我明白文雅的意思，进一步说：“他的最终目的是让自己完美脱身，小莺的出现，刚好给了他灵感，于是他就演了这出戏，再制造出一些机遇，让我们发现他俩的事，从而降低他的嫌疑。”

袁权说：“事实上，我们也的确因为他与小莺的关系，认为他没必要为了心中的正义感而毁掉幸福的后半生。”

“连自己的感情也成了计划的一部分，这人真太可怕了。”老猫感叹道。

“只是可怜了小莺，还有她肚子里的孩子。”文雅有些伤感地说。

刚才袁权提到凶手是为了心中的正义感而杀人，几个死者也的确都有着平常不为人知的丑陋的一面，可是，王宇机关算尽，仅仅是想做个替天行道的侠士吗？

且不说那几人的行为都罪不至死，他王宇这般利用小莺，最后又让无辜的土牛替自己去死，这样的行为只怕比起前面三个死者有过之而无不及，他又算什么侠士？

“周子国是从三四个月前开始吸毒的，估计这也是王宇干的好事。”听了我的疑惑，老猫说道。

袁权附和着说：“没错，关于周子国吸毒的细节，我们基本上都是从王宇那里听来的，还没来得及向周子国本人求证。现在王宇被认定为凶手，那他的话就不足为信了。”

文雅说：“我们来看看王宇的整个计划，先杀张东升，用铁锤击打的方式，让我们把目光转移到青羊镇的许氏兄弟身上。杀耗子的时候，故意在现场遗留许涛的头发，又让李回锅看到像许涛的人影，从而把李回锅扯进案子。杀人的铁锤是李回锅家的，让我们进一步怀疑并调查李回锅，从而得知其购买罂粟壳的事。最后，由罂粟壳提醒我们毒品这条线，让我们顺藤摸瓜查到周子国吸食冰毒。”

文雅所说，算得上是杀人计划的主线了，听了她的话，我脑子里这起案子的构架也更加清晰，同时想到了其中的关键部分。

王宇没有直接嫁祸于周子国，是担心我们会很容易查出实情。中间设计许涛和李回锅这两个障眼法，让我们的侦破很费力，人员也疲惫，这样，当最后把目标锁定在周子国身上时，我们就会很兴奋，会迫不及待地想要抓捕他。

还有，折叠梯这条线索，我们是很艰难地发现的，如此，就会认为这是凶手不小心露出的破绽，那么，一旦在周子国家中找到相应的梯子，我们必然会确定其有重大作案嫌疑。

听完我与文雅的分析，袁权苦笑着说："这次也亏得有你们在，如果让我们分局刑警队来办理的话，好多环节都做不到那么细致，只怕会逮着许涛或是李回锅连续审问，压根儿怀疑不到周子国身上去，那还不把凶手急死了？"

文雅却说："不会，你没发现，好多线索都是凶手故意抛出来的吗？所以，不管谁来办理，凶手隐藏在暗处，会时刻留意我们的动静，根据我们的侦破情况，适时地抛出一些线索，来诱导我们的侦查方向。"

"可是，耗子看到的人影并不瘦小，李回锅那晚又把凶手认成了许涛，许涛与王宇的体形还是有一定差别的，那么，他们俩看到的人影是谁？"袁权又问。

老猫答道："既然能用头套掩盖光头的特征，也就可以通过多穿衣物来让体形变得更为宽大一些！这家伙不过是个初中生而已，也不知看了多少侦探小说、悬疑电影，竟想出了这么些法子！"

王宇可谓布局周密，面面俱到，如果不是我们提前搜查李回锅家，打乱了他的部署，让他在没有准备周全的情况下提前实施了最后的"替身计划"，只怕我们真的就让他逃之夭夭了。

说到逃离，我们又提起了那个问题，王宇的计划很完美，说明他并不想死，还想好好活下去。

可他把"自己"也弄死了，在一切风平浪静之后，他会以什么样的身份出现呢？

对于这个问题，老猫说："他既然让土牛替他死，那他会不会就以土牛的身份继续生活？土牛虽然是流浪汉，但户籍信息确实是存在的。”

文雅却说：“最开始我也这么想，可现在已经证实，土牛与王宇的面貌并不相像，他要冒充土牛的话，有些困难。”

我赞同文雅的说法，笑着看老猫道：“这事若发生在你和涂莽子身上就完美了，你俩长得这么像，涂莽子当你的替身而死，你离开M市，弄一张涂莽子的身份证，以他的名义继续生活，没人会发现问题。”

袁权在一旁冲我竖起了大拇指，老猫瞪了我一眼说：“瞎扯啥呢，我打死也想不出这样的计划啊。”

那天晚上，疯哥一直在M市坐镇指挥，本来我们四人也要过去的，疯哥却说那边人已经够多了，我们去了也帮不了什么忙，还不如好好休息，后面还有很多事情要调查。

第二天一早，我们收到DNA鉴定消息，不出所料，牙刷上的DNA与死者的DNA相同，但也与我们在桥洞里提取到的土牛的DNA相同。

这在证明死者身份的同时，也证明了王宇已经提前把牙刷进行调换的事实。

疯哥那边经过一夜的搜寻走访，也传来了好消息。昨天上午，有村民在离水库三四公里的树林里见到过一个陌生男子，村民上前询问其是哪里人，男子说是走错了路，随后就匆忙离开了。经过照片辨认，证实该男子正是戴着假发头套的王宇。

这说明王宇的确没有乘坐汽车离开，那么，他现在就还在M市内，只要封锁住所有出口，加大搜查力度，他肯定逃不掉。

王宇的画像已经连夜印发并送至了M市的各个乡镇和街道办事处，今天上午就会被张贴出来，市电视台和报社也会配合进行宣传，只要王宇还在M市，找出他是迟早的事。

疯哥一夜未睡，上午，袁权和老猫去替换他，我与文雅则去找了周子国的妻子，想从她那里了解一些王宇与周子国的关系，因为在我们眼中，王宇对周子国是很忠心的，他最后为何要把一切罪责都嫁祸给周子国呢？

去的时候，妇人与金志成一起在处理周子国的后事，我们正好一并询问了。结果，他们姐弟俩所讲的与我们之前知道的相同，王宇三年前到木材厂后，就一直对周子国忠心耿耿，没听说有对周子国不满的地方。

“难道是因为周子国吸毒后对王宇做了那事？”从周家出来，文雅问我。

我想了一会儿说：“时间上不对啊，王宇说周子国是最近一个月毒瘾大了起来，吸毒后也越发亢奋，可他早在三个多月前就开始谋划这起案子了，除非他最先并没打算让周子国背这黑锅。”

文雅点了点头：“那多半是王宇没说实话了。”

随后，我们去了银行，调查王宇和周子国的账户，本来只是例行的查询，没承想有了新的发现。

王宇的工资卡每个月准时收到木材厂打入的工资，除此之外，过年的时候，还有不菲的奖金，三年下来，总数已经达到十六万之多，可里面却只有不到一百元的余额。

从明细可以看出，每次发钱后不久，王宇就会将其全部取出，之后并不会存入。

“他家里有房子，中午在厂里吃饭，晚上好些时候与周子国一起在外面应酬，平时也没什么消费，他的钱能用这么快？”文雅看着我问。

我摇头说：“完全不合理，青羊镇的消费也不会有这么高。”

“那钱到哪儿去了？”文雅又问。

我想了想说：“一般来讲，工资卡是单位统一办理的，王宇会不会在进木材厂之前，自己有一张银行卡，打工存的钱都放在里面，所以，每次发了工资，他就会把钱取出来，转存到另一张卡上？”

我们是在××银行，能调出王宇在所有银行的开卡信息，他有好些卡，刚才我们只看了最近有交易记录的账户，听我说完，文雅就让工作人员把王宇其他卡的明细也打一份出来。

这次，我们看到，王宇的卡有M市的，有外地的，每张卡用的周期不长，交易金额也不多，现在有些卡里还剩些零钱没取出来。

引起我们注意的，是三年前王宇在M市工商银行办了张新卡，卡里一次性存入了三十万，对方是某某开发商。

从时间上来看，应该是王宇父母死后，开发商老板给他赔偿的钱。

然而，不到一个月，这三十万就被王宇分多次取走，之后，这张卡就再也没用过了。

最让我们意外的是，王宇的所有卡中都没有大笔资金的存入，也就是说，短短三年时间内，王宇手中的四十五万现金都不见了踪影。

我们马上查了王宇的其他经济行为，他近三年并未购房、买车，没有在证券公司开户，也没有出境消费记录。

得到查询结果时，我和文雅面面相觑，认定此事有些蹊跷。

45
抓捕

思虑一番，联想到当前的案情，我说："莫非早在三年前，王宇就有了杀人的计划？他知道自己会'死'，所以提前把钱都转了出来，以便在作案后能有充足的经济来源？"

"三年前就有了杀人的计划？"文雅重复着我的话，眉头微微皱起。

"是啊！我猜，他手里有一张用其他人的身份证办的银行卡，他的钱现在都在那张卡里。"我继续推测。

"通常来说，心思缜密的杀人犯都是冷血的，不会轻易相信身边的人，像王宇这种连环杀人犯更应如此，他会把全部家当都放在别人的卡上吗？"文雅有些疑惑。

文雅说得有道理，用别人的身份证办的卡，别人随时可以持身份证到柜台，以卡丢失为由，补办一张新卡，并将旧卡里的钱全部转移过去，到时候，王宇就是竹篮打水一场空了。

文雅又道："话说回来，三年前，王宇父母意外身亡，两条人命，开发商只赔了三十万元，也太黑心了。"

我赞同地说："是啊，不过王宇在这件事上的表现也有点奇怪，开发商这么明显地压榨，他竟然没有闹事，默默地接受了，这与他之前的性格也有些不符。会不会是他在广州打工时，受到了什么刺激，以至于性情大变？"

“性情大变？”文雅重复了我最后的四个字，然后用奇怪的眼神看着我。

她盯得我心里毛毛的，就问：“我说错了吗？”

文雅不答反问：“昨天晚上，我说王宇冒充土牛有些困难，后来你说了什么？”

“我说什么了？”她突然转变话题，弄得我有些莫名其妙，一时也的确想不起我说过什么。

“你说要是把土牛换成涂莽子，把王宇换成老猫，那这起罪案就完美了。”文雅提醒我。

她这一说，我想了起来，就说：“是啊，涂莽子和老猫长那么像，若是老猫杀了人，让涂莽子做替身，之后老猫再以涂莽子的身份存活于世，做起来会比较容易。”

我说完后，文雅收起了脸上之前疑惑的神情，隐隐带着笑意，她正要开口，我的电话响了起来。

电话是疯哥打的，他昨晚一宿没睡，上午老猫和袁权去替换他，让他好好休息，这才两个多小时，他怎么就醒了？

“疯哥，你没休息啊？”接起电话，我问了句。

“有王宇的消息了！”疯哥的声音很兴奋，丝毫没有疲惫的感觉。

这也难怪，对于刑警来说，无论前期的侦查工作多么烦琐、多么让人疲惫，到了最后抓捕凶手的那一刻，永远会让人热血沸腾。

听了疯哥的话，我也是全身一震，忙问：“抓到了？”

疯哥说：“还没有，不过，一个小时前，有人在靠近宁县的一处河边见到了他的身影，有百分之九十的把握是他。”

“一个小时，他肯定走不了多远！”我激动地说。

疯哥道：“嗯，现在我马上过去，你们也抓紧时间过来，参与搜捕的武警战士没有地方工作经验，等你们来了，每人带个组，今天就把他逮住！”

挂了电话，我边叫文雅往外走边说了这事。让我有些意外的是，文雅让我去和疯哥会合，她要去办一件重要的事。

“什么事？”我问。

“我要马上去广州一趟，到王宇当初上班的地方查清一件事。”文雅的样子不像开玩笑。

“查什么？王宇都要抓住了，到时候直接审问他就是了。”我有些不解。

“不行，这件事必须要查！”文雅的语气不容置疑，“你快去吧，我这儿也要联系一下派出所，帮我搞一张最快飞广州的机票。”

说完，文雅也不等我回话了，把钥匙扔给我，自己去路边拦了一辆的士。

我隐隐猜到文雅要查的事与我们刚才的对话有关，只不过，我现在没有时间去细细揣度，发动车子后，直接往宁县方向开去。

搜查王宇的临时指挥部就设在宁县路段的中间位置，我赶到那里时，疯哥他们已经制订好了详细的地毯式搜索计划。

先期的500号人在继续搜索，这里临时调集了300人，分成了30个小组，每组由两名公安和八名武警构成，全部投放至一个小时前王宇出现的那片地域。

鉴于搜捕对象的凶残，每组配有手枪和微冲各三支，出发前，疯哥传达了市局的指令，一旦凶手有抵抗行为，可以立即击毙。

除了文雅，专案组还有四人，疯哥坐镇指挥，我、老猫和袁权分别带了三个组。中午十二点半，疯哥下达出发命令，各组进入到指定区域，开始了搜查行动。

宁县路段树林繁多，地势广阔，便于隐藏，800号搜捕人员投进去，稍微隔着远一点，都不容易被发现，可见搜捕工作的难度极大。

好在两头的口子都收住了，保证凶手跑不出去！

下午四点钟，再次传来好消息，有一个组发现了疑似凶手的逃离痕迹，当时我这个组正好在附近，疯哥就调我组前去增援，并要求我们沿着痕迹进行追捕。

发现的痕迹是一些脚印，与河边找到的脚印相同，脚印通往一座山上，我们20个人顺着脚印，快速往上行进。

追捕过程中，脚印时有时无，为了分辨出凶手逃离的正确方向，我们耽搁了些时间，爬到半山腰的时候，已经是傍晚时分，天色有些暗了。

山腰处有块平地，我与另一组的组长商量后，就让大家停下来休整一下，吃点干粮补充能量。

我当警察以来，也参加过几起抓捕事件，可那都是在城里直接进屋抓捕，像这次在山林里进行大范围、长时间的搜捕还是头一次。

因此，我也有些累，坐在地上歇息，喝了些水。

休整的时间是五分钟，过了一会儿，我看着时间差不多了，准备叫大家整理一下继续出发，就在这时，好几个声音同时喊道："谁？！"

在这种环境下，这样的一声喊无疑让我心头一紧，条件反射地摸向了腰间的 92 式手枪，同时往发出声音那边看去。

昏暗的天色中，距离我们二十米远的一棵树下，有个人影。

我们这边几把枪对准着他，所以，他两手高高举在头顶。

队伍慢慢往那边移动着，有人拿出了手电筒，光线射在那人身上，他身形瘦小，我的心悬到了嗓子眼儿，想着：会是他吗？

十五米，十米……

那人一直没有动，定定地等着我们过去，他的脸上沾了些泥土，却不多，能看见表情，走近后，我发现，他的嘴角挂着笑容。

我看清了他的相貌，试着喊道："王宇？"

"是我。"说着，他举着的右手往下放。

"别动！"他的这一行为顿时让气氛紧张了起来。

"你们这么多人，我跑不了的，我只是有些热，想取下头套。"王宇看着我，笑了笑。

"大家都别开枪，把枪口放低一些。"王宇身上还有太多的秘密，既然他的态度看起来比较配合，我不想让他死在这儿，就提醒着带枪的同志注意些，别走火了。

王宇取下头套，往旁边一甩，露出了光光的头皮。然后，他两只手平举着放在胸前，示意我们给他戴上手铐。

我和另一个警察收起枪，从他身体两边接近，最后成功地铐住了他。

下山，回指挥部，再回刑警队，一路上，王宇低着头，没有再说一句话。

其间，我给文雅说了这个好消息，她也很高兴，并告诉我，她已经到了广州，在当地派出所的协助下，开始了对当年王宇同事、朋友的走访。

“你这么急着赶过去，到底是要查什么事？”我好奇地问。

46
真相

“我现在还不能告诉你，否则会影响你们对王宇的正常讯问，等我回来再说吧。”文雅卖了个关子。

审讯由我们四人一起进行，整个过程都会被摄录下来。

关好门，疯哥先问：“小王，怎么放弃逃跑了？”

王宇抬起头，脸上没有惊慌，没有畏惧，仍然像之前在木材厂里一般，淡然地说：“跑不动了，何况，你们把山都围了，我怎么跑都跑不出去。”

“算你有自知之明，没有负隅顽抗。”老猫哼了一声说。

“我的计划本是天衣无缝，只怪实施得太匆忙了，而一旦你们发现死的人不是我，那我就失败了，就算我这次能跑掉，也会提心吊胆，根本无法正常生活。我很想知道，是哪位警官察觉出车上尸体不是我的？”王宇看着我们问。

“她不在这里。”疯哥沉声说。

“原来是文警官，巾帼不让须眉啊。”王宇赞叹道。

“既然已经败露，就别存侥幸心理了，老老实实把你的计划说来听听吧。”见王宇的态度不错，疯哥的语气也比较平和。

“不会不会，虽然我失败了，但这个计划本身是很完美的，我是逃脱不了法律的制裁了，在死前能给你们讲讲我的杰作也不错。”王宇笑着说，眼神中闪过一丝得意。

随后，王宇讲了他的杀人计划，从张东升开始，到周子国结束，所有人都是他杀的，耗子看到的人影是他，李回锅看到的人影也是他，那两次都是他故意让两人看到的，而他进行伪装的工具，是两个头套和一些厚的衣物。

他的杀人动机，是要消除那些戴着面具生活、欺骗世人的伪善者。

他能知道张东升的秘密，缘于张东升电脑里那个可以给隐藏文件上锁的软件是他帮着张东升安装的，也是他教会了张东升使用方法。

金志成曾向我们交代，刘芳时常抱怨张东升成天都是看与机械相关的书，连电脑都不怎么会用，这样看来，张东升让王宇教他隐藏重要信息一事是可信的。

王宇知道耗子嫖娼的事，其实是偶然。他最初并没想杀耗子，是在金牛广场寻找可以当他替身的流浪汉时，撞见了耗子嫖娼，从而设定了杀耗子的环节。

而刘芳与金志成的奸情，是他从许海那里知道的。王宇与许家两兄弟关系好，许海看到一个光头从刘芳家中出来，不仅告诉了弟弟许涛，还告诉了王宇。

王宇长时间与周子国相处，自然也知道他的真实为人，为了成功地把他设计成“凶手”，王宇创造了机会，让周子国染上了毒瘾，同时也通过手中的毒品来控制他。

至于周子国与他发生不正当关系一事，也是他虚构出来的，目的是把周子国塑造成一个性取向具有两面性的人，因张东升也有这方面的倾向，我们就会加大对周子国的怀疑。

潜逃那日，我们传唤王宇，迫使他决定提前实施“替身”计划。他从派出所回去后，先回家把土牛打晕并装进后备厢，然后以带周子国去体验更爽的毒品为由，骗得周子国跟着他去了案发现场，待其注射完冰毒后，将不会游泳的周子国推入湖中。

许涛、李回锅、小莺都是王宇杀人计划中利用的对象。

“你利用许涛和李回锅，勉强说得过去，你利用小莺，骗取她的感情，甚至让她怀了孕，只怕你比你杀的三个人更该死吧！”老猫有些愤怒。

王宇的笑容凝固在了脸上，他咬牙说道：“对啊，所以我杀死了王宇！”

“你杀的是土牛！”我瞪着他说。

“不，是王宇，在我的计划中，逃脱后，我不再是王宇，我会当一个流浪者，游历天下，看遍人间疾苦，尽我所能地帮一些人，如果有可能，再消灭几个伪善者。”王宇说得很诚恳。

“你如果真这么想，就应该自杀，而不是让土牛替你死，你其实是个又自私又怕死的人。”袁权不屑地说。

“在遇到我之前，土牛连顿饱饭都吃不上，几年未曾洗过澡，他这种人活在世上有什么意义？”王宇反问我们。

“无论他的生活如何，你都没有权力剥夺他的生命。”疯哥说。

王宇讪笑了一下，不再辩驳。

我想起银行账户一事，就问：“你这三年挣了十五六万，加上你父母的赔偿款三十万，一共有四十多万，你的钱都放在哪里了？”

听得这话，王宇愣了一下，神色有些慌张，几秒后，才又恢复之前的淡定回答说：“都用完了。”

“你做什么事能用那么多？”我瞪着他问。

“吃喝嫖赌，样样都要钱，有什么好奇怪的？”王宇抬起头看着我，气势很足。

“吃和喝是花不了这么多的，嫖和赌有可能，你倒是说说，你都在哪些地方嫖的，又和哪些人一起赌博过？”王宇在提到这个问题的时候有些不自然，我始终觉得他的经济方面不是这么简单，就继续刨根问底。

没承想我的问题竟让王宇颇不耐烦：“警官，我是个连环杀人犯，我现在已经交代了杀人动机和杀人经过，你们还不赶紧结案等着立功受奖，还问这些细枝末节的事做什么？我哪儿记得这些小事情。”

……

对王宇的审讯工作持续了好几个小时，我们从审讯室出来时，已经凌晨两点多了。

总的来说，王宇还是比较配合，但凡杀人方面的问题，他都交代得很清楚，好些细节方面与我们之前推断的基本一致，他还说出了几名死者被割下的脸的去向。

审讯结束，王宇被送往市看守所，老猫说："我看差不多可以写结案报告了。"

"是啊，所有细节都能对应上，凶手必是王宇无疑了。"袁权附和说。

"你觉得呢？"疯哥看向我问。

"文雅还在广州调查，好像是一件很重要的事，我建议等明早问问她再定。"此案经过了几次嫁祸，我还是比较谨慎。

疯哥决定道："我先给领导汇报一下审讯情况，结案报告可以先写着，等文雅那边有消息再决定是否上交吧。"

晚上睡觉的时候，我回想着王宇的计划、他的杀人动机、他的个人品性，始终觉得他的动机与他的行为其实有很大的矛盾之处，为此，我琢磨着，他会不会有人格分裂，可想来想去，他又没有很明显的表现

第二天早上起床后，我给文雅打电话，她说王宇是凶手错不了，让我们一切按正常程序进行，事情她已经查得差不多了，今天就能赶回来。

吃过早饭，我与疯哥去看守所，对王宇进行第二次讯问，老猫与袁权留在队里，继续做着其他证据的搜集。

刑事案件中，第二次讯问主要是对第一次讯问的补充，同时也是让嫌疑人对自己的供述作再次确定，一般来说，两次的内容有很大部分是重合的。

在杀人过程上，王宇的交代与昨晚如出一辙，在几个细节上，他承认，他在现场留下酒味以做出凶手身上有异味的假象，正是为了与周子国身上的腋臭对应起来，同时，他也说了他是如何到许涛的家中取得了他枕上的头发。

问完这些时，审讯室的门被打开，文雅走了进来，我一看时间，原来已经中午一点了，不知不觉间，我与疯哥已审了三个多小时。

看到文雅，王宇的脸色微微有变，我看在眼里，再次问他四十五万现金的去向问题，王宇白了我一眼说：“都给你说了，我把钱全用了。”

“不，那些钱并不是你用的。”文雅走到王宇面前，俯视着他说。

“你乱讲，不……不是我用的会是谁用的？”

“是你妹妹用的，对吗？”文雅淡然地问。

这话一出，不仅是王宇愣了，我与疯哥也愣了，王宇不是独生子吗，怎么突然之间多了个妹妹？

王宇脸上的表情急剧变化，之前的坦然一扫而空，用近乎颤抖的声音说：“不……我……我没有妹妹。”

“昨晚你说得没错，你的确杀死了王宇，但不是在周子国轿车上的那个，真正的王宇早在三年前就死了。”文雅紧盯着王宇，沉声说。

昨日查到王宇的账户有问题，文雅要去广州时，我脑子里有过这方面的猜测，但因为急着去抓王宇，就没细想，现在文雅说出来，我的思路一下就畅通了，极为震惊，脸色也因此变得难看。

“你胡说！”王宇冲文雅吼道。

“别再装了，你不过也是一个戴着面具活着的人罢了，那么现在，我究竟是该叫你王宇还是蒋萧呢？”文雅依旧不紧不慢地说。

而面前的人此时虽然没有了往日的淡定，一张脸涨得通红，却仍是摇着头抵赖道：“我听不懂你在说什么！”

“蒋萧，要不要我把你妹妹接过来看看你现在的样子？”文雅的语气并没有因王宇的冲动而变化。

不对，面前的这个人不应该再叫王宇了。

文雅这句话一出，蒋萧的气势彻底蔫了，整个身子都在颤抖，好不容易才挤出几个字：“别……别告诉她……求你……们了。”

在之后文雅与蒋萧的一问一答中，我和疯哥这两个有些发蒙的人，才慢慢知道了真相。

王宇在广州打工时，认识了与其长得极像的蒋萧。两人不仅是外貌像，连脾性也像，都比较火暴，爱打架。

长时间接触下来，二人成了酒肉朋友，彼此了解了对方的家庭信息。

蒋萧有个妹妹蒋雨，王宇父母死前一个多月，蒋雨被查出患有尿毒症，需要换肾，而蒋萧父母都是农民，根本没有能力负担换肾费用。

那段时间，蒋萧每天都在想如何为妹妹找钱，他甚至想过去抢劫。

直到有一天，王宇父母出了意外，他要回家处理后事，并不会再回来了，他找到蒋萧，向他道别，就在这天，蒋萧生出了杀掉王宇并获取赔偿款的念头。

很多时候，善恶就是一念之间的事。蒋萧留王宇吃饭，以今后见面机会少为由，不停劝王宇喝酒，过程中，也不时问一些王宇家里以及青羊镇上的情况，直到把王宇灌醉。

王宇醉后，蒋萧将其杀害，并用砍刀分尸，尸体被装进二十多个加强型塑料袋中并系好袋口，最后被分散扔入了珠江。

第二天，蒋萧到厂里辞职，用王宇的身份证买了火车票，于当天晚上离开广州，回到M市，开始了“王宇”的生活。

王宇初中毕业后就离开了青羊镇，十来年间，有时一年回一次，有时两年回一次，并且每次回家都待不了几天，多数时间在城里玩耍，本就与镇上的人接触得很少。

近些年因为没赚到什么钱，回来得更少了，所以，当与王宇长得有七八分像且刻意按照王宇的喜好穿衣，又很熟悉王家情况的蒋萧回到青羊镇后，竟无一人认出他不是王宇。

王宇父母两条人命，开发商只赔了三十万元，蒋萧怕身份暴露，自然也不会去闹事，拿到钱后，全部寄给了妹妹，让她换了肾。三年来，除了工资，蒋萧从周子国那里还能得些其他好处，他全都寄给了家里，以维持妹妹换肾后的机体抗排斥药物服用。

当初回来时，他就想好了，他不可能一直以王宇的身份活下去，他终归要回自己的家，而他又不能让自己杀王宇的事暴露，所以，他就想了一个让王宇光明正大地死亡的计划。

他剃了光头，以防止留下头发给警方做DNA鉴定；他对外宣称守孝三年，以防不停有人给他介绍女朋友，惹些麻烦；他暗中探查镇上人员的信息，以挑选对其计划有利用价值的人。

半年前，蒋雨的情况已经基本稳定了，而蒋萧已经三年未曾见到家人，他太想回去了。

又谋划了一段时间，三个月前，蒋萧正式启动了“金蝉脱壳”的计划，开始做一系列的准备工作。

真正的王宇没有文身，但蒋萧有，所以，在确定让土牛当他的替身后，他就带土牛去一个小店，在相同的位置，文了同样的图案。那天在酒桌上，他其实是故意让我发现文身的。

他的最终目的是让土牛以王宇的身份死去，自己做回蒋萧。刚开始，他想找个与自己长得很像的人，那样的话，就不用杀那么多人了。

然而，两年多来，他一直没有找到，只好退而求其次，选择除了样貌外，其他身体特征与自己相像的土牛，只不过，这样会多一道工序，就是杀人后，对死者毁容。

可是，单纯对死者毁容，极易引起警方的怀疑，会朝着这方面追查下去，所以，他找出镇上戴着“面具”生活的人，逐一将他们杀害并毁容，再抛出线索，让警察查出死者都有两面性，从而把注意力往人性上引。

张东升房间里的《面具》一书，就是他特意放进去的。他给自己的这个计划起名为“面具”，既因要死之人都有着两面性，又因他自己也是个戴着王宇面具生活的人，他要撕下这层面具，回归自我。

蒋萧被抓后，对于杀人一事供述得很是爽快，因为他知道自己已难逃一死，而对于那几十万去向的问题，他拒不交代，是想捂住自己的真实身份，他担心一旦曝光，警方会向他家人追回那些款项，自己杀人犯的身份也会让家人抬不起头，更会让他妹妹痛苦不已。

所以，他想尽快交代案情，让警方早日结案，案子拖得越久，他的真实身份就越容易暴露。

现在，真身被文雅识破，他很快做出了决定，坦诚交代了一切，同样是为了换取我们答应他一个要求，不把他的事通知家里面。

听了他的要求，疯哥说："那笔钱是属于王宇的，既然他已不在人世，也无其他家人，何况这钱救了你妹妹，我可以答应你不追究。只是，我们必须要还王宇一个公道，所有案情都会被公布出来，你将会以蒋萧的身份接受法律的审判，既然你有家人，按规定，我们必须通知他们。"

"求你了，别……"蒋萧乞求道。

"你既然如此在意你的家人，那你杀人的时候，可有考虑过他们家人的感受？"疯哥质问。

"我，我……"

"你就是一个凶残自私的人！"文雅也很气愤，"你为了一己私欲，杀了那么多人，还害了小莺的一生！"

提到小莺，我以为蒋萧会感到惭愧，岂料，他却说："我本想利用她来减少自己的嫌疑，没承想你们是通过她来确定车上的尸体不是我，早知如此，我就该把她杀了。"

"你真是个畜生！"文雅终于忍不住，上前扇了他一耳光。

……

从看守所出来时，已经是下午四点多了，至此，包含案中案的"面具"一案已是真相大白，我们三人却并没有太高兴，这个案子所带给我们的震撼实在是太强了。

蒋萧为了钱而杀人，其实是杀人案件中最常见的动机之一，这并不可怕。

杀人后，想嫁祸给其他人，从而让自己脱身的想法，也不可怕，这在以往的案件中，时有发生。

可怕的是，他以王宇的身份在青羊镇生活了三年，竟无一人发现他的异样。

如果不是他想要做回自己，或许，永远不会有人知道，真正的王宇早就死了。

现实生活中，不乏长相相似的人，这种“撞脸”的情况时常发生在我们的身边，只不过，王宇未曾想到，有一天，自己会因此而丢了性命。

想着，我对疯哥和文雅说：“这个世界原来还真有很多有秘密的人，如此看来，除非是真正了解、知根知底的朋友，否则，的确分辨不出来他们是否戴着面具在生活。”

“谁说不是呢！”疯哥叹息着说，“不仅如此，蒋萧在青羊镇扮了三年的王宇，甚至连从小看着王宇长大的村里人都未能分清，所以啊，哪怕是知根知底、朝夕相处的朋友，如果真想隐藏，你恐怕也难以看清他面具背后的样子。”

文雅接着说：“没错。譬如，你们是几个月前才认识我的，初识的时候，我告诉你们我叫文雅，在后来的两起案件中我们合作无间，成为亲密的朋友和搭档，可你们又如何知道，我到底是不是真正的文雅呢？”

说完，她莞尔一笑，我却感到后背泛起一股凉意。

（第二部　完）